Das Buch

Utta Danella ist heute wohl die beliebteste und meistgelesene deutsche Unterhaltungsschriftstellerin. Ihr Erfolg liegt begründet in ihrer farbigen, realitätsnahen Erzählweise und in der lebendigen Schilderung ihrer Heldinnen und Helden. In *Die Jungfrau im Lavendel* einem ihrer schönsten Romane, schildert sie die bewegende Wende im Schicksal eines jungen Mädchens.

Seit dem Tod ihrer Großmutter, der kühlen Gräfin Maray, befindet sich Virginia in der Obhut einer strengen Klosterschule. Die Geborgenheit des Familienlebens hat sie nie kennengelernt. Ihr Vater hat sich all die Jahre kaum um sie gekümmert, und seine Besuche sind immer seltener geworden. Daß sie ihren 18. Geburtstag allein im Kloster feiern würde – es waren ja Ferien und ihre Freundinnen zu Hause bei ihren Familien –, darauf ist Virginia vorbereitet gewesen. Um so größer ist die Überraschung, als der Vater doch kommt, noch dazu mit einem wertvollen Geschenk. Aber was sie am Tag darauf erfährt, hebt ihr ganzes bisheriges Leben aus den Angeln: Sie hat eine Mutter, die lebt und die sie sehen will. In ihrem Freudentaumel läßt Virginia sich auf ein unbedachtes Abenteuer ein. Und wenig später findet sie sich unter rätselhaften Umständen inmitten der faszinierenden Landschaft der Provence wieder...

Die Autorin

Utta Danella, in Berlin geboren und aufgewachsen, lebt seit langem in München. Ein in den Nachkriegsjahren begonnenes Studium mußte sie aus Geldmangel abbrechen. Sie arbeitete dann als Journalistin für mehrere Zeitungen. Schon ihr erster Roman *Alle Sterne vom Himmel*, 1956 veröffentlicht, wurde ein Erfolg. Heute liegt ein umfangreiches Romanwerk der beliebten Unterhaltungsautorin vor. Fast alle Titel sind im Wilhelm Heyne Verlag lieferbar.

UTTA DANELLA

DIE JUNGFRAU IM LAVENDEL

Roman

Originalausgabe

WILHELM HEYNE VERLAG
MÜNCHEN

HEYNE GROSSDRUCK
Nr. 21/3

3. Auflage

Dieser Band ist auch in kleinerer Schrift in der
Allgemeinen Reihe mit der Band-Nr. 01/6370 lieferbar.

Wilhelm Heyne Verlag GmbH & Co. KG, München
Printed in Germany 1998
Umschlagfoto: Marietta Frommberger, München
Umschlaggestaltung: Atelier Ingrid Schütz, München
Satz: (2120) IBV Satz- und Datentechnik, Berlin
Druck und Bindung: Presse-Druck Augsburg

ISBN 3-453-08332-6

Das Mädchen

Virginia Elisabeth Stettenburg-von Maray sah ihren Vater, genauer gesagt den Mann, den sie für ihren Vater hielt, zum letztenmal an dem Tag, an dem sie achtzehn Jahre alt wurde. Natürlich konnte sie nicht wissen, daß es das letzte Mal sein würde. Doch es fiel ihr auf, daß er schlecht aussah, die hagere Gestalt hielt sich nicht mehr so gerade wie früher, er ging leicht vornübergebeugt, das schmale, strenge Gesicht war blaß und von tiefen Furchen durchzogen.

Die grauen Augen blickten müde und gleichgültig, und sie fand auch diesmal nicht darin, wonach sie stets so sehnsüchtig gesucht hatte: eine Spur von Anteilnahme und Wärme, so etwas wie Zuneigung. Liebe vielleicht sogar.

Dennoch war es eine freudige Überraschung für sie gewesen, als ihr sein Besuch am Tag zuvor angekündigt wurde, nachdem sie sich bereits damit abgefunden hatte, daß sie ihren Geburtstag nur wieder mit den Schwestern und den wenigen Schülerinnen, die genau wie sie die Ferien im Kloster verbringen mußten, feiern würde.

Das waren wie immer Anna-Luisa, die Vollwaise war, und die Zwillinge Sabine und Barbara, deren Eltern, beide Ärzte, bei einem Forschungsteam in Afrika arbeiteten. Die Zwillinge waren nette, heitere Mädchen, aber mit ihrer gegenseitigen Gesellschaft so beschäftigt, daß man mit ihnen nicht wirklich befreundet sein konnte. Sie waren durchaus kameradschaftlich, aber man kam sich in ihrer Gesellschaft immer etwas überflüssig vor, nur eben gerade geduldet. Virginia, die sehr sensibel war, empfand es jedenfalls so.

Anna-Luisa war als Freundin denkbar ungeeignet. Dunkel wie ihr Haar und ihre Augen sei ihr Gemüt, so hatte Teresa es einmal ausgedrückt, die um treffende Formulierungen nie verlegen war. Teresa hingegen war echt und wirklich Virginias Freundin.

Nur hatte ihre Mutter sie schon in der vergangenen Woche abgeholt, um mit ihr stracks nach Italien zu fahren, auf das Landgut der Familie in der Toscana, wo Teresa wie jedes Jahr die Ferien verbringen würde.

»Du mußt unbedingt einmal mitkommen, Gina«, hatte Teresa gesagt, aber dazu würde es wohl nie kommen. Zu einer Auslandsreise brauchte Virginia sicher die Erlaubnis ihres Vaters, und sie hätte es nie gewagt, ihn darum zu bitten. Sie hätte auch gar nicht gewußt, wie sie mit ihm in Verbindung treten sollte. Denn unverständlicherweise war es nicht erwünscht, daß sie sich, sei es auch nur mit einem kleinen Brief, direkt an ihn wandte. Eine Verbindung bestand nur über die Oberin.

»Er muß ein Unmensch sein, dein Vater«, hatte Teresa einmal erbost gesagt, Teresa, die ein so herzliches und zärtliches Verhältnis zu ihrer gesamten Familie hatte.

»Du darfst so etwas nicht sagen. Du kennst ihn ja gar nicht«, hatte Virginia, wenn auch zögernd, darauf erwidert.

»Ah, dio mio, mach nicht solch ein Engelsgesicht! Ich sage es, und ich meine es auch so. Und ich weiß natürlich, wer schuld daran ist. Dieses schreckliche Weib, mit dem er verheiratet ist, deine Stiefmutter. Sie will von dir nichts wissen.«

Virginia hatte geschwiegen. Das entsprach ja wohl der Wahrheit. Sie kannte die Frau ihres Vaters nicht, hatte sie nie zu Gesicht bekommen, und nie hatte diese Frau nach ihr gefragt, auch nur einen Gruß bestellt, geschweige denn sie einmal besucht. Warum das so war, wußte Virginia nicht.

In der Woche, die seit Teresas Abreise vergangen war, hatte Virginia Zeit genug gehabt, darüber nachzudenken, wie herrlich es sein müßte, mit Teresa zu verreisen. Einerseits. Andererseits wäre sie wohl vor Angst gestorben, sich so vielen fremden Leuten gegenüberzusehen. Und was Teresa betraf, so war es wohl nur dahingeredet und nicht ernst gemeint. Ihre Familie war ohnedies groß genug, sie besaß drei fabelhafte Brüder, und die Anzahl der österreichischen und italienischen Verwandten ließ sich sowieso nur schätzen. Bis heute hatte Virginia keinen klaren Überblick gewonnen.

»Addio, cara«, hatte Teresa zum Abschied gesagt und sie auf beide Wangen geküßt. »Sei nicht traurig. Es ist doch sehr hübsch hier vor den Bergen und in den Wäldern. Bei der nonna ist es immer gräßlich heiß. Hoffentlich fahren wir mal ans Meer. Aber da ist es im Sommer auch so überlaufen. Nichts als Touristen, und wenn Ferragosto erst beginnt, kann man kaum treten vor lauter Menschen. Das Schwimmbad in Gollingen ist viel hübscher. Geh öfter mal zum Baden. Und mal ein Eis essen. Und...« Viel mehr an Ferienfreuden für Virginia fiel ihr auch nicht ein.

»Laß dich nicht einsperren. Und laß dir von dieser blöden Anna-Luisa das Leben nicht verdüstern. Du bist ohnehin viel zu schwermütig. Kümmere dich nicht um ihr Gerede.« Das war leicht gesagt. Anna-Luisa redete viel und immer nur über unerfreuliche Dinge: über die Sinnlosigkeit des Daseins und die ewige Verdammnis, die ihnen ohnehin sicher sei, über alle Krankheiten, die es gab und die man bestimmt bekommen würde, über den Weltuntergang, die Schlechtigkeit der Menschen und die unbegreifliche Ungerechtigkeit Gottes. Letzteres bereute sie dann wieder in langwierigen Beichten bei Pater Vitus in der Klosterkirche und legte sich selbst so strenge Bußübungen auf, wie sie dem gutmütigen Pater im Traum nicht eingefallen wären.

Kein Grund also, den Ferien und dem kurz auf deren Beginn folgenden Geburtstag mit großen Erwartungen entgegenzusehen. Nach der Messe ein Händedruck der Oberin und ein paar freundliche Worte von Pater Vitus, beim Frühstücksgedeck ein kleiner runder Kuchen und ein bescheidenes Sträußchen aus dem Klostergarten.

Von Teresa würde sicher kein Brief kommen, sie war ja auch gerade erst in Italien angekommen, mitten in den Familientrubel hinein, und sie würde Virginias Geburtstag bestimmt vergessen. Warum auch nicht, dachte Virginia bitter, ich bin hier gerade gut genug für sie. Aber sonst? Sonst braucht sie mich wirklich nicht. Keiner braucht mich. Niemand hat mich lieb. Am besten wäre ich gar nicht geboren.

Jedoch am Tag zuvor, beim Abendessen, sagte Schwester Serena: »Heute hat dein Vater angerufen, Virginia. Er kommt morgen im Laufe des Tages.«

Zuerst erschrak Virginia, wie immer, wenn etwas Unerwartetes geschah. Das zweite Gefühl war Angst, die sie ihrem Vater gegenüber immer empfand, doch dann meldete sich tief innen eine zitternde Freude.

Er würde kommen. Der einzige Mensch auf dieser Welt, der zu ihr gehörte, ihr Vater, würde kommen. Sie würde an ihrem Geburtstag *nicht* allein sein.

In der Nacht konnte sie vor Aufregung kaum schlafen, und am Morgen stand sie noch früher auf als gewöhnlich, hatte den Waschraum ganz für sich allein und betrachtete lange und prüfend ihr Gesicht in dem kleinen Spiegel.

Ob sie ihm ein wenig gefallen würde? Es war drei Jahre her, seit er sie zum letztenmal gesehen hatte, und damals war sie ihrer Meinung nach noch ein dummes Kind gewesen. Aber nun war sie erwachsen, und allein der Umgang mit Teresa hatte sie um vieles reifer und erfahrener gemacht.

Wenn sie doch nur schön wäre! Vielleicht würde ihr Vater sie dann liebevoller ansehen. Sie vergaß nie die Bemerkung, diese einzige Bemerkung, die er je über ihre Mutter gemacht hatte. Er hatte nie über sie gesprochen. Jede schüchterne Frage von ihr war so abweisender Kälte begegnet, daß ihr das Wort im Hals steckenblieb. Und sie hatte dann auch nichts mehr gesagt, weil sie glaubte, daß der Schmerz über den frühen Tod der Mutter schuld daran sei, es ihm einfach unmöglich mache, von ihr zu sprechen. Aber es war so lange her, und schließlich hatte er ja wieder geheiratet. Warum konnte er denn nicht zu ihr ein einziges Mal über ihre Mutter sprechen? Bei seinem letzten Besuch vor drei Jahren hatte sie sich ein Herz gefaßt und gefragt, unsicher und stockend.

»Ich meine nur ... wie ... wie war sie denn? Bin ich ihr ähnlich?« Ihr Vater hatte sie angesehen, doch sein Blick war leer gewesen, ging durch sie hindurch.

Schließlich sagte er: »Sie war sehr schön.«

Dieser knappe Satz hatte Virginia viel Stoff zum Nachdenken gegeben. Um so mehr, als er aus dem Mund ihres Vaters höchst befremdlich klang. Jede andere Charakterisierung der Toten wäre von ihm zu erwarten gewesen, aber nicht dies – sie war sehr schön.

Als er sich an der Klosterpforte von ihr verabschiedete, wagte sie noch eine Frage.

»Du hast – kein Bild von ihr?«

»Nein.«

Nichts weiter. Ein kurzes hartes Nein, das jede weitere Frage verbot.

Sehr schön also. Virginia stand vor dem Spiegelchen und runzelte bekümmert die Stirn. Schön war sie gar nicht.

Als sie einmal zu Teresa davon sprach, hatte die gelacht und gesagt: »Du machst dir unnötige Sorgen, cara. Ich finde dich sehr reizvoll. Du hast so etwas Rührendes, du siehst aus wie die Unschuld persönlich. Große ahnungslose Kinderaugen. Dazu ist dein Mund ein höchst interessanter Gegensatz, deine Unterlippe ist geradezu sinnlich.«

Solche Sachen sagte Teresa, die weder so ahnungslos noch so unschuldig war, wie es dem Ort und der Erziehung der Schwestern angemessen gewesen wäre.

Aber Teresa lebte auch erst seit zwei Jahren in der Abgeschiedenheit der Klosterschule, sie war zuvor weit in der Welt herumgekommen, denn ihr Vater war ein österreichischer Diplomat, dazu mit einer bildschönen Italienerin aus reichem Haus verheiratet. Teresa war mehrsprachig aufgewachsen, zuletzt lebte sie mit ihren Eltern in Madrid, doch als sich herausstellte, daß sie bei ihrem guten Aussehen auch noch ziemlich temperamentvoll und eigenwillig war – sie war noch nicht sechzehn, da hatte sie einen ausgedehnten Flirt mit einem Botschaftssekretär und wollte mit ihm durchbrennen –, steckte man sie in das altrenommierte österreichische Kloster zu den frommen Schwestern.

Teresa trug es mit Gleichmut; sie war sich des amüsanten Lebens gewiß, das sie erwartete, wenn die Schulzeit zu Ende sein würde. In Virginias Augen war Teresa von einmaliger Schönheit; volles dunkelbraunes Haar, lebhafte braune Augen, eine golden getönte Haut, bereits voll entwickelt, dabei voll Grazie in jeder Bewegung und mit angeborenem Charme ausgestattet – keine Rede davon, daß Virginia je so begehrenswert sein würde, wie Teresa es zu jeder Stunde war, schon morgens im Waschraum, wenn sie im langen Nachthemd eine ihrer beliebten Vorstellungen gab, die Schwestern imitierte oder aus dem Leben in diplomatischen Kreisen berichtete, von Intrigen, Geheimnissen, Liebschaften und Ehebrüchen. Die Mädchen hörten jedesmal fasziniert zu und kicherten noch stundenlang über das Gehörte.

»Aber, aber, liebes Kind«, sagte Schwester Serena mit sanftem Tadel, wenn sie etwas von den Erzählungen mitbekam. Mehr sagte sie nicht, denn auch auf die gutmütige Hausschwester verfehlte Teresas Charme seine Wirkung nicht. War die Mutter Oberin in der Nähe, oder Schwester Justina, die strengste der Schulschwestern, konnte Teresa sehr sittsam die Augen niederschlagen und wirkte so wohlerzogen und tugendhaft wie nur je eine Tochter aus gutem Hause.

»Die Frauen in Italien lernen das von Kindheit an«, klärte sie Virginia auf. »Dabei verstehen sie zu leben, mamma mia. Doch nach außen hin sind sie alle gehorsame Töchter und Ehefrauen.«

»Ist deine Mutter auch so?« wollte Virginia wissen.

»Sie hat mit Papa genug zu tun. Er ist ein richtiger Mann. Und er sieht doch toll aus, findest du nicht auch?« Doch, das fand Virginia, das fanden alle Mädchen. Wenn Teresas Vater kam, um seine Tochter zu besuchen oder zu irgendeinem vergnüglichen Unternehmen abzuholen, suchten alle Mädchen nach einem Vorwand, ihm zu begegnen. Allein sein Lächeln! Sein Lächeln ließ die Klosterschülerinnen von etwas träumen, was sie nicht kannten und was auch kaum eine von ihnen je kennenlernen würde. So ein Mann war Teresas Vater. Und natürlich waren auch Teresas Brüder großartige Burschen, obwohl man sie nur von Bildern kannte, ihr Auftreten war dem Kloster bisher erspart geblieben, was wohl gut war, denn, so Teresa: »Fabrizio, mein großer Bruder, o Madonna, wenn der herkäme, dann müßte die Mutter Oberin alle Mädchen einsperren.«

Alles in allem war es eine wundervolle Familie, und Virginia war von Neid erfüllt, wenn sie an Teresa dachte. So häßlich so ein Gefühl auch sein mochte, noch dazu einer Freundin gegenüber.

Ich dagegen, dachte Virginia, noch immer vor dem Spiegel im Waschraum, ich habe gar nichts. Zwar auch eine schöne Mutter, doch sie ist tot. Und einen Vater, der sich kaum um mich kümmert. Und habe ich ihn je lächeln sehen? Und diese

Stiefmutter, die ich gar nicht kenne. Sie muß mich hassen. Warum nur? Was war so Geheimnisvolles um den Tod ihrer Mutter, daß man sie dafür büßen ließ in trostloser Verbannung?

Keine guten Gedanken an diesem Morgen ihres Geburtstages. Und gleichzeitig kam es wie Zorn über sie, eine Art Aufsässigkeit: Eines Tages werde ich fortgehen von hier. Ich werde mein eigenes Leben haben, mein Leben für mich. Und ich werde so wenig nach ihnen fragen wie sie nach mir.

Dann fiel ihr ihre Großmutter ein, bei der sie gelebt hatte, bis sie sieben Jahre alt war. Auch sie war tot. Doch sie war der einzige Mensch, bei dem sie so etwas wie ein Zuhause gehabt hatte. Liebe hatte Virginia von ihr auch nicht bekommen, sie war unzugänglich gewesen, sehr schweigsam, aber doch immer gerecht bei aller Strenge. Von dem Leben der Gräfin Maray wußte Virginia nichts, nur eben gerade, daß auch sie als junges Mädchen in dieser Klosterschule erzogen worden war.

Nachdenklich kämmte Virginia das lange blaßblonde Haar und band es im Nacken zusammen, denn die Schwestern duldeten keine offenen Haare. Sicher würde der Vater mit ihr irgendwohin gehen, dann konnte sie das Band entfernen, vielleicht gefiel sie ihm dann besser. Das Wetter war schön, also konnte sie das weiße Kleid mit den kleinen blauen Blümchen anziehen. Wenn sie doch nur weiße Schuhe hätte...

Sie zog die Unterlippe zwischen die Zähne, damit sie ein wenig röter wurde. Teresa besaß einen

Lippenstift, aber den hatte sie mitgenommen. Ob die Zwillinge einen hatten? Falls der Vater sie nach einem Geburtstagswunsch fragte, würde sie ihn um weiße Schuhe bitten.

In Enzensbach gab es zwar keinen Schuhladen, aber fünf Kilometer entfernt, in Gollingen, wo immerhin eine ganze Menge Sommergäste hinkamen, hatte sie im Fenster weiße Sandaletten gesehen, aus geflochtenem Leder, die Fersen frei.

Teresas Mutter hatte solche Schuhe angehabt. Mit sehr hohem Absatz, und nicht nur die Fersen waren frei, auch die rotlackierten Zehennägel waren zu sehen gewesen.

»Wenn ich zu Hause bin«, hatte Teresa verkündet, »lackiere ich mir die Nägel auch. Sieht viel hübscher aus. Soll ich dir Nagellack mitbringen? Hoffentlich denke ich daran.«

Ob weiße Schuhe ihm zu teuer sein würden? Er war kein armer Mann, das wußte sie. Die Klosterschule war auch nicht gerade billig. Wenn man eine Tochter hier zur Schule schicken konnte, würde man ihr zum Geburtstag auch ein Paar weiße Schuhe kaufen können.

Was für aufsässige Gedanken an diesem Geburtstagsmorgen!

Dann hörte sie Anna-Luisas nörgelnde Stimme auf dem Gang. Das fehlte gerade noch, daß die die erste war, die ihr gratulierte, sicher hatte sie wieder einen besonderen Spruch bereit. Etwa: Gebe Gott, daß du das nächste Jahr überleben wirst. Du bist sowieso immer sehr blaß in letzter Zeit. Meine

Mutter ist an Leukämie gestorben, das weißt du ja. Soll ich dir mal erzählen, wie das war? So ungefähr hatte sich im vergangenen Jahr Anna-Luisas Gratulation angehört.

Virginia verdrückte sich in die Toiletten und verschwand durch die kleine Tür, die von dort aus in die Wäschekammern und dann weiter in den Haushaltstrakt führte. Schwester Serena als erster zu begegnen, würde besser sein.

Der Vater

Der Oberst a. D. Ferdinand Stettenburg-von Maray kaufte seiner Tochter keine weißen Schuhe zum Geburtstag, weil er bereits ein Geburtstagsgeschenk mitbrachte.

Und zwar ein so unerwartetes und prächtiges Geschenk, daß Virginia die weißen Schuhe darüber vergaß. In einem schmalen länglichen Kästchen lag auf hellblauer Watte eine Kette aus Gold, die sich zur Mitte hin verbreiterte, wo drei blasse Opale in Filigran eingefaßt waren.

Es war auf der Terrasse des Gasthofs ›Zum Klosterhof‹, wo Virginia das Kästchen überreicht bekam und mit zitternden Fingern öffnete.

»Das ist für mich?«

»Es gehörte meiner Mutter«, sagte der Oberst steif. »Es ist das einzige, was von ihrem Schmuck übrigblieb. Ich denke, du bist nun alt genug, um so etwas zu tragen.«

»Darf ich sie ummachen?«

»Natürlich.«

Virginia legte sich die Kette vorsichtig um den Hals. Das Weiße mit den blauen Blümchen hatte einen bescheidenen runden Ausschnitt, wie man ihn in der Klosternäherei als passend erachtete, und die Kette fügte sich vortrefflich hinein.

»Danke«, sagte sie und blickte ihren Vater mit

leuchtenden Augen an, »ich danke dir sehr. Ich freue mich ganz schrecklich.«

Er hat mich lieb, dachte sie glücklich, er hat mich eben doch lieb.

Der Oberst räusperte sich. So etwas wie Rührung überkam ihn, ein Gefühl, das er nicht schätzte und das hier auch vollkommen fehl am Platze war. Seit dieses Mädchen auf der Welt war, hatte er sein Herz gegen es verhärtet, und er hatte triftige Gründe dafür.

Dennoch war er heute seltsamerweise bewegt gewesen, als er sie nach so langer Zeit wiedersah, überrascht von ihrer Erscheinung, als sie ihm im Empfangszimmer des Klosters gegenübertrat.

Er hatte ein schlaksiges, scheues Kind in Erinnerung, das kaum wagte, ihn anzusehen. Nun, scheu war sie immer noch, aber sie war hübsch geworden, auf eine sanfte, verträumte Art, die in gewisser Weise etwas – ja, man konnte sagen, die etwas Rührendes hatte. Sie wirkte so unschuldig und hilfsbedürftig, ein Wesen, das man beschützen mußte.

Er war, ohne die geringste Ahnung davon zu haben, zu dem gleichen Ergebnis gekommen wie die junge, allerdings nicht ganz unerfahrene Teresa.

Nachdem er mit der Oberin ein kurzes Gespräch geführt hatte – genau wie in ihren regelmäßigen Berichten ließ sie ihn wissen, man sei mit Virginia sehr zufrieden, sie sei gehorsam, fleißig und fromm, ihre schulischen Leistungen seien zufriedenstellend –, hatte er mit dem Mädchen das Kloster verlassen. Das, was er eigentlich mit der Oberin hatte besprechen wollen, war ungesagt geblieben. Man erledigte es besser brieflich.

Mit andächtiger Miene war Virginia in den Mercedes geklettert und hatte die kurze Fahrt von der Anhöhe am Wald, wo das Kloster lag, bis hinunter in den Ort sehr genossen.

Es war noch früh am Nachmittag, sie saßen zunächst fast allein auf der Terrasse des Gasthofs, doch nach und nach füllte sie sich, die Mehlspeisen des Hauses waren berühmt, und die Sommergäste aus der Umgebung kamen gern zur Jause herauf.

Virginia spürte die Kette am Hals, deren Kühle sich auf ihrer Haut zu erwärmen begann, sie hätte gern in einen Spiegel geschaut, aber dazu hätte sie aufstehen und ins Haus gehen müssen. Bei dieser Gelegenheit könnte sie auch ein wenig Lippenrot auflegen, Sabines Lippenstift lag in ihrem Handtäschchen.

Der Oberst räusperte sich noch einmal und wußte nicht, was er sagen sollte. Glücklicherweise kamen der Kaffee und Virginias Kuchen, ein mächtiges Stück Nußtorte mit Schlagobers, und so waren sie zunächst einmal beschäftigt. Der Oberst aß keinen Kuchen, zündete sich statt dessen eine Zigarre an, was für ihn auch nicht bekömmlich war, er hatte Magengeschwüre und in letzter Zeit war Essen für ihn zur Qual geworden. Die vorgeschriebene Diät widerte ihn an; das einzige, was die Schmerzen betäuben konnte, waren Alkohol und Zigarren.

Er aß zuwenig, er trank zuviel. Früher hatte er nicht getrunken, aber jetzt suchte er Betäubung. Denn nur nach außen hin erschien sein Leben geordnet, zufriedenstellend, ein Mann mit einer anständigen Familie, mit Geld und Besitz.

Es war nicht sein Besitz, nicht sein Geld, und schon gar nicht seine Familie. Seine Frau hatte es immer verstanden, ihn das spüren zu lassen, und er war ihrer so müde, so wie er bei allem, was zu ihr gehörte, nur noch Müdigkeit, Überdruß empfand. Er war einsam, aber es machte ihm nichts aus. Schon lange nicht mehr. Er war siebzig. Und er hatte eigentlich genug.

Selbst dieses Mädchen gehörte nicht zu ihm, auch wenn es seinen Namen trug. Es war nicht seine Tochter, und es bestand kein Grund, sie mit Wohlwollen zu betrachten. Das mit der Kette war so ein plötzlicher Einfall gewesen, er hatte das Schmuckstück, dies letzte Andenken an seine Mutter, lange nicht mehr in der Hand gehabt. Seine Mutter hatte er geliebt, und sie ihn, auch wenn er ihr oft Anlaß gegeben hatte, unzufrieden mit ihm zu sein. Eigentlich hatte er die Kette nur mitgenommen, um Mechthild zu ärgern.

»Du willst diesen Wechselbalg wirklich besuchen?« hatte sie gehässig gefragt.

»Ich denke, daß es meine Pflicht wäre«, war seine steife Erwiderung gewesen.

»Ich würde sagen, du tust mehr als deine Pflicht. Sie bekommt eine erstklassige Erziehung, die wir schließlich bezahlen.«

»Die ich bezahle.«

Sie lachte höhnisch.

»Von deiner Pension, ich weiß. Dafür wird ja dein sonstiger Aufwand von mir bestritten.«

Das war so einer der Momente, wo sich der Magen in ihm aufzubäumen schien, wo er meinte, sein Gesicht müsse gelb werden wie eine Zitrone, und gleichzeitig hatte er das entsetzliche Verständnis dafür, wie man einen Mord begehen konnte.

»Aber wenn du schon hinfährst«, fuhr seine Frau ungerührt fort, »könntest du ja mit der Oberin mal darüber sprechen, wie es weitergehen soll. Du weißt ja, was ich meine.«

Er wußte, was sie meinte. Denn davon hatten sie schon gesprochen.

Was sollte aus Virginia werden, wenn sie in einem Jahr die Schule verließ? Mechthild lehnte es natürlich ab, diese sogenannte Tochter, wie sie sich ausdrückte, in ihrem Haus aufzunehmen. Und auch noch eine Ausbildung für sie zu bezahlen, das ginge wohl zu weit, fand sie.

Von dieser Seite aus betrachtet, war es also von Vorteil, daß sie in die Klosterschule ging, es bot sich von selbst an, daß man sie dort gleich behielt. Nachwuchs brauchten sie bestimmt, und das Mädchen war dann sicher untergebracht und würde aus ihrem Leben verschwinden. Ein für allemal. Und falls sie das Wesen und den Charakter ihrer Mutter geerbt hatte, so weiter Mechthild Stettenburg – den Doppelnamen zu führen, hatte sie stets abgelehnt –, dann war das Kloster genau der passende Ort. Man konnte sie dort als Schulschwester oder sonst irgend etwas ausbilden, da gab es sicher mehrere Möglichkeiten. Auf jeden Fall wäre dann das Problem Virginia gelöst.

Mechthild hatte keine Ahnung vom Klosterwesen, und auch der hervorragende Unterricht, den die durch Studium ausgebildeten Schwestern dort erteilten, interessierte sie nicht. Sie wollte das Mädchen los sein. Denn, wie sie klarsichtig voraussah, ihr Mann würde sowieso nicht mehr lange leben.

Sie hielt sein Magenleiden für Krebs, und am Ende kam es dann noch darauf hinaus, daß *sie* für diesen Bastard aufkommen mußte.

»Also vergiß nicht, mit der Oberin zu sprechen«, war ihr Abschiedswort gewesen.

Er hatte es nicht getan. Wie sollte er davon sprechen? Sie lebten nicht mehr im Mittelalter, wo man ein Mädchen einfach für das Kloster bestimmte, ohne es zu fragen. Und da war auch noch der Brief in seiner Tasche. Davon wußte Mechthild nichts. Und natürlich war es seine Pflicht, ja, verdammt, genau das, mit Virginia über diesen Brief zu sprechen. Das war viel wichtiger als das Gespräch mit der Oberin. Nur wußte er nicht, was er sagen sollte, wie man solch ein Gespräch begann. Eine Mauer einzureißen, die achtzehn Jahre alt und um das zehnfache dick war, bedeutete für einen Mann seiner Art keine Kleinigkeit.

Er konnte den Brief auch zerreißen, genau wie er die anderen zerrissen hatte.

Als er dem Mädchen jetzt gegenübersaß, suchte er nach Ähnlichkeiten mit jener Frau, die es geboren hatte und die einmal seine Frau gewesen war.

Von Anitas aparter, verführerischer Schönheit besaß dieses Kind nichts. Das Haar war blasser, nicht von so leuchtendem Gold. Der Mund – nun ja, der Mund ähnelte ein wenig Anitas Mund, auch wenn er noch kindlich ungeprägt war. Die Form des Gesichtes jedoch, schmal, mit den hohen Bakkenknochen und den Schatten auf den Wangen, erinnerte sehr genau an Anitas Gesicht. Die Augen? Ihre Augen waren grün gewesen, sie konnten funkeln und leuchten und locken...

Was für idiotische Gedanken! Er sog heftig an seiner Zigarre, trank seinen Kaffee aus, dann sprach er das Mädchen an, damit es ihn ansah.

»Schmeckt der Kuchen?«

»O ja, danke, sehr gut.«

Die Augen waren grau. Mit einem leichten Grünschimmer darin, doch, das schon. Es waren die Augen eines unschuldigen Kindes. Ein Kind, das man büßen ließ. Wofür denn eigentlich? Was hatte es denn verbrochen? Es war geboren worden. Das war sein ganzes Verbrechen.

Wie er da so saß, der Oberst a. D. Ferdinand Stettenburg-von Maray, mitten in der warmen Sommersonne, vor sich eine Wiese in tiefem Grün, unter der Terrasse leuchtend bunte Sommerblumen, und dazu die Luft wie reiner Balsam, über ihnen der Wald, und dahinter die Berge, wie er da so saß, der Oberst, den niemand liebte und der keinen lieben durfte, da fühlte er sich alt und zutiefst elend, so verlassen von Gott und allen Menschen, daß es ihn die ganze, ein Leben lang geübte Beherrschung kostete, nicht einfach aufzustehen, wegzugehen, ganz egal wohin, und nie zurückzukehren. Zurück? Wohin denn? Zu wem?

»Du könntest ja noch ein Stück essen«, sagte er mühsam. »Oder einen anderen versuchen.«

Ebenso mühsam gelang Virginias Lächeln. Er behandelte sie immer noch wie ein Kind. Ein Kind, das man mit Kuchen füttert, damit es zufrieden ist.

Trotz der Kette und der Freude über seinen Besuch erfüllte Traurigkeit ihr Herz. Sie war nun erwachsen, und sie wollte anderes von ihm als ein Stück Kuchen und noch ein Stück Kuchen. Sie würde es nicht bekommen, auch diesmal nicht, das hatte sie schon begriffen. Er hatte sie nicht lieb, kein bißchen. Wenn sie nur begriffe, warum das so war.

Er könnte viel eher mein Großvater sein als mein Vater, dachte sie auf einmal. War meine Mutter viel jünger als er? War sie auch schon älter, als ich geboren wurde, starb sie bei meiner Geburt? Ist es das, was er mir nicht verzeihen kann, daß ich geboren wurde und sie tötete? Diese Gedanken waren ihr noch nie gekommen. Aber sie war nun alt genug, um darüber nachzudenken. Als sie klein war und bei ihrer Großmutter lebte, hatte sie die Situation als gegeben hingenommen, hatte niemals Fragen gestellt. Dann hatte sie einige Jahre in einer Privatschule verbracht, dort war es eigentlich sehr nett gewesen, sie kam mit Kindern zusammen, sie hatten Unterricht, aber es gab viel Spaß, sie machten Ausflüge, sie lernte schwimmen, sie war eine gute Turnerin, alle waren lieb und freundlich zu ihr. Und ging es ihr im Kloster etwa schlecht? Gewiß nicht. Aber sie wollte endlich einmal wissen, warum...

Sie war so allein, so verzweifelt allein auf der Welt. Es gab keinen Menschen, der zu ihr gehörte, und sie sehnte sich so sehr nach Zuneigung. Sie war hungrig auf das Leben, hungrig auf Liebe, aber es gab keinen, der sie liebhatte. Keine Mutter, keinen Vater, keine Geschwister – nur die Freundschaft zu Teresa, die ihr so überlegen war. Eine Freundschaft, die enden würde, wie sie begonnen hatte, das wußte Virginia sehr genau, nämlich dann, wenn Teresa die Klosterschule verließ und ihr eigenes so erfolgversprechendes und abwechslungsreiches Leben begann.

Es war vier Jahre her, da hatte Virginia im Wald, nahe dem Kloster, ein kleines halbverhungertes Kätzchen gefunden. Es war Winter, sie nahm das Tier mit, wärmte und fütterte es und war so selig wie nie zuvor in ihrem Leben, denn da war endlich ein Wesen, das sie liebhaben durfte und das diese Liebe erwiderte, mit Schmeicheln und Schnurren, mit Wärme und Leben. Sie durfte das Kätzchen nicht behalten, die Oberin erlaubte es nicht. Sehr freundlich, aber bestimmt wurde ihr klargemacht, daß es leider nicht möglich sei, denn wenn jedes Mädchen ein Tier bei sich hätte, so würde man bald einen Zoo im Haus beheimaten. Für das Kätzchen wurde im Ort ein guter Platz gesucht, sie durfte es auch besuchen, aber was half ihr das, es war nicht mehr ihr Gefährte, es lebte bei anderen Menschen, zu denen gehörte es, die liebte es.

Sie hatte sich damals sehr unvernünftig und kindisch aufgeführt, sie weinte und bockte, wollte nicht mehr essen, war unansprechbar, bis man sie sehr energisch zurechtwies.

Schwester Serena tröstete sie.

»Ich darf niemanden liebhaben«, schluchzte Virginia. »Und mich hat auch niemand lieb, ich will nicht mehr leben.«

»Aber wir haben dich doch alle lieb. Wir alle hier. Und der Herr Jesus. Vergißt du ihn ganz? Er hat dich vor allem lieb. Und du liebst ihn doch auch zu jeder Stunde. Nicht wahr, Virginia, das tust du doch?«

Was hatte der Herr Jesus damit zu tun, daß sie ein kleines Kätzchen im Arm halten und streicheln wollte, daß es nachts zu ihren Füßen auf dem schmalen Lager schlafen sollte? Sie konnte in dem Herrn Jesus nicht das finden, was Schwester Serena offenbar in ihm gefunden hatte. Er konnte nicht der Ersatz für alles sein.

»Wenn der Herr Jesus mich liebhätte«, sagte sie trotzig, »dann hätte er gemacht, daß ich mein Katzerl behalten darf.«

Sie blickte ihren Vater an, und ihre Augen schienen auf einmal grüner zu sein als zuvor.

»Danke, nein, ich kann nichts mehr essen. Es war ein sehr großes Stück Kuchen.«

»Tja, hm, dann«, machte der Oberst und ließ den Blick über die Terrasse schweifen, die inzwischen voll besetzt war. Wo die Leute bloß alle herkamen? Müßte eigentlich schön sein, hier Urlaub zu machen, in dieser Ruhe und dieser... dieser, ja, wie sollte man das nennen, dieser Harmonie. Er hatte seit zwei Jahren keinen Urlaub gemacht, es reizte ihn nicht, mit seiner Frau zu verreisen. Sie fuhr nach Florida, zu Bekannten, nahm ihre Söhne mit. Er hatte Hemmungen, in die Staaten zu reisen. Gut, der Krieg war über zwanzig Jahre vorbei, aber er war Offizier gewesen, Hitlers Offizier, er hatte lange Zeit in einem amerikanischen Lager gesessen, und man hatte ihn behandelt wie einen Verbrecher. Nein, er wollte nicht nach Florida, er wollte überhaupt nirgends hin, er blieb zu Hause und arbeitete.

Es wäre an der Zeit, ein ernsthaftes Gespräch zu beginnen. Etwa so: Was hast du vor, Virginia, wenn du mit der Schule fertig bist, hast du irgendwelche Pläne? Vielleicht könntest du...

Er fand die richtigen Worte nicht, stellte statt dessen ein paar Fragen nach der Schule, nach den verschiedenen Fächern, was sie für Fortschritte gemacht hatte, und dann auf einmal war sie es, die anfing, von dem Thema zu sprechen, das er so ängstlich vermied.

»Da wir gerade davon sprechen«, sagte sie und gab sich große Mühe, mit fester Stimme und einer gewissen Sicherheit das auszusprechen, womit sie sich dauernd beschäftigte, »später, meine ich, wenn ich hier fertig bin – ich würde gern eine Kunstakademie besuchen.«

Dem Oberst fiel fast die Zigarre aus der Hand. »Eine was?«

»Na ja, ich meine eine Kunstschule oder so etwas«, ihre Sicherheit geriet ins Wanken. »Wo man das alles lernen kann.

»Was willst du lernen?«

»Wir haben doch gerade davon gesprochen, und du hast mich gefragt, was ich am besten kann und was ich am liebsten tue.«

»Du sagtest, zeichnen und malen.«

»Ja! Das habe ich gesagt.«

»Soll ich das so verstehen, daß du daraus einen Beruf machen willst?«

Sie nickte.

Es fiel ihm ein, daß in den Berichten der Oberin einige Male von gewissen künstlerischen Fähigkeiten Virginias die Rede gewesen war. ›Sie ist eine gute Beobachterin, und es gelingt ihr, das, was sie sieht und was sie dabei empfindet, mit erstaunlicher Intensität darzustellen.‹

Diesen Satz hatte er sich gemerkt, weil er ihm unverständlich, aber irgendwie bedeutungsvoll vorgekommen war. Ein anderes Mal hatte die Oberin geschrieben, daß man Virginia immer damit beauftrage, die Kirche für Fest- und Feiertage zu schmücken, da niemand es so gut verstehe wie sie.

Er hatte sich damals gedacht, daß in den Briefen an ihn ja immer etwas stehen mußte und daß die

Oberin vermutlich nicht jedesmal das gleiche schreiben wollte. Womit er die Oberin ganz falsch einschätzte. Wenn es ihr so beliebte, beschränkte sie sich immer auf die gleichen zehn Zeilen.

»Du willst doch nicht etwa behaupten, daß du Malerin werden willst?«

Das klang so verächtlich, daß Virginia errötete, diesmal vor Ärger.

»Ich würde mir nie anmaßen, zu behaupten, daß ich eine wirkliche Künstlerin werden könnte. Ich meine nur, daß ich gern auf diesem Gebiet arbeiten würde. Es gibt ja sehr viele Möglichkeiten. Grafik zum Beispiel, Illustrationen, Buchumschläge, Modezeichnen ...«

Weiter kam sie nicht.

»Mode!« Er spuckte das Wort geradezu aus. »Es ist mir unbegreiflich, wie man in einem Kloster auf solche Ideen kommen kann.«

»Ich bin ja schließlich nicht im Kloster, sondern in einer Klosterschule. Unsere Erziehung ist sehr modern und aufgeschlossen«, sagte sie tapfer. »Wir leben hier nicht hinter dem Mond. Ich natürlich, ich komme ja nirgends hin. Fast alle Mädchen, die hier sind, waren schon in einer Ausstellung oder in einem Museum. Sie werden von ihren Eltern mitgenommen, in den Ferien. Meine Freundin Teresa zum Beispiel war schon im Louvre, sie kennt den Prado und das Rijksmuseum in Amsterdam und die Pinakothek in München und ...«

Sie verstummte. Teresa war wirklich kein Beispiel, sie war die Ausnahme von der Regel. Und es war überhaupt töricht, von Teresa zu sprechen zu einem Menschen, der Teresa nicht kannte. Sie benahm sich höchst kindisch, das war ihr klar.

Ihr Vater blickte sie stumm an, sie las in seinen Augen Ablehnung, Spott.

»Schwester Borromea hat gesagt, sie wird einmal mit mir nach Wien fahren und in die Oper gehen und ins Burgtheater und... du müßtest das natürlich erlauben, und in alle Museen und...«

»Warum nicht gleich auf den Opernball«, unterbrach er sie sarkastisch. »Wer ist denn diese seltsame Schwester Borromea?«

»Unsere Kunsterzieherin. Sie sagt... sie sagt...« Angeborene und noch mehr die anerzogene Bescheidenheit ließen sie stocken, aber dann vollendete sie den Satz. »Sie sagt, ich bin begabt, und ich müßte eine richtige Ausbildung haben.«

Virginia verstummte und schluckte. Ihr Blick irrte über die Terrasse. Ihr war heiß vor Schreck, daß sie das alles gesagt hatte, doch gleichzeitig war sie froh, *daß* sie es gesagt hatte.

Ihr Vater schwieg eine Weile, sein Blick ging an ihr vorüber. Sie konnte nicht ahnen, daß er mit einem Lachen kämpfte. Kein gutes Lachen allerdings. Er dachte an Mechthild, seine Frau, was für ein Gesicht die machen würde, wenn er ihr erzählte: Virginia wird eine Kunstakademie besuchen. Sie hat großes Talent und wird Künstlerin.

In Essen, fiel ihm auch noch ein, in Essen gab es doch eine berühmte Schule dieser Art. Dann würde sie ganz in ihrer Nähe sein.

Seine Laune hatte sich jäh gebessert. Er winkte der Bedienung, bestellte noch einen Kaffee und einen doppelten Kirsch dazu.

»Für dich auch?« fragte er Virginia.

»Ja, gern. Einen kleinen Braunen.«

»Keinen Kirsch?«

Sie blickte ihn unsicher an.

Er nickte dem jungen Mädchen im Dirndl zu.

»Für die Dame auch einen Kirsch.«

Als die Bedienung gegangen war, sagte er: »Wenn du nun schon achtzehn bist und dazu noch so fabelhafte Pläne entwickelst, kannst du auch ruhig mal einen Schnaps trinken. Oder willst du behaupten, ihr hättet das in eurer Schule noch nie getan? Du bist ja nicht im Kloster, hast du gesagt, und Taschengeld bekommst du auch, da werdet ihr ja wohl dafür gelegentlich etwas einkaufen. Weißt du, ich bin auch in solch einer ähnlichen Institution zur Schule gegangen. Man nannte das Kadettenkorps. Es war kein Kloster, aber so etwas ähnliches. Unsere geheimen kleinen Gelage hatten wir dennoch.«

Virginia lächelte erleichtert. Er war auf einmal freundlich, blickte sie verständnisvoll an. Väterlich. Und sie hatte zuerst gedacht, ihre Ankündigung habe ihn ärgerlich gemacht.

»Doch, wir kaufen uns schon was ein. Meist Schokolade oder Pralinen. Wir haben uns auch schon Wein gekauft. Schnaps noch nie.«

»Na, dann probierst du jetzt einmal, wie er dir schmeckt.«

Wein hatte meist Teresa gekauft, die erstens über viel Taschengeld verfügte und zweitens der Meinung war, ohne Wein könne der Mensch nicht existieren.

»Und Zigaretten?« fragte er.

»Doch, manchmal schon«, gab sie zu.

»Soll ich dir welche bestellen?«

»O nein, danke, wirklich nicht. Ich mache mir nichts daraus.«

Als der Kirsch kam nippte sie daran, schluckte dann den halben Inhalt des Glases hinunter.

»Schmeckt gut«, sagte sie.

»Freut mich«, sagte der Oberst. »Und nun zurück zum Thema. Du sagst also, künstlerische Arbeit, Malen, Zeichnen, Grafik, was auch immer, würde dir Freude machen, du hast Talent und möchtest darin ausgebildet werden. Wie ich höre, gibt es in der Schule«, er vermied das Wort Kloster, »eine Schwester, die euch darin unterrichtet. Wo hat *sie* es denn gelernt? Vielleicht wäre das eine Möglichkeit für dich. Du könntest dann später, genau wie Schwester Borromea, die Schülerinnen hier unterrichten.«

Sie begriff sofort, was er meinte, das Blut stieg ihr hitzig in die Wangen, und nun waren ihre Augen wirklich grün. »Du willst, daß ich hier im Kloster bleiben soll? Mein ganzes Leben lang? Das tue ich nicht. Nie. Nie.«

Ihre Stimme war laut geworden, leidenschaftlich. Er blickte besorgt zu den umliegenden Tischen.

»Nun, errege dich nicht. Es erschien mir als guter Gedanke.«

»Du willst mich los sein«, sagte sie bitter. »Für immer. Das ist es doch. Sag es doch ehrlich.«

Er war sichtlich verlegen. Trank den Kirsch aus, zündete sich eine neue Zigarre an. Schwieg.

»Schwester Borromea ist an der Kunstakademie in Wien ausgebildet«, erzählte sie nach einer Weile, nachdem von ihm keine Antwort kam und das Schweigen drückend wurde.

»Sie hatte keineswegs die Absicht, Klosterschwester zu werden. Sie hat Bühnenbilder gemacht für die Wiener Staatsoper. Natürlich hieß sie damals anders. Sie ist keine Nonne, verstehst du. Sie ist Laienschwester. Sie war verheiratet, ihr Mann fiel in Rußland, und ihr Kind starb im ersten Jahr nach dem Krieg. Sie war ganz allein und sehr verzweifelt. Später kam sie dann hierher.

Eine befremdliche Geschichte. Er hatte nie darüber nachgedacht, daß es für manche dieser Frauen auch ein Vorher gab.

»Bühnenbildnerin, so«, meinte er. »Zweifellos ein interessanter Beruf.«

»Wenn man bedenkt, daß ich noch nie in einem Theater war«, murmelte Virginia.

»Man tut alles in seinem Leben zum erstenmal. Heute hast du deinen ersten Schnaps getrunken, eines Tages wirst du ins Theater gehen. Eine Ausbildung an einer Akademie...«

»... für bildende Künste«, warf Virginia eifrig ein.

»Danke. Ich weiß in etwa, was das ist. Auch wenn ich nur ein einfacher Soldat bin und heute ein mittelmäßiger, eben gerade so geduldeter Fabrikbesitzer...«

Er verstummte, ärgerte sich, daß er das gesagt hatte. Das Mädchen wußte nichts von seinem Leben. Aber der Gedanke an das Gesicht seiner Frau, wenn er ihr von Virginias Plänen erzählen würde, war einfach überwältigend.

Mein Geld, meines Vaters hart verdientes Geld, so sagte sie, wenn von der Fabrik die Rede war, und sie ließ es ihn immer deutlich spüren, daß er eingeheiratet hatte, daß er ihr das ausgepolsterte Leben verdankte, daß er sich von seiner Offizierspension weder die feudale Villa noch den Mercedes hätte leisten können, geschweige denn die Klosterschule für den Bastard. Nun, die Villa gehörte nicht ihm, die hatte der Alte lange vor dem Krieg gebaut, ein Prachtgebilde war sie, wirklich, als Heim jedoch hatte er sie nie empfunden. Der Mercedes war ein Geschäftswagen, seine Frau besaß ihren eigenen Wagen, ebenso die beiden Söhne. Und daß er schließlich arbeitete in dieser Fabrik, nicht minder hart als sein Schwiegervater es getan hatte, ja, daß die Arbeit ihm um vieles schwerer fiel, weil sie ihm so fremd gewesen war, davon wurde nie gesprochen. Er war kein Geschäftsmann, er war kein Unternehmer, er war immer nur Soldat gewesen, hatte nie etwas anderes sein wollen. Er hatte gelernt, was von ihm verlangt wurde, doch schon jetzt ließ man ihn merken, daß er bald überflüssig sein würde. Mechthilds ältester Sohn aus erster Ehe war fünfundzwanzig, er hatte Betriebswirtschaft studiert, volontierte zur Zeit in einem ähnlichen Werk in Amerika, und wenn er im nächsten Jahr nach Hause kam, würde *er* hinter dem Schreibtisch des Großvaters sitzen, ein Platz, den man dem Oberst nie überlassen hatte.

Ihm war das egal. Je eher er von der Last der Verantwortung für die Fabrik befreit sein würde, um so besser. Vielleicht konnte er dann tun, wovon er manchmal träumte. Wenn er es sich erlaubte, zu träumen. Einfach fortgehen, irgendwohin. Seine Pension würde ihm zum Leben reichen, er war nicht anspruchsvoll. Und allzu luxuriös war das Leben, das sie dort im Ruhrgebiet führten, absolut nicht. Die Sparsamkeit hatte Mechthild von ihrem Vater übernommen, ihr ständiger Ausspruch lautete: Wir müssen für die Kinder alles erhalten, wir müssen weiter aufbauen. Schließlich wissen wir, was schwere Zeiten bedeuten.

Was Unsinn war, denn gerade in der sogenannten schweren Zeit, also während des Krieges, hatte Mechthilds Vater mit seiner Röhrenfabrik das meiste Geld verdient. Nach dem Krieg kam die Demontage, die der Alte bis an sein Lebensende bejammerte, was ebenso unsinnig war, denn freiwillig hätte er sich zu einer derart weitgehenden Modernisierung der Fabrik nie entschlossen.

Ein Musterbetrieb war entstanden, doch der Alte nörgelte ständig daran herum. Früher hatte sein Unternehmen ihm besser gefallen. Vor sieben Jahren war er gestorben, mitten in der höchsten Blüte des Wirtschaftswunders. Es wäre eine Lüge, zu behaupten, Ferdinand habe über seinen Tod allzu viele Tränen vergossen. Und er war durchaus in der Lage, die Arbeit des Alten fortzusetzen, das hatte er gelernt.

Aber sonst?

Er machte sich selbst nichts vor, er wußte genau, warum er Mechthild geheiratet hatte. Aus Feigheit, aus Lebensangst. Sie war die Witwe eines gefallenen Kameraden, er hatte sie schon während des Krieges flüchtig kennengelernt, er war es, der ihr die Nachricht vom Tod ihres Mannes brachte. Gleichzeitig mit dem posthum verliehenen Ritterkreuz. Sie feuerte es mit Schwung in die Ecke, sie weinte nicht, sie schrie nur: Ist denn dieser verdammte Krieg nicht bald zu Ende?

Sie hatte noch einen Bruder draußen, wie der Oberst wußte, als er bei diesem traurigen Anlaß zum zweitenmal in ihr Haus kam. Und auch für ihren Bruder dauerte der Krieg zu lange, er fiel Anfang 1945.

War sie darum so hart geworden, sah sie darum den einzigen Lebensinhalt nur noch in Geld und Besitz?

Sie liebte ihre Söhne, sie war eine gute Mutter. Aber ob sie ihren zweiten Mann je geliebt hatte, das war zu bezweifeln. Doch deshalb konnte Ferdinand ihr keinen Vorwurf machen. Liebte er sie denn? Geliebt hatte er nur einmal in seinem Leben, das Luder Anita. Existenzangst war es, die ihn veranlaßte, Mechthild zu heiraten. Er wollte nicht noch einmal erleben, was er als junger Leutnant nach dem Ersten Weltkrieg erlebt hatte. Er war ja nun nicht mehr jung. Außerdem mußte es eine Frau in seinem Leben geben, damit er Anita vergessen konnte, damit er seinen Haß überwand. Und schließlich mußte er an seine Mutter denken. Wer sollte für sie sorgen, wenn nicht er. So heiratete er. Das war 1951. Er war dreiundfünfzig, das Kind, das Anita geboren hatte, zählte gerade ein Jahr. Seine Mutter, die Gräfin von Maray, mochte die zweite Frau ihres Sohnes genausowenig, wie sie die erste gemocht hatte. Auch wenn da ein enormer Unterschied zwischen den beiden Frauen bestand; die zweite Frau Stettenburg war eine höchst ehrbare Dame. Und sie hatte Geld.

Sein Blick fiel wieder auf das Mädchen, das ihm gerade aufgerichtet gegenübersaß, eine unübersehbare Frage in den Augen. Sie hatte sich ihm anvertraut und erwartete eine Antwort.

Geld? das spielte keine Rolle. Er konnte ihr ein Studium von seiner Pension bezahlen, genauso wie er die Klosterschule bezahlte. Und sei es auch nur, um Mechthild zu ärgern. Und nun gab es auch noch Anitas Geld.

Ein Lächeln erschien um seine Lippen, ein etwas schiefes, boshaftes Lächeln.

»Es war sehr interessant, etwas über deine Pläne zu erfahren«, sagte er. »Heute brauchen wir ja noch keine Entschlüsse zu fassen, nicht wahr, erst mußt du mit der Schule fertig sein. Nur eins kann ich dir heute schon in aller Deutlichkeit sagen: Du wärst ganz allein auf dich gestellt. Meine Frau wird dich nie im Haus und in der Familie dulden. Und du bist immerhin an Schutz und Geborgenheit gewöhnt.«

»Warum kann sie mich denn nicht leiden? Sie kennt mich doch gar nicht«, sagte Virginia leise.

»Vielleicht werde ich dir einmal später erklären, warum das so ist. Obwohl natürlich, da hast du ganz recht, soweit es meine Frau betrifft, besteht eigentlich wirklich kein Anlaß...« Er verstummte, selbst überrascht. Warum eigentlich hatte Mechthild immer diese unnachgiebige Haltung dem Mädchen gegenüber gezeigt? *Sie* war doch nicht gekränkt worden. War es nur Geiz? Oder war es das, was sie einmal zu Beginn ihrer Ehe so ausgedrückt hatte: In meiner Familie darf es keine Unsauberkeit geben.

Und er? Hatte er damals nicht zugestimmt?

Was würde Mechthild wohl dazu sagen, wenn sich herausstellte, daß dieses kleine unscheinbare Ding, das ihm hier gegenübersaß, eines Tages möglicherweise eine reiche Erbin sein würde? Er schob die Hand unter die Jacke, zu seiner Brieftasche. Darin befand sich der Brief. Er begann mit den Worten: Mein liebes Kind...

Virginia hielt das Gesicht geneigt, die Schatten auf ihren Wangen vertieften sich. Es gab da irgendein Geheimnis, und es hing mit ihrer Mutter zusammen. Es war ein so schreckliches Gefühl, dieser unverdiente Haß, der ihr entgegenschlug und sie bei der Kehle packte, würgend, bösartig. Sie spürte, wie ihr Tränen in die Augen stiegen.

Sie legte die Hand um den Hals, spürte die Kette.

»Darf ich hineingehen? Ich möchte mich gern einmal im Spiegel ansehen. Wegen der Kette.«

»Natürlich kannst du hineingehen. Aus welchem Grund auch immer. Du brauchst mich nicht um Erlaubnis zu fragen.«

Sie blickte nicht auf, er sollte nicht sehen, daß in ihren Augen Tränen standen. Rasch erhob sie sich und ging mit gesenktem Kopf über die Terrasse, zu der Tür, die ins Haus führte.

Der Fremde

An einem Tisch an der Wand der Terrasse, direkt neben der Tür, die in das Innere des Lokals führte, saß allein ein Mann, braungebrannt, dunkles Haar, eine große Sonnenbrille vor den Augen. Dennoch war es unübersehbar, daß es sich um einen außerordentlich gutaussehenden Mann handelte. Er ließ die Zeitung sinken, als Virginia vorbeiging, doch sie bemerkte ihn nicht.

Er hatte sie zuvor schon lange beobachtet, sie saß genau in seiner Blickrichtung, und er hatte den Platz mit Bedacht so gewählt, als er auf die Terrasse kam. Die Übergabe der Kette hatte er versäumt, Kaffee und Kuchen jedoch miterlebt. Seine Gedanken glichen denen des Mannes, der mit ihr am Tisch saß. Hatte sie Ähnlichkeit mit Anita?

Sein erster Eindruck: Nicht im geringsten, eine bläßliche, fade Klosterpflanze, kein Vergleich mit Anitas strahlendem Charme, ihrem selbstbewußten Auftreten, ihrer immer noch eindrucksvollen Erscheinung.

Doch nach längerem Hinschauen fand auch er gewisse Ähnlichkeiten; die Form des Gesichts, die Augen, der Mund – die Frisur war natürlich unmöglich, und von dem Kleid sprach man besser nicht. Aber dafür konnte die Kleine nichts, das lag an den seltsamen Umständen ihres Daseins. Außerdem bestand ja nicht der geringste Anlaß dafür, daß sie *ihm* gefiel, er mußte *ihr* gefallen, so rollte die Kugel richtig.

Das dachte er wörtlich, denn er war ein leidenschaftlicher Spieler, und seit er dank Anita über reichlich Geld verfügte, fand er sich noch öfter als früher im Casino ein. Oft mit ihr zusammen, denn Anita liebte das Spiel auch, und meistens gewann sie. Sie hatten sich auch im Casino von Monte Carlo kennengelernt, das war vor zwei Jahren. Er hatte kurz zuvor seine Stellung im ›Negresco‹ aufgegeben, das strenge Reglement in dem altrenommierten Hotel behagte ihm nicht, er war ohne Arbeit, hatte viele Schulden und versuchte es wieder einmal mit dem Spiel. An diesem Abend hatte er Glück, er gewann diese Frau. Er hatte sie zuvor schon über den Roulettetisch hinweg beobachtet, wie sie achtlos die Jetons zusammenschob, die sich vor ihr häuften. Sie trug ein jadegrünes Abendkleid, silberne Träger über den noch makellosen Schultern, nur ihr Hals und die Augenpartie verrieten, daß sie eine Frau an die Fünfzig war.

Sie war allein, und als sie schließlich aufstand, folgte er ihr, sprach sie an, auf englisch zunächst, da er annahm, sie sei Amerikanerin.

Er wußte, daß er fabelhaft aussah im Smoking, aber er wußte natürlich auch, was sie dachte, als er sie zu einem Glas Champagner einlud.

»Haben Sie gewonnen?« fragte sie.

»Verloren.«

Sie nickte, wandte den Kopf über die Schulter,

und er sah, was sie sah, vier oder fünf Männer im Saal, keiner davon schlecht aussehend, die ihr mit Blicken gefolgt waren und sie nun beobachteten.

Sie lächelte. »Sie waren der Schnellste. Ich werde jedesmal zum Champagner eingeladen, wenn ich gewonnen habe.«

»Ich würde Sie auch einladen, wenn Sie verloren hätten und ich gewonnen«, sagte er mit seinem selbstbewußten Charme und war sich klar darüber, daß keiner von denen, die ihr nachstarrten, ihm ernsthaft Konkurrenz machen konnte.

»Aber Sie hätten dringend gewinnen müssen, nicht wahr?«

Sie hatte diesen Satz auf deutsch gesagt, und er wechselte sofort auch ins Deutsche über, das er ganz gut sprach. Er hatte ein Jahr in Frankfurt und ein Jahr in München gearbeitet, immer in erstklassigen Hotels.

»Sieht man es mir an?«

»Ich kann sehr gut in den Augen eines Spielers lesen.«

»Lesen Sie auch gut in den Augen eines Mannes?«

»Auch das ist nicht so schwer. Sie sind kein Franzose?«

»Ich bin Italiener. Danio Carone.« Er deutete eine leichte Verbeugung an.

»Kommen Sie, Danio. Sie dürfen mich zum Champagner einladen, und dann gebe ich Ihnen ein paar von meinen Jetons, und Sie werden es noch einmal versuchen.«

Er gewann später wirklich, er gewann für seine Verhältnisse viel an diesem Abend. Übrigens beobachtete sie ihn nicht beim Spiel, sie blieb in der Bar, und als er dann kam, um ihr ihren Anteil zurückzugeben, war sie verschwunden.

Das beunruhigte ihn nicht weiter. Genau wie er wieder hierherkam, würde sie wieder kommen, es war der Ort, an dem sie sich ganz gewiß wiedertreffen würden.

So geschah es auch. Nach ihrem dritten Treffen gingen sie zusammen zum Essen. Er schlug vor, daß sie am nächsten Tag ein Boot mieten und ein Stück hinaussegeln sollten.

»Können Sie denn segeln?«

»Naturalmente.«

»Sie haben ein eigenes Boot?«

Er schüttelte lächelnd den Kopf.

»Ich habe gar nichts.«

Sogar das kleine Auto hatte er verkaufen müssen, seit er keine Arbeit mehr hatte und nebenbei noch für Dido sorgen mußte, die ihre Stellung im Reisebüro verloren hatte, nachdem sie sich wieder einmal heftig mit ihrer Umgebung zerstritten hatte, wie immer aus politischen Gründen.

Jetzt lebte sie wieder auf der alten Ferme, oben in den Bergen hinter Grasse.

Auf dem Wasser konnte er sich in jeder Form bewegen, er war der Sohn eines Fischers vom italienischen Ufer, nur *im* Wasser fühlte er sich nicht wohl. Anita bog sich vor Lachen, als er ihr während der Segelpartie erzählte, daß er nicht schwimmen konnte, jedenfalls nicht richtig. Sie trug weiße Hosen und ein knappes schulterfreies Oberteil, sie war superschlank, ihre Figur noch tadellos. Vom Boot aus hechtete sie ins Meer und schwamm mehrmals um das Boot herum.

»Ich werde dir das beibringen«, sagte sie, als er sie wieder an Bord gezogen hatte.

Er schüttelte sich. Das Wasser sei ihm viel zu kalt und zu naß. Es war Ende Mai, und das Wasser war wirklich noch ziemlich kalt. Aber ihr machte das nichts aus.

Er war clever, dieser Bursche aus Finale Ligure. Von vornherein machte er ihr nichts vor, erzählte die reine Wahrheit über sich und sein Leben. Daß er als Junge schon von zu Hause weggelaufen war, weil er keine Lust hatte, den harten Beruf seines Vaters auszuüben. Er hatte dies und das getan, eine Zeitlang bewegte er sich hart am Rand der Kriminalität, kleine Einbrüche, Autodiebstähle, schlechte Gesellschaft, die ihn benutzte, weil er jung und hübsch war und weil die Leute, vor allem die Touristen, sehr leicht auf seinen schmelzenden dunklen Blick in dem Knabengesicht hereinfielen. Doch er war nicht dumm. Nachdem die Polizisten ihn einmal verprügelt hatten, als er in Cannes Schmiere stand bei einem Einbruch, kam er zu der Erkenntnis, daß er sich auf dem falschen Weg befand, wenn er das erreichen wollte, was er anstrebte – reich zu werden. Er konnte entwischen, wurde nicht verhaftet, und umgehend löste er sich von dem schlechten Einfluß der Ganoven, die ihm zunächst sehr imponiert hatten. Es waren kleine Ganoven, bei ihnen und mit ihnen konnte es nicht aufwärts gehen, landete er höchstens im Gefängnis. Er kehrte zurück nach Italien, ging nach Mailand und begann in einem Hotel zu arbeiten. Damals war er siebzehn, drei Jahre später war er ein gut ausgebildeter Kellner, der sein solides Geld verdiente und gelernt hatte, daß er mehr von reichen Frauen profitierte, bei seinem Aussehen, als von den kleinen Haien an Land.

Seinen Lebenslauf, wobei er natürlich das eine oder andere ausließ, erzählte er der schönen Blonden ziemlich ausführlich, und es war offensichtlich, daß er sie nicht schockierte, eher amüsierte. Natürlich sprach er nicht von Dido.

Über Anita Henriques wußte er lange Zeit sehr wenig, auch als er schon ihr Geliebter war. Er wußte nur, daß sie eine reiche Südamerikanerin war, besser gesagt eine Deutsche, die einen Südamerikaner geheiratet hatte, seit einem Jahr Witwe, ein wenig hierhin und dorthin gereist war und nun sehr schnell den Entschluß gefaßt hatte, an der Côte ein Haus zu mieten.

»Meinetwegen?« fragte er eitel.

Sie lachte ihn aus. Sie habe sich mit dem Gedanken bereits beschäftigt, bevor sie ihn das erstemal im Casino gesehen hatte.

Sicher jedoch konnte man annehmen, daß die Begegnung mit diesem attraktiven jungen Mann, der überdies ein feuriger Liebhaber war, sie aus lässigen Überlegungen zu einem Entschluß brachte.

Irgendwo mußte sie schließlich bleiben, ewig konnte sie nicht reisen. Daß die zahlreiche Verwandtschaft ihres verstorbenen Mannes in Rio sie nicht sonderlich schätzte, wußte sie. Es war ihr schwer genug gefallen, sie zu ertragen, solange Senhor Henriques am Leben war. Nun bestand kein Grund mehr, die treue, brave Gattin zu spielen. Sie war allein, sie war reich, und nach Europa hatte sie sich immer zurückgewünscht. Warum nicht Südfrankreich? Zunächst jedenfalls. Denn da war etwas, was Danio lange nicht wußte. Das Mädchen, ihre Tochter, die sie nun endlich haben wollte. Sie mietete das Haus am Cap von einem reizenden älteren Herrn, der zurückkehren wollte nach Paris, nachdem seine Frau gestorben war. In Paris lebten seine Kinder und Enkel, er wollte in ihrer Nähe sein, er besaß ein zweites Haus in Neuilly, dort würde er den Rest seiner Tage verbringen. Wenn Madame nach Paris käme, würde er sich glücklich schätzen, sie als Gast zu begrüßen.

Er war entzückt von Anita, und wenn sie gewollt hätte, wäre vermutlich eine nähere Beziehung möglich gewesen, zumal sie nie in Danios Gesellschaft auftrat. Ihr jedoch stand nicht der Sinn nach einer Heirat, zwei Ehen genügten, Versorgung brauchte sie nicht.

Das Haus war ein Schmuckstück, rosa und weiß, mit einem wunderbaren Eingang, einige Stufen führten hinauf, Balkons und zierliches Gitterwerk gaben dem Bau einen leicht maurischen Effekt. Die Räume waren mit Geschmack eingerichtet, sparsam möbliert, alles hell und luftig, der Garten nicht zu groß, aber gut gepflegt, Monsieur empfahl Madame, den Gärtner zu übernehmen, der diene dem Haus seit vielen Jahren, kümmere sich auch, falls man verreist war, sei treu und ehrlich. Seine Frau besorge die Pflege des Hauses.

Das war natürlich ideal; Anita revanchierte sich mit einem Gegenangebot. Falls Monsieur Lust habe, wieder einige Zeit in Antibes zu verbringen, würde es für sie eine Freude sein, ihn als Gast in seinem und nun ihrem Haus zu begrüßen. Dies war alles so leicht und mühelos vor sich gegangen, daß Anita darin ein gutes Omen sah. Europa nahm sie freundlich auf, alles andere würde sich ebenfalls glücklich lösen lassen. Wo ihr erster Mann, der Stettenburg-von Maray sich aufhielt und was aus ihm geworden war, hatte sie schon von Rio aus ermittelt. Daß er wieder geheiratet hatte, nun gut, aber daß er sich zu einem Fabrikbesitzer gemausert hatte, fand sie doch höchst komisch. Wo sich das Kind befand, würde sie auch noch herausbekommen.

Ihre ersten beiden Briefe an ihren früheren Mann waren ohne Antwort geblieben. Ihrem letzten Brief hatte sie einen Brief an ihre Tochter beigelegt, mit der Bitte, ihr diesen zu ihrem achtzehnten Geburtstag zu geben.

Es kam auch diesmal keine Antwort, aber kurz zuvor hatte der Mann, den Dido mit der Suche nach dem Mädchen beauftragt hatte, herausgefunden, wo das Mädchen steckte.

Und darum saß Danio an diesem Tag auf der Terrasse des Klosterhofes.

Sein Leben war ohne Sorgen gewesen in den vergangenen zwei Jahren. Er war ein ausgehaltener Liebhaber, das störte ihn nicht im mindesten. Schließlich war sie um vieles älter als er, und er war der bestaussehende Junge an der ganzen Küste, das hatten ihm schon viele Frauen gesagt. Er hatte alles, was ein gütiges Geschick einem Menschen bescheren konnte, nur kein Geld. Nun hatte er dieses Geld in Reichweite. Wenn er Anita heiratete, würde er sie beerben. Immer öfter fuhr sie zu ihrem Arzt nach Paris, immer tiefer wurden die Schatten auf ihren Wangen. Sie sprach nicht davon, daß sie krank sei, doch er sah es ihr an. Und er sah ihre wachsende Nervosität. Sie war in letzter Zeit auch ihm gegenüber gleichgültig geworden, von einer Heirat wollte sie nichts wissen.

»Ich mache mich doch nicht lächerlich«, sagte sie.

»Ich liebe dich, bellissima«, erwiderte er.

»Das glaube ich dir sogar«, erwiderte sie. »Soweit du zu Liebe fähig bist.«

Hatten sie einander etwas vorzuwerfen? Sie waren aus dem gleichen Holz geschnitzt.

»Sobald sie die Tochter hat, wird sie dich hinausschmeißen«, sagte Dido, wenn er sie traf, was er jederzeit ungeniert tun konnte, denn Anita kontrollierte sein Kommen und Gehen nicht im geringsten. Sie war nicht eifersüchtig, ein schlechtes Zeichen bei einer Frau.

Dido war es um so mehr. Ihre Liebe war wunderbar, aber wie ein gefräßiges Ungeheuer. Manchmal hatte Danio genug von ihr, und er war froh, sie nicht mehr täglich um sich haben zu müssen. Aber sie wußte zu viel, sie war mit ihm im Bunde, sie hatte den richtigen Detektiv gefunden, der das Mädchen fand. Und nun mußte das Mädchen schleunigst verschwinden, ehe Anita ebenfalls erfuhr, wo es sich aufhielt.

Ob dieser verknöcherte Militarist, dieser ausgetrocknete Zinnsoldat, dem Mädchen wohl den Brief gegeben hatte? Das hätte Danio gar zu gern gewußt.

Warum Anita den wohl geheiratet hatte? Eine Frau wie sie.

»Er wird nie aufhören, mich zu hassen«, hatte Anita gesagt. »Und die einzige Waffe, die er gegen mich hat, die einzige Rache, die ihm bleibt, er verschweigt mir, wo Virginia ist.«

»Vielleicht lebt sie nicht mehr«, gab Danio zu bedenken.

»Warum sollte sie nicht leben? Wer weiß, wo er sie versteckt hat. Irgendwo bei fremden Leuten wächst sie auf. Wo es möglichst wenig kostet. Oder er hat sie adoptieren lassen.«

»Darf er denn das?«

»Er gilt als ihr Vater.«

Das waren so die Gespräche im letzten Jahr gewesen, bald konnte sie über nichts anderes sprechen, das Kind, die Tochter, war zu einer fixen Idee bei ihr geworden.

Danio fühlte sich zunehmend genervt. Und er geriet geradezu in Panik, als sie ihm vor etwa zwei Monaten ihr Schlafzimmer verschloß. Sie gab sich nicht einmal die Mühe, Ausflüchte zu suchen.

»Ich habe keine Lust«, war ihre lapidare Antwort.

Dido lachte höhnisch, als er es ihr schließlich erzählte.

»Das geschieht dir recht, du lächerlicher Gockel. Sie treibt es mit dir, solange sie mag, und dann sagt sie kühl, va-t-en! Bald wird sie dich ganz vor die Tür setzen. Dann kannst du zu mir heraus in die Einsamkeit kommen.«

Doch nun war er hier. Ehe Anita das Mädchen bekam, würde er es bekommen.

Seit zwei Tagen war er hier, war durch die Gegend gefahren, hatte sich alles angesehen, sein Plan war fertig. Der Geburtstag heute – man mußte abwarten, was da geschah. Vielleicht durften die Klosterschülerinnen einen Ausgang machen, Kaffee trinken, möglicherweise ergab sich die Gelegenheit, sie kennenzulernen. Er hatte nicht die geringste Vorstellung, wie sich so ein Klosterdasein für junge Mädchen abspielte. Aber man mußte damit rechnen, daß sie ohne Bewachung das Kloster nicht verlassen durften.

Nun hatte er sie gesehen, und er hatte auch gleich gewußt, wer der Mann war, in dessen Begleitung sie hier saß. Der Herr Papa, der nicht der Papa war. Monsieur le cocu, haha! Hatte er ihr den Brief gegeben oder nicht? Wußte Virginia, wo ihre

Mutter sich aufhielt und daß sie dort willkommen sein würde, ja, daß sie sehnlichst erwartet wurde?

Das war die Frage, die nur sie selbst ihm beantworten konnte. Er blickte hinter der Zeitung zur Tür und wartete auf Virginias Rückkehr. Warum blieb sie so lange? Waren es doch Tränen gewesen, was er in ihren Augen gesehen hatte?

Der Herr Papa blickte stur in das grüne, sich sanft neigende Gebirgstal hinab. Sehr glücklich schien das Zusammensein der beiden nicht zu verlaufen.

Und wieder die spannende Frage: Hatte er ihr den Brief gegeben? Was geschah, wenn Virginia sich morgen auf die Reise begab, um ihre Mutter zu besuchen? Oder wenigstens den Brief beantwortete.

»Sie wird dich wegschmeißen wie einen alten Lappen, wenn sie die Tochter hat«, so Didos Worte.

Sie würde die Tochter nicht bekommen. Darum war er hier. Sein Mund wurde hart, der Zug Gemeinheit in seinem Gesicht, den er so gut verbergen konnte, trat deutlich hervor. Die Kleine mußte aus dem Weg, sonst kam er nie an das Geld heran. Lästig, daß der Vater hier war. Ob der wohl lange bleiben würde?

Da kam sie wieder.

Durch das Fenster sah er sie durch das Lokal kommen, stand rasch auf, und direkt unter der Tür traf er mit ihr zusammen. Die Brille hatte er abgenommen, trat zur Seite, um sie vorbeizulassen, und sah sie an. So, wie er nun einmal verstand, eine Frau anzusehen. Ihre Blicke trafen sich. Er lächelte. Virginia blickte verwirrt zur Seite. Doch als sie wieder an ihrem Platz saß, blickte sie zur Tür hinauf und sah, daß der Mann an dem Tisch neben der Tür saß und sie ansah. Und dann lächelte er wieder.

»Nun, wie wirkt die Kette?« fragte ihr Vater.

»Sie ist wunder-wunderschön. Ich danke dir nochmals herzlich.«

Sie neigte den Kopf, das blonde Haar fiel ihr über die Wange, denn nun endlich hatte sie das Band entfernt. Und ein wenig Rouge auf die Lippen gelegt.

»Tja«, sagte er, »langsam muß ich nun fahren. Ich will heute noch nach München.«

»Och!« machte sie enttäuscht.

»Ich habe morgen dort zu tun.«

Sie mußte froh sein, daß er überhaupt gekommen war. Und sie hatte die schöne Kette bekommen, Teresa würde staunen. Und er hatte von ihren Plänen erfahren, das war auch schon etwas wert. Ob sie noch einmal davon anfing? Besser nicht. Er war keiner, dem man etwas zweimal sagen mußte.

Er winkte der Bedienung, bezahlte, und dann stiegen sie die Treppen der Terrasse hinab. Virginia strich das Haar zurück, wie zufällig blickte sie über die Terrasse, und da – der fremde Mann war aufgestanden, lächelte und hob grüßend die Hand.

Kannte der sie denn? Unsinn, er kannte sie

nicht, das wußte sie gut genug. Er flirtete mit ihr. So etwas konnte es doch gar nicht geben. Zu schade, daß Teresa nicht hier war, der hätte man das erzählen können. Und man konnte sich sogar dazu denken, was sie sagen würde.

Laß uns ausreißen und einen kleinen Abendbummel machen. Vielleicht treffen wir deinen feschen Unbekannten.

Es war kaum anzunehmen, daß ein Mann wie dieser in Gollingen Urlaub machte. Was tat er wohl hier?

Das immerhin hatte Danio erreicht, daß sich Virginia, trotz allem, was an diesem Tag geschehen war, in Gedanken mit ihm beschäftigte. Ganz nebenbei natürlich nur. Aufregend wurde die Sache erst, als sie ihn am nächsten Tag wiedersah. Nicht einmal sie konnte so naiv sein, an einen Zufall zu glauben.

Der Freund

Es war bereits später Abend, als Ferdinand Stettenburg-von Maray in München eintraf. Dennoch rief er, kaum im Hotel angekommen, in Harlaching bei Landaus an. Ludwig war selbst am Telefon.

»Na, endlich bist du da. Wir warten schon lang auf dich.«

»Ja, es ist spät geworden. Die Fahrt zieht sich doch ziemlich hin.«

»Wie war's denn? No, das kannst uns gleich erzählen. Nimm dir ein Taxi und komm heraus.«

»Jetzt noch? Es ist schon gleich zehn.«

»Das macht doch nichts. Ist ein schöner Sommerabend, wir können im Garten sitzen. Oder soll der Clemens dich holen?«

»Gewiß nicht. Ich hab selbst einen Wagen.«

»Den läßt in der Hotelgarage. Wir wollen doch noch ein gutes Glas Wein zusammen trinken. Zu essen gibt's auch was. Also, wasch dir die Hände und komm.«

Mit einem erleichterten Seufzer legte der Oberst den Hörer auf. Er hatte im stillen gehofft, Ludwig heute noch zu sehen, eigentlich hatte er schon gegen acht in München sein wollen.

Doch sein Aufenthalt in Enzensbach hatte länger gedauert als vorgesehen, das lag an dem erstaunlichen Gespräch, das er mit dem Mädchen geführt hatte. Während der ganzen Fahrt hatte es ihn beschäftigt, und er konnte es kaum erwarten, mit jemand darüber zu sprechen. Nicht mit jemand, mit seinem Freund Ludwig, und falls Juschi, Ludwigs gescheite Frau, dabei sein würde, war es noch besser.

Ludwig Landau war der beste Freund, den Ferdinand besaß, genaugenommen der einzige Freund, den er je besessen hatte. Ihre Freundschaft begann im Ersten Weltkrieg; zwei junge Fähnriche, die gemeinsam die Hölle von Verdun durchlitten, einander halfen, einander vertrauten, die beide in der gleichen Nacht verwundet wurden und sich im gleichen Lazarett wiederfanden, Seite an Seite. Es lag fast etwas Schicksalhaftes in ihrer Begegnung, so jedenfalls nannte es Ludwig Landau, der gelegentlich vor großen Worten nicht zurückscheute.

Beide überlebten den Krieg ohne ernsthafte Blessuren, und beide standen sie nach dem Krieg vor der Situation, ihr Leben noch einmal zu beginnen, was so schwierig eigentlich nicht sein konnte, sie waren gerade zwanzig Jahre alt. Doch nun trennten sich ihre Wege und später auch ihre Ansichten. Ludwig Landau begann ein Jurastudium, das bedeutete einige Jahre harte Arbeit, Not und Hunger dazu, denn sein Vater, ein mittlerer Beamter, war schließlich doch noch zum Landsturm eingezogen und kurz vor Kriegsende schwer verwundet worden. Davon erholte er sich nie, ein Jahr später starb er. Ludwigs Mutter lebte von ihrer bescheidenen Pension, finanziell helfen konnte sie ihm nicht, gerade daß er bei ihr essen und wohnen konnte, solange er in München studierte.

Die schweren Jahre schadeten ihm nicht, ganz im Gegenteil, sie machten ihn erwachsen und prägten seinen Charakter. Er war ein großer, kräftiger Bayer mit einem glasklaren Verstand und mit einem wahrhaft lebensfrohen Gemüt. Ein gläubiger Katholik dazu. Trotz aller Entbehrungen kam er glatt durch sein Studium, bestand das erste juristische Staatsexamen mit Glanz, verbrachte seine Referendarzeit in Passau, seine Assessorenzeit in Traunstein. Hier fand er seine großartige Juschi, eine Tochter aus gut betuchtem Hause, heiratete und begann seine Laufbahn als Richter.

Während der Zeit des Nationalsozialismus wurde seine Karriere unterbrochen. Zum erstenmal in seinem Leben wurde Dr. Ludwig Landau halsstarrig. Diesem Regime konnte und wollte er sich nicht anpassen. Er ließ sich 1936 in Traunstein als Anwalt nieder und kam ohne großen Schaden durch die schlimme Zeit, auch hier voll unterstützt von seiner Frau. Nach dem Krieg machte sich seine Haltung natürlich bezahlt; er brachte es zum Oberlandesgerichtspräsidenten, ein hoch angesehener und allseits beliebter Mann.

Seit drei Jahren lebte er im Ruhestand.

In der Nazizeit hatte sich eine gewisse Distanz zwischen den Freunden ergeben, jedoch zu einer wirklichen Entfremdung war es nie gekommen.

»Wirst schon sehen, wie das ausgeht«, lauteten Ludwigs Worte, wenn sie sich einmal trafen, was relativ selten geschah. Nicht daß Ferdinand je ein begeisterter Nazi gewesen wäre, das hätte seiner Herkunft so wenig entsprochen wie seiner Wesensart. Aber er stammte nun einmal aus einer Offiziersfamilie, der Vater preußischer Offizier, die Mutter aus österreichischem Offiziersadel, ein anderes Leben konnte sich der Leutnant Stettenburg auch nach 1918 nicht vorstellen. Es war auch eine schwere Zeit für ihn, eine Zeit bitterster Not, jeder Versuch, auf irgendeine zivile Art Geld zu verdienen, scheiterte kläglich. Schließlich übernahm ihn die Reichswehr, und von seinem Standpunkt aus konnte er später den Aufbau der Wehrmacht unter den Nationalsozialisten nur begrüßen. Er war Offizier der Wehrmacht, Offizier Adolf Hitlers, kein gläubiger Anhänger der Partei, jedoch stand er ihr und Hitler loyal gegenüber. Er machte den Frankreich-Feldzug mit, kämpfte dann in Rußland, er war niemals ein Etappenhengst, immer ein Frontoffizier. Er avancierte planmäßig, doch daß er den Krieg nicht als General, sondern als Oberst beendete, hatte seinen Grund darin, daß er dem Führer beziehungsweise einem Befehl von oben den Gehorsam verweigert hatte. Einmal, aber standhaft bis zur Selbstaufgabe. Das beendete seine Karriere.

Bei Stalingrad war er verwundet worden, zu seinem Glück noch ehe der Kessel geschlossen war; er wurde ausgeflogen, obwohl man ihn als Todeskandidaten ansah. Es war ein Kopfschuß, der ihn beinahe ums Leben brachte. An den Kopfschmerzen, einer Folge dieser Verwundung, litt er bis zum heutigen Tag.

Als er aus dem Lazarett entlassen war, seinen Erholungsurlaub hinter sich hatte, gab man ihm in Polen die Kommandantur in einer kleinen Stadt, ein verhältnismäßig ruhiger Posten zu jener Zeit. Doch hier kam er nun erstmals persönlich mit dem Elend der polnischen Bevölkerung, mit dem grauenvollen Schicksal der Juden in Berührung. Als man von ihm verlangte, daß er den Bürgermeister der Stadt erschießen lassen sollte, weil man bei ihm versteckte Juden gefunden hatte, kam es zu jener einzigen Gehorsamsverweigerung seines soldatischen Lebens. Er meldete sich sofort zurück zur Front. Dem Bürgermeister und seinen Freunden hatte er das Leben nicht retten können, das nicht, aber auf sein Kommando hin waren die unglücklichen Menschen nicht getötet worden.

Er entging der russischen Gefangenschaft, doch die Amerikaner brachten ihn in ein Lager, in dem er lange Zeit verbringen mußte. Greueltaten, Kriegsverbrechen irgendwelcher Art konnte man ihm nicht nachweisen, und er war zu stolz, jenes Ereignis in Polen zu seiner Verteidigung anzuführen. Was sollte es auch, die Männer waren ja getötet worden. Erreicht hatte er gar nichts. Schließlich war er ein freier Mann, doch er stand abermals vor dem Nichts. Er mußte, er wollte für seine Mutter sorgen. Er hatte eine Frau, die allerdings sehr gut für sich selber sorgen konnte. Daß sie ihn betrog, hatte er erstmals während seines Heimaturlaubs nach dem Kopfschuß erfahren, und während die Amerikaner noch nach seinen Kriegsverbrechen forschten, hatte sie bereits festen Fuß in amerikanischen Offizierscasinos gefaßt. Dank ihr litten sie keine Not in jener harten Zeit in Berlin. Aber von dem zu essen, was der amerikanische Wagen ihnen vors Haus fuhr, war Stettenburg eine tiefe Demütigung, und daß er sich damals noch nicht von Anita trennte, daß er sie und ihr Leben ertrug, das tat er hauptsächlich seiner Mutter zuliebe, wobei er sich die größte Mühe gab, ihr vorzuspielen, seine Ehe sei in Ordnung. Was natürlich Unsinn war, denn die Gräfin von Maray wußte länger als er, welche Art Leben Anita führte. Sie gab vor, es nicht zu wissen, ihm zuliebe, ihm die Schande zu ersparen, daß seine Mutter ihn bemitleidete. So belogen sie sich beide, und nur das machte es möglich, daß die Ehe zwischen ihm und Anita noch bis 1950 erhalten blieb.

1950 bekam Anita ein Kind; das war höchst erstaunlich, sie war zu der Zeit schon vierunddreißig und hatte es bisher abgelehnt, Kinder zu bekommen. Sie mache sich nichts daraus, war ihre ständige Aussage zu diesem Thema. Aber nun war sie dem begegnet, was sie ihre große Liebe nannte, dem Mann aus Virginia, ein blendend aussehender Amerikaner, etwas jünger als sie. Und sie bekam das Kind nicht aus Liebe, nur weil sie hoffte, ihr Freund würde sich scheiden lassen. Wovon zunächst keine Rede sein konnte. Noch ehe das Kind geboren war, kehrte er nach Amerika zurück. Nach ihrer Scheidung reiste Anita ihm nach, sie gab nicht so leicht auf, sie wußte, daß auch er sie liebte. Doch als sie in Richmond eintraf, war ihr Geliebter schon tot, er war zwei Wochen zuvor mit dem Auto verunglückt, er war betrunken, wie man ihr erzählte, und sie nahm sofort an, er habe sich aus Kummer betrunken, weil er von ihr getrennt war.

Sie kehrte nicht nach Deutschland zurück. Sie fragte niemals nach dem Kind, der kleinen Virginia Elisabeth, die den Namen Stettenburg-von Maray trug und der Fürsorge des Mannes überlassen worden war, der nicht ihr Vater war. Das wußten wenige Menschen; außer Ferdinands zweiter Frau wußten es nur die Freunde in München. Ludwig Landau kannte recht genau den Lebenslauf seines Freundes, diese unglückliche erste Ehe mit einer Frau, die charakterlich nicht viel taugte, und daß auch Ferdinands zweite Ehe nicht annähernd glücklich genannt werden konnte, wußte er auch. Immerhin bot sie ihm ein finanziell gesichertes Dasein. Und sie hatte die Gräfin von Maray in ihren letzten Lebensjahren vor Not bewahrt.

»Nur schade«, so hatte Ludwig einmal zu seiner Juschi gesagt, »daß da nicht wenigstens noch ein Kind dabei herausgekommen ist. Es hätt' der Seele vom Ferdinand ganz gut getan, wenn er einmal ein eigenes Kind gehabt hätte.«

Juschi und Ludwig hatten drei Kinder, die Söhne Johannes und Clemens und eine Tochter namens Angela, die im Alter zwischen den Buben stand.

Sie war die einzige von der Familie, die Ferdinand an diesem Abend nicht antraf. Angela war verheiratet, natürlich mit einem Juristen, und lebte in Nürnberg. Aber die beiden Söhne waren zugegen. Johannes, der eine Anwaltspraxis in München hatte, wohnte mit seiner Frau gleich um die Ecke und war gekommen, um Ferdinand zu begrüßen. Clemens, der Jüngste, siebenundzwanzig, wohnte, wie immer, wenn er sich in München aufhielt, in seinem Elternhaus. Er hatte von der Jurisprudenz nichts wissen wollen, er war Journalist und soeben von einer Reportage aus Vietnam zurückgekehrt.

»Mei, bin ich froh, daß der Bub wieder da ist«, war denn auch das erste, was Juschi sagte. »Und grad schrecklich ist, was er erzählt von da drunten. Muß denn allweil in der Welt Krieg sein? Kann's denn nicht mal genug damit sein? Sag, Ferdl, warum san die Menschen so blöd.«

»Das darfst grad ihn net fragen, alter Krieger, der er ist«, sagte ihr Mann.

Ferdinand seufzte.

»Maria und Josef«, das hatte er noch von seiner Mutter, »für mich ist der Krieg schon lang vorbei, Juschi. Und ich wäre auch lieber ein Offizier im Frieden gewesen wie mein Vater. Für den Siebziger Krieg war er noch zu jung, und als es vierzehn losging, war er schon pensioniert.«

»Wenn er nicht bald darauf gestorben wär, hätten sie ihn schon noch geholt, so alt war er noch nicht.«

Ferdinand lachte, es klang ein wenig bitter.

»Die einen müssen jeden Krieg mitmachen, andere sind betrübt, weil es ihnen erspart geblieben ist. Mein Vater hat immer darunter gelitten, daß er nie in einen Krieg ziehen durfte. Alles, was damals so passierte, Kiautschou, Hereroaufstand und was weiß ich noch, sie ließen ihn niemals mitspielen. Er war immer ein Schreibtischsoldat, wie er es nannte.«

»Ein sehr begabter Geograph, wie wir wissen.«

»Jetzt hörts auf vom Krieg und von Soldaten zu reden. Erzähl von Virginia«, sagte Juschi.

Sie nahm einen genießerischen Schluck von ihrem Wein, schob Ferdinand den Teller mit dem Preßsack, dem Leberkäs, den schon geschmierten Broten und die Schüssel mit dem Kartoffelsalat näher. »Und iß vor allem was nach der langen Fahrt.«

»Was soll er denn nun tun?« fragte ihr Mann. »Reden oder essen?«

»Beides. Das geht ohne weiteres.«

»Bei dir scho.«

»Bei dir auch.«

Ferdinand griff wirklich zu, weniger aus Hunger, sondern weil ihm das Erzählen schwerfiel, selbst den Freunden gegenüber.

»Wie schaut's denn aus?« ergriff Juschi die Initiative, »das arme Hascherl? Drei Jahre hast dich nicht um sie gekümmert.«

Ihr Mann blickte sie warnend an, und Ferdinand fuhr auch schon hoch, schluckte das Bauerngeräucherte hinunter, das er gerade in den Mund gesteckt hatte, und sagte zornig: »Was für einen

Grund in drei Teufels Namen habe ich überhaupt, mich um sie zu kümmern?«

Schweigen um den Tisch.

»Nun ja«, sprach Johannes, der Anwalt, dessen Frau soeben ein Baby bekommen hatte, von dem er ganz sicher sein konnte, daß es von ihm war, denn es hatte, winzig klein, den gleichen Leberfleck am Unterbauch wie er. »Du hast schon recht, Onkel Ferdinand. Du hast mehr für das Kind getan, als man von dir verlangen konnte.«

»Nun ja«, äffte sein Bruder Clemens ihn nach, »man kann auch etwas für ein armes einsames Kind tun, wenn es nicht das eigene ist.«

»Falls es sich um ein total fremdes Kind handelt«, dozierte Johannes, »dann ist das ganz etwas anderes. Dann ist es halt eine gute und edle Tat, für ein alleinstehendes Kind zu sorgen. Im vorliegenden Fall ist es ein besonderes Problem, und wenn Onkel Ferdinand sich für immer und alle Zeit von diesem Kind abgewendet hätte, so könnte man ihm gewiß keinen Vorwurf machen.«

»Jetzt hört auf, von einem Kind zu sprechen«, sagte Juschi, »soviel ich weiß, ist Virginia achtzehn geworden. Wie sieht sie denn aus?«

»Denkst du, ich habe sie fotografiert?« fragte der Oberst bissig.

»Du könntest sie beschreiben«, sagte Juschi friedlich. »Ist sie so schön wie ihre Mutter?«

Ferdinand nahm ein Stück vom Leberkäs und kaute langsam.

Ludwig Landau beobachtete ihn bekümmert.

Der Freund sah schlecht aus, geradezu miserabel sah er aus. Hager war er immer gewesen, aber jetzt sah er krank aus, elend. Und alt war er geworden.

»Nein, so schön wie ihre Mutter ist sie nicht. Aber eine gewisse Ähnlichkeit, doch, die ist vorhanden.«

»Und wie ist sie so?« bohrte Juschi weiter.

Ferdinand lachte kurz auf.

»Sie hat künstlerische Ambitionen, oder wie man das nennen soll. Sie möchte auf eine Kunstakademie. Malen möchte sie.«

»Naa?« rief Juschi aus, die selbst eine begeisterte Hobbymalerin war, »kann net wahr sein? Aber das ist ja fabelhaft.«

»Wir sind dafür, daß sie dort im Kloster bleibt«, sprach der Oberst gemessen.

»Was?« rief Juschi, »das kann nicht dein Ernst sein! Eine Nonne wollt ihr aus dem Mädel machen? Das hat sich bestimmt deine Frau ausgedacht.«

»Sie muß deswegen keine Nonne sein. Sie kann dort später als Lehrerin arbeiten.«

»Und als Lehrerin in so einer Klosterschule ist man keine Nonne? Das kannst mir doch nicht einreden.«

Es war überflüssig, nun einen Vortrag über Schwester Borromea zu halten. Der Oberst schob den Teller beiseite und sagte ärgerlich: »Irgendwo muß sie schließlich bleiben.«

Juschi hob mit einer raschen Bewegung den

Kopf, sah ihren Mann an, dann ihre Söhne, schließlich den Gast. Sie hatte soeben einen Entschluß gefaßt.

Ihr Mann sah es ihr an.

»Was ist?« fragte er.

»Ah, nix«, erwiderte sie freundlich. »Ich denk bloß nach.«

»Man sieht's dir an.«

Er nahm den Korkenzieher und zog eine neue Flasche Bocksbeutel auf, nahm einen Probeschluck und füllte das Glas seiner Frau.

Juschi hob ihr Glas, betrachtete die goldene Flüssigkeit, lächelte dann und trank.

Männer waren törichte Wesen, das wußte sie gut genug. Seit achtzehn Jahren kannte sie nun das Drama dieses armen Kindes. Solange die alte Gräfin lebte, war nicht daran zu denken, daß man das Kind je zu sehen bekam. Aber dann? Warum hatte sie sich eigentlich dann niemals darum gekümmert?

Das eigene Leben war so erfüllt gewesen. Die großen erfolgreichen Berufsjahre ihres Mannes mit allen dazugehörenden gesellschaftlichen Verpflichtungen, die Entwicklung der Kinder, ihr Studium, ihre Ehen, alle die Sorgen und Freuden in der eigenen Familie hatten sie ausreichend beschäftigt. Dazu kam ihre ausgeprägte Abneigung gegen diese Frau, die Ferdinand geheiratet hatte, sie war ihr dreimal begegnet, und es war jedesmal ein Fiasko gewesen. Auf diese Weise vergaß man das arme Kind, das keiner haben wollte.

Aber nun hatte Juschi einen Entschluß gefaßt. Sie würde keinen fragen und es keinem sagen, na, vielleicht ihrem Mann, sie würde einfach mal dorthin fahren in dieses Kloster und sich das Mädchen ansehen. Am besten bald, solange noch Ferien waren. Auch der Oberst war nahe dran, einen folgenreichen Entschluß zu fassen. Er schob wieder einmal die Hand in die Brusttasche, wo sich der Brief befand. Mein liebes Kind...

So vieles hatte er seinem Freund und Juschi im Laufe der Jahre anvertraut, aber sie wußten bis heute nicht, daß Anita ihm schon zweimal geschrieben hatte, daß sie nach ihrer Tochter fragte. Und daß ihrem dritten Brief ein Brief für Virginia beilag.

Er schämte sich, darüber zu sprechen. Denn er hätte Virginia den Brief geben müssen, er durfte ihr ihn nicht vorenthalten. Ludwig würde es eine Unterschlagung nennen. Und Juschis entsetzte Augen konnte er sich leicht vorstellen.

Vielleicht wenn er mit ihnen allein gewesen wäre, wenn die Söhne nicht dabei wären...

Vielleicht morgen.

Vielleicht aber auch nicht.

Er senkte den Blick, sein Gesicht wurde noch fahler, nun begannen wieder die bohrenden Kopfschmerzen. »Noch ein Glas Wein?« fragte Ludwig.

»Ja, danke, gern.«

Er leerte das Glas fast auf einen Zug, Ludwig füllte es wieder und blickte den Freund bekümmert an. Juschi dagegen trank mit höchst zufriedener

Miene ihr Glas aus. Sie würde mit diesem Mädchen sprechen. Sie würde sagen: Ich kenne deinen Vater, und nun möchte ich dich gern kennenlernen. Wenn du wirklich Talent hast und malen willst, wir haben in München eine sehr gute Akademie, und ich kenne sogar ein paar von den Professoren, und falls du dort studieren willst, kannst du bei uns wohnen. Wir haben Platz genug, meine Kinder sind erwachsen, und mir fehlt manchmal sowieso eine Tochter im Haus, und ich...

Juschi lächelte verträumt über den Tisch hinweg. Daß sie da nicht schon früher draufgekommen war! Sie war doch sonst nicht so blöd.

Ihr Mann betrachtete sie mit freundlicher Gelassenheit. Er kannte sie sehr, sehr gut. Und er ahnte, was in ihrem Kopf vorging.

Nur kam Juschi leider zu spät. Als sie in Enzensbach eintraf, war Virginia nicht mehr dort.

Die Lüge

Am Tag nach dem Geburtstag, es war wieder ein warmer Sommertag, fuhr Virginia mit den Zwillingen ins Schwimmbad nach Gollingen. Sie hatten selbstverständlich Anna-Luisa aufgefordert, sie zu begleiten, doch die hatte sich freiwillig zum Unkrautjäten im Klostergarten gemeldet.

Sabine tippte sich an die Stirn.

»Am hellen Nachmittag und bei der Hitze! Die spinnt wie immer.«

Sie fuhren mit den Rädern, abwärts nach Gollingen ging das sehr flott, heimzu würden sie die meiste Zeit schieben müssen. Trotzdem landeten sie nach dem Schwimmen vor dem Fenster des Gollinger Schuhgeschäftes.

»Die meine ich«, sagte Virginia.

»Hm, schicke Schuh«, befand Barbara. »Ich weiß zwar nicht, wann und wo die du hier anziehen willst, aber wenn du sie partout haben willst, dann kauf sie dir halt.« Virginia zog ihr Portemonnaie aus der Badetasche und zählte ihr Geld. Das war das gesparte Taschengeld, da war der Schein, den ihr Vater ihr am Tag zuvor zum Abschied gegeben hatte, doch es reichte nicht ganz.

»Also wir können dir was pumpen, nicht Bine?« meinte Barbara.

»Erst mal sehen, ob sie deine Größe haben und

wie sie dir gefallen, wenn du sie anhast«, sagte die praktische Sabine. Sie verschwanden alle drei im Laden.

Danio, der schräg gegenüber unter der Einfahrt des Hotels ›Grundlwirt‹ stand, hatte sie beobachtet. Was für ein glücklicher Zufall. Den ganzen Tag lang hatte er darüber nachgedacht, wie er nun eigentlich an das Mädchen herankommen sollte. An das Schwimmbad hatte er nicht gedacht, solch eine Einrichtung existierte für ihn sowieso nicht, außerdem nahm er an, die Klosterschülerinnen seien streng eingesperrt und dürften ohne Begleitung nirgendwohin gehen.

Von Frankreich aus hatte die Sache ganz einfach ausgesehen. Mit Dido hatte er ausführlich gesprochen, sie hatte in ihrer dramatischen Art beide Hände gespreizt und gerufen: »Wie stellst du dir das vor? Du kommst dahin, und sagst: Schönen Gruß von Ihrer Mutter, ich soll Sie abholen, damit Sie Mama für ein paar Tage besuchen. Du denkst, sie darf einfach mit dir losfahren? Erst müßtest du die Vorsteherin von dem Kloster, eine Äbtissin oder so was, um Erlaubnis fragen. Und die würde sich ja dann wohl erst mal mit der Mutter in Verbindung setzen. Nein, da müßte Madame sich schon selbst hinbemühen. Nur weiß sie eben nicht, wo sich das Goldstück befindet.«

»Aber sie kann es jeden Tag erfahren. Und wenn der Alte ihr den Brief zum Geburtstag hinschickt, dann ist sowieso alles im Eimer.«

Danio wußte von den Briefen, die Anita an ihren

früheren Mann geschrieben hatte, er wußte auch von dem Brief an die Tochter, den diese zum Geburtstag erhalten sollte. Anita hatte darüber geredet, manchmal ruhig, manchmal auch im Zorn, der sich bei ihr sehr schnell einstellte.

»Wenn der alte Nußknacker mir nicht endlich sagt, wo er Virginia versteckt hält, dann fahre ich selbst nach Deutschland, direkt zu ihm, und mache einen Riesenskandal.

Das war etwa vor einem Vierteljahr gewesen, der Geburtstagsbrief sollte der letzte friedliche Versuch sein. Wieder hatte Danio gesagt: »Du weißt doch gar nicht, ob deine Tochter noch lebt. Als du sie das letztemal gesehen hast, war sie vier Monate alt.«

»Warum sollte sie denn nicht mehr leben?«

»Denk doch nur mal, was Kinder alles für Krankheiten haben können. Wir waren zu Hause acht, und davon sind nur fünf groß geworden.«

»Gott, bei euch da«, sagte sie verächtlich.

Er schluckte das stumm hinunter, murmelte nur noch: »Du hast selbst gesagt, sie sei ein sehr zartes, schwächliches Kind gewesen.«

»Schwächlich habe ich überhaupt nicht gesagt. Du hättest ihren Vater sehen sollen, solch ein Mann, groß und stark, und so schön.«

Danio verzog das Gesicht. Er konnte sich nicht vorstellen, daß es jemals einen Mann gegeben haben sollte, der schöner war als er.

Und dann kam jener verhängnisvolle Satz, den er nicht mehr vergessen sollte.

»Wenn sie wirklich nicht mehr lebt, dann wirst du mein Erbe sein. Der brasilianische Clan hat genug, die kriegen von mir nichts. Dazu haben sie sich viel zu rotzig zu mir benommen.«

»Du wirst noch lange leben, bellissima. Wenn ich auf diese Erbschaft warten wollte, dann wäre ich längst ein alter Mann.«

Darauf schwieg Anita, und wie manchmal in letzter Zeit sah er den Zug von Sorge in ihrem Gesicht, den er zuvor nie gekannt hatte. Warum wohl fuhr sie zu diesem Arzt nach Paris? Gab es an der Côte nicht auch gute Ärzte?

»Außerdem müßten wir heiraten. Oder denkst du, die südamerikanische Verwandtschaft würde solch ein Testament nicht anfechten?«

»Wenn wir verheiratet wären, könntest du mich schön langsam ein bißchen umbringen, dann bekommst du das Geld, bevor du ein alter Mann bist.«

Daraufhin machte er eine große Szene und war den ganzen Abend lang beleidigt.

Warum war sie so mißtrauisch, warum glaubte sie ihm seine große Liebe nicht? Und warum eigentlich wollte sie in letzter Zeit nicht mehr mit ihm schlafen?

Was ihn vor allem so unsicher machte, war die Frage: Wußte sie von Dido, oder wußte sie es nicht?

Er kannte Didos verheerendes Temperament, er wußte, daß Dido ihn besitzen wollte mit Haut und Haar, und daß sie nur aus Geldgier sein Verhältnis zu der älteren Frau duldete. Das Geld wollte sie auch, und sie wollte es bald. Sie hatte schon feste Pläne, was man damit anfangen würde. Ein Restaurant mit vier Sternen, berühmt an der ganzen Côte, das wollte sie haben. ›Dido et Danio‹. Sie war sechsundzwanzig, und sie wollte endlich aus der Verbannung, aus dem trostlosen Leben heraus.

Pieds noirs, das verächtliche Wort, mit dem man die Algerienfranzosen hier bezeichnete, die als arme Flüchtlinge nach Frankreich gekommen waren, war ihr unbeschreiblich verhaßt. Danio wollte das Restaurant nicht, das Geld würde für ihn ein Leben lang reichen, ohne daß er arbeiten mußte. Er wußte auch nicht, ob er unbedingt Dido für immer behalten wollte. Aber in gewisser Weise brauchte er sie. Denn sie war stark, sie vermittelte ihm das, was er nicht besaß: einen festen Willen. Und er brauchte einfach einen Menschen, mit dem er alles besprechen konnte.

Didos Triumph, als sie, nur sie, herausbekommen hatte, wo sich das Mädchen befand, war nicht zu übersehen.

Sie war also nicht tot. Und es war abzusehen, daß es nicht lange dauern würde, bis Anita es auch wußte.

Was sie alle nicht wußten, er nicht, Anita nicht, Dido nicht, daß Virginia ihre Mutter für tot hielt.

Und dann also der Geburtstag, der Brief und dazu, was sie nun wußten – es war höchste Zeit, etwas zu unternehmen.

»Aber was?« fragte Dido.

»Ich werde hinfahren und mir das ansehen.«

»Und dann lockst du sie in den Wald, schneidest ihr die Kehle durch, das erfährt Anita dann, und daraufhin heiratet sie dich.«

Er war empört. »Ich bin keiner von deinen afrikanischen Mördern. Ich fahre hin und seh mir das erst mal an.«

Sie betrachtete ihn aus zusammengekniffenen Augen.

»Cochon!« spuckte sie ihm ins Gesicht.

So leicht war das Leben von Danio Carone wirklich nicht. Manchmal dachte er daran, aus diesem Leben ganz auszusteigen, beide Frauen zu verlassen, irgendwo anders hinzugehen, seinetwegen auch wieder zu arbeiten. Und gab es nicht viele reiche Frauen auf der Welt? Als er Anita zum Flughafen von Nizza brachte, sagte er: »Ich verstehe wirklich nicht, warum du ausgerechnet jetzt nach Paris mußt. Nach allem, was man so gehört hat, müssen sich furchtbare Dinge dort abgespielt haben.«

»Ah bah, Paris ist kein Dorf. Wenn ein paar Studenten dort krakeelen, liegt Paris noch lange nicht in Trümmern.«

»Es waren nicht nur die Studenten allein. Es muß eine richtige Revolution gewesen sein.«

»Unsinn! Ihr mit euren Revolutionen. De Gaulle hat die Zügel wieder fest in der Hand.«

Man schrieb den Sommer 1968.

»Wenn ich zurückkomme, hat Virginia mir vielleicht schon geantwortet«, sagte Anita. »Und dann holen wir sie uns gleich. Vielleicht ist sie in einem Internat in der Schweiz oder in England, oder was weiß ich.«

»Oder er hat sie gleich an Mädchenhändler verkauft, um sie los zu sein«, sagte Danio spöttisch. »Ciao, bellissima. Wann wirst du wiederkommen?«

»Ich weiß es noch nicht. Ich bleibe eine Woche oder so.« Sie küßte ihn flüchtig, gleichgültig, wie er fand.

Was war nur geschehen, daß sie ihn nicht mehr liebte? War Dido doch einmal bei ihr gewesen? Nein, sie hatte geschworen, beim heiligen Boden Algeriens und bei der Seele ihres Vaters, daß sie das nicht getan hatte. Das glaubte er ihr. Und was war mit dem Gärtner und seiner Frau, die Anitas Haus versorgten? Daß sie ihn nicht leiden konnten, wußte Danio sehr genau.

So war er also einfach losgefahren mit Anitas großem Wagen, aber mit dem fuhr er nur bis Mailand, dort stellte er ihn ab und mietete einen Wagen mit italienischem Kennzeichen. Nun war er hier. Und es ging alles viel, viel leichter, als er es sich vorgestellt hatte. Er hatte das Mädchen gesehen, und sie hatte ihn immerhin wahrgenommen. Der Vater war wieder abgereist, und da stand sie vor dem Schuhladen, einfach so, mit zwei anderen Mädchen. Eigentlich brauchte er sie nur noch anzusprechen und zu sagen: Mademoiselle Virginia, ich soll Sie grüßen von Ihrer Mutter, und ich soll Sie abholen zu einem Besuch bei ihr.

Lächerlich. Sie konnte nicht einfach mit einem

Wildfremden wegfahren. Und im Kloster konnte er sich in keiner Weise legitimieren.

Wie auch immer, tun mußte er etwas. Sonst konnte er das ganze Unternehmen gleich aufgeben.

Als die drei Mädchen aus dem Schuhgeschäft kamen, stand er direkt davor, blickte in Virginias Augen, dann auf ihre Füße. »Wunderschöne Schuhe«, sagte er. »Genau das, was gestern noch gefehlt hat zu dem hübschen Kleid.«

Virginia öffnete vor Erstaunen den Mund. Sie erkannte ihn sofort wieder.

Die Zwillinge blickten interessiert, und Danio sprach schnell weiter. »Meine Damen!« Er neigte leicht den Kopf. »Ein guter Einkauf. Ein nachträgliches Geburtstagsgeschenk, nehme ich an.«

Sabine stieß die wie erstarrt dastehende Virginia an.

»Kennst du den?«

»Ich hatte das Vergnügen, Fräulein Virginia gestern kennenzulernen. Ihr Vater hat uns bekannt gemacht. Wallstein ist mein Name.«

Das fiel ihm gerade so ein, er hatte einmal im ›Negresco‹ einen sehr sympathischen Gast bedient, der hieß so.

Nun kam alles darauf an, wie die Kleine reagierte.

Zunächst sagte sie gar nichts, staunte ihn nur mit großen Augen an.

»Ihr Herr Vater mußte ja leider gestern schon wieder abreisen. Aber da ich ihm sagte, ich bliebe vielleicht noch hier, hat er mir aufgetragen, Ihnen noch ein wenig die Zeit zu vertreiben, Fräulein Virginia.«

Sein Deutsch war jetzt sehr flüssig, Anita sprach nur deutsch mit ihm, und in den letzten zwei Jahren hatte er fast jeden Akzent verloren.

Sie sagte immer noch nichts. Hatte den Blick gesenkt, blickte auf die heiß ersehnten weißen Schuhe, die auf einmal ganz unwichtig geworden waren. Sie mußte jetzt etwas sagen, aber was nur?

Der Mann log. Wer war der Mann, und warum log er?

Danio ahnte ungefähr, was in ihr vorging, und sprach rasch weiter.

»Darf ich die Damen zu irgend etwas einladen? Eine Tasse Kaffee?«

»Ein Eis«, sagte Sabine rasch. »Kommen Sie nur, wir wissen, wo es das beste Eis gibt.«

Sie setzte sich in Bewegung, und sie gingen alle vier die Gasse entlang zum Marktplatz.

»Sie sind ein Freund von Virginias Vater?« fragte Barbara höflich.

»Ich würde mir nicht anmaßen, ihn meinen Freund zu nennen. Mein Vater ist gut mit ihm befreundet. Und der Herr Stettenburg-von Maray ist so freundlich, mich gelegentlich zu treffen. Ich lebe in München. Und er kam auf der Fahrt hierher bei mir vorbei und fragte mich, ob ich keine Lust hätte, mit ihm zu fahren und seine Tochter kennenzulernen.«

Er hielt die Luft an. Wartete. Was würde Virginia

sagen? Sie sagte gar nichts. Im Gehen fing er von der Seite ihren Blick auf. Er las weder Angst noch Schreck darin, nur Erstaunen. Nun konnte sie wohl nicht mehr zurück, konnte die Lüge nicht mehr aus der Welt schaffen.

Er griff im Gehen nach ihrer Hand, hob sie leicht an die Lippen.

»Ich bin Ihrem Vater sehr dankbar, daß er mich mitgenommen hat.«

Ich muß jetzt stehenbleiben und muß sagen: Was erlauben Sie sich eigentlich, mein Herr? dachte Virginia, und wer sind Sie überhaupt? Ich kenne Sie nicht, und mein Vater kennt Sie noch viel weniger, und ich... ich verbitte mit Ihre Unverschämtheit, und... und...

Sie formulierte alle diese Sätze, aber sie blieb nicht stehen, und sie sagte gar nichts.

Dann waren sie beim Café am Marktplatz angekommen, gingen hinein, setzten sich, das Eis wurde bestellt, und noch immer hatte Virginia kein Wort gesagt, dachte nur darüber nach, wie sie aus dieser Klemme herauskommen könnte. Sie konnte den Zwillingen natürlich später alles erklären, nein, konnte sie nicht, die würden denken, sie sei verrückt geworden. Sie mußte der Oberin das erzählen, Unsinn, das ging schon gar nicht. Aber vielleicht Schwester Borromea?

Sabine stieß sie an.

»Du sagst ja gar nichts. Und du hast kein Wort davon erzählt, daß dein Vater so netten Besuch mitgebracht hat. Wirklich, Herr Wallstein, kein

Wort hat sie von Ihnen gesprochen. Wir waren zum Schwimmen, und jetzt wollten wir eigentlich wieder hinauffahren.«

Barbara kicherte. »Sei nicht so blöd. Darum wollte sie die Schuhe kaufen gehen. Du warst verabredet, nicht wahr?«

Virginia, so direkt angesprochen, errötete. Dann sagte sie: »Nicht so richtig. Ich wußte eigentlich gar nicht, daß Herr... Herr Wallstein heute noch hier ist.«

»Nun, so bestimmt war das auch nicht«, nahm er den Faden dankend auf. »Sie hörten ja gestern, wie ich zu Ihrem Vater sagte, ich müßte erst in München anrufen, ob es keine wichtigen geschäftlichen Termine gibt.«

»Was sind Sie denn von Beruf?« wollte Sabine wissen.

»Oh, oh, ich... eh, ja, ich habe ein kleines Restaurant.« Das war das erste, was ihm einfiel. »Ein kleines Restaurant, mit sehr gutem Ruf und gutem Publikum. Aber das läuft auch ein oder zwei Tage ohne mich.«

»Wollen Sie noch länger hier bleiben?«

»Falls Virginia mir die Freude macht, morgen mit mir essen zu gehen...«

»Das dürfen wir nicht«, sagte Barbara. »Zumindest müßten Sie zuerst die Oberin um Erlaubnis fragen.«

»Das kann ich ja tun«, sagte er frech und lächelte nacheinander jedes der Mädchen an.

»Aber wir kommen auch wieder gerne zum Eisessen herunter«, meinte Sabine hellsichtig. »Ich weiß nicht, ob die Frau Oberin es erlaubt. Virginias Vater hätte Sie oben vorstellen müssen.«

»Ja, das hätte er wohl tun müssen. Daran haben wir nicht gedacht. Dann essen wir eben wieder Eis.«

»Vielleicht wollen Sie mit Virginia mal allein sein«, meinte Sabine.

Virginia stieß sie an.

»Red nicht so einen Unsinn«, sagte sie, und ihre Stimme klang belegt.

Sabine und Barbara lächelten sich an. Also das war doch höchst interessant. Und natürlich war da ein richtiger Flirt im Gange, man brauchte Virginia nur anzusehen, die war ja ganz weggetreten.

Wie immer verständigten sich die Zwillinge mit Blicken. »Wir werden sehen, wie wir das morgen deichseln«, sagte Sabine, »wir können hier auch noch ein bißchen sitzen bleiben, und ihr beide geht noch ein wenig spazieren. Nur müssen wir um sechs oben sein. Und du weißt ja, Virginia, wir müssen schieben.«

»Schieben?« fragte Danio verständnislos.

»Unsere Räder. Es geht meist bergauf. Und die feinen Schuhe ziehst du dazu auch besser wieder aus, Virginia.«

»Ich könnte ja...« Danio verschluckte gerade noch, was er sagen wollte. Ich könnte sie ja hinauffahren. Aber da war der Wagen mit der italienischen Nummer, das würde schwierig zu erklären sein. Wenn auch sicher nicht unmöglich. Aber so weltfremd, wie er sich das gedacht hatte, waren diese Mädchen hier keineswegs.

In Virginias Kopf hatte sich plötzlich etwas in Bewegung gesetzt. Da war doch... war doch einmal eine Bemerkung gewesen...

»Mein Vater hat einen Freund in München«, sagte sie langsam. »Davon hat er gesprochen.«

Danio lächelte, das Eis war glatt, auf dem er sich bewegte.

»Ja. Warum auch nicht?«

Aber sie machte es ihm ja so leicht.

»Er hat mir nie gesagt, wie dieser Freund heißt.«

»Nun wissen Sie es, Virginia.«

»Wir müssen leider gehen«, sagte Sabine, »sonst gibt es Ärger.« Zurück zum Schuhgeschäft, wo die Räder der drei Mädchen parkten, nicht einmal abgeschlossen. In Gollingen gab es keine Diebe.

»Sehen wir uns also morgen?« fragte Danio, als er zum Abschied ihre Hand in seiner hielt, und er sah nur sie an, und die Zwillinge verstanden, daß sie nicht gemeint waren.

»Oh, ich... ich weiß nicht...«, murmelte Virginia.

»Etwas früher vielleicht. So gegen drei. Wieder in diesem hübschen Café. Oder wäre es Ihnen lieber, wenn ich zum ›Klosterhof‹ hinaufkäme, da haben Sie nicht so einen weiten Weg.«

»Nein, nein«, sagte Virginia rasch. »Lieber hier. Es ist kein weiter Weg.«

»Jedenfalls bergabwärts nicht«, meinte Sabine.

»Ich fahre Sie dann mit dem Wagen hinauf.«

Virginia, die heute einen blauen Leinenrock und eine weiße Bluse trug und eben die weißen Schuhe mit den Turnschuhen vertauschte, dachte: Ich werde das Weiße mit den Blümchen anziehen, und die neuen Schuhe, hinunter geht das schon, wenn er mich dann hinauffährt, aber was mache ich denn mit dem Rad, und was mache ich überhaupt, ich bin eine elende Lügnerin, ich bin so schlecht, und irgendwann werde ich das beichten müssen, was wird Pater Vitus bloß von mir denken, ach, wenn doch bloß Teresa da wäre, und natürlich gehe ich morgen nicht, das ist ja klar.

»Um drei«, sagte sie. »Im Café.«

»Danke, Virginia.« Er lächelte. Sein Blick hielt sie fest. Es ging alles wunderbar. Bis morgen mußte er sich ausdenken, was nun weiter geschehen sollte.

Nur eins mußte er heute noch wissen, eines mußte er sofort wissen.

Ob sie den Brief erhalten hatte.

»Und Ihre Mutter?« fragte er. »Sie ist zu Ihrem Geburtstag nicht gekommen?«

Sie wurde ganz blaß.

»Wen meinen Sie? Die Frau meines Vaters? Sie kommt nie. Meine Mutter, meine richtige Mutter, ist tot. Sie starb, als ich noch ganz klein war.«

Also so war das. Danio schaltete schnell.

»Gewiß, das weiß ich. Ich dachte auch an die Frau ihres Vaters. Entschuldigen Sie, daß ich sie Mutter nannte.«

Er sah den Mädchen nach, die losstrampelten. Hier im Ort ging es noch sehr gut auf den Rädern.

Also das war es. Warum hatten sie sich das eigentlich nicht denken können. Wie dumm Anita war! Er hatte dem Kind einfach erzählt: Deine Mutter ist tot. Virginia hatte nie gewußt, daß sie eine höchst lebendige Mutter besaß. Und den Brief hatte er ihr demnach nicht gegeben.

Das war eine ganz neue Situation. Er mußte nachdenken, was sich damit anfangen ließ.

Die Patientin

Anita setzte sich gerade auf.

»Sie sagen mir nicht die Wahrheit, Doktor. Ich werde sterben. Ich habe Krebs.«

»Sterben müssen wir alle. Und ob Sie ein Karzinom haben und in welchem Stadium, kann ich erst wissen, wenn ich es sehe. Ich muß Sie operieren, Anita, und zwar sofort.«

»Das geht nicht.«

»Seien Sie nicht so eigensinnig. Sie sind eine freie Frau ohne irgendeine Verpflichtung, Ihr Haus ist gut versorgt, was macht es also, wenn Sie eine Woche oder auch ein wenig länger nicht da sind. Am besten kommen Sie morgen gleich zu mir in die Klinik, übermorgen wissen wir schon mehr. Aber Sie können mit dieser Ungewißheit und auch mit diesen unkontrollierbaren Blutungen nicht weiterleben.«

»Sie werden mir nicht die Wahrheit sagen.«

»Warum sollte ich nicht?«

»Das weiß man doch. Sie werden mich aufschneiden, werden mich verstümmeln oder auch nicht, alles wird wieder schön zugenäht, und danach sagen Sie zu mir: Alles in Ordnung, Madame. Sie können beruhigt nach Hause fahren. Und in einem halben Jahr bin ich tot.«

Dr. Goldstein lachte. »Das ist durchaus eine

Möglichkeit. Die andere: Eine harmlose Operation, in ein paar Wochen haben Sie sich bestens erholt und können die ganze Sache vergessen.«

»Sie werden mir nicht die Wahrheit sagen«, wiederholte sie.

»Angenommen, ich entdecke eine bösartige Geschwulst, so kann ich sie entfernen, und damit wäre alles erledigt.«

»Und wenn es dafür zu spät ist?«

»Dann werde ich Ihnen die Wahrheit sagen, wenn Sie sie wissen wollen, Sie müssen dann länger bei mir bleiben, wir werden bestrahlen und werden versuchen, Sie zu heilen.«

»Oder den Tod um ein paar Wochen hinausschieben. Ich werde ein Gerippe sein, ohne Haare auf dem Kopf.«

Er seufzte. »Die Patienten heutzutage lesen viel zu viele illustrierte Blätter. Haben Sie denn gar kein Vertrauen zu mir?«

»Zu wem sonst, wenn nicht zu Ihnen, was glauben Sie, warum ich zu keinem anderen Arzt gehe. Aber ich will gerade jetzt nicht sterben.«

»Sie sollen überhaupt nicht so bald sterben. Und ich sehe dazu auch gar keinen Grund. Aber ich würde dennoch gern wissen, was das heißen soll: gerade jetzt nicht. Ist es wegen dieses Mannes, von dem Sie mir erzählt haben, mit dem Sie zusammenleben?«

»Ah bah«, machte Anita. »Nicht wegen Danio. Ich hab ihn ganz gern, und er hat mir in den letzten Jahren sehr angenehm die Zeit vertrieben. Aber das ist keine Frage von Leben und Sterben. Nein, es ist etwas anderes. Ich warte auf einen Brief.«

»Ein Brief?«

Anita lächelte auf einmal.

»Sie werden staunen, Doktor. Ich warte auf einen Brief meiner Tochter.«

Er staunte wirklich.

»Ich habe gesehen, daß Sie ein Kind geboren haben. Aber Sie haben mir nie von dieser Tochter erzählt.«

»Das wäre auch schwierig. Ich kenne sie gar nicht.« Ihre Stimme wurde plötzlich laut und leidenschaftlich. »Aber ich will sie jetzt endlich kennenlernen, das ist mein gutes Recht. Ich kann ihr ein wunderbares Leben bieten. Aber ich will nicht alt und krank und kaputt sein, wenn sie kommt. Verstehen sie das?«

»Natürlich verstehe ich das. Sie waren immer eine eitle Frau, die sich selbst liebte, ihren Körper, ihr Aussehen, was ich ganz in Ordnung finde. Aber vor allen Dingen wollen Sie leben, wenn diese Tochter kommt, nicht wahr? Und nun erzählen Sie.«

Anita hatte Dr. Goldstein kennengelernt, da war sie siebzehn und war wirklich nahe daran zu sterben. Eine verpfuschte Abtreibung war die Ursache. Die Frau, in deren Wohnung Anita ein kleines Zimmer bewohnte, holte den jungen Arzt aus der Nachbarschaft, und der tat sein Bestes, das fast verblutete Mädchen zu retten.

Anita brauchte lange, bis sie sich erholte, sie bekam eine Unterleibsentzündung. Dr. Goldstein behandelte sie, tröstete sie, kümmerte sich um sie, denn sie war ganz allein und sehr verzweifelt. Er erfuhr die Geschichte ihrer ersten Liebe, ein junger Schauspieler, der in Frankfurt an der Oder im Engagement gewesen war, dort stammte auch sie her, dort hatte sie ihn bereits als Fünfzehnjährige angehimmelt, dort hatte er sie als Sechzehnjährige verführt; als er nach Berlin ging, brannte sie zu Hause durch und reiste ihm nach. Erstens aus Liebe und zweitens, weil sie auch gern Schauspielerin werden wollte.

Als sie schwanger wurde, ließ er sich nicht mehr blicken. Sie hatte nichts gelernt, hatte keine Arbeit, und wäre die Frau, bei der sie wohnte, nicht ein so gutmütiger mütterlicher Typ gewesen, die ihr die Miete stundete, säße sie längst auf der Straße. Das alles erfuhr Dr. Goldstein sehr bald, denn Anita erzählte ihm ihre ganze Lebensgeschichte, die ja noch relativ kurz war. Sie stammte aus einfachen, kleinbürgerlichen Verhältnissen, hatte stets unter der Enge, dem kargen Leben daheim gelitten. Daß sie hübsch war, wußte sie. Daß sich damit etwas anfangen ließ, auch.

»Es passiert mir nie wieder, daß ich mich verliebe«, schwor sie erbittert, sobald es ihr besser ging. »In Zukunft werden die Männer für mich dasein, nicht ich für sie.«

Die Vermieterin pflegte sie rührend, Dr. Goldstein kam jeden Tag, sie erholte sich dann erstaunlich rasch.

Dr. Goldstein mit seiner noch jungen Praxis in einem alten Haus nahe der Friedrichstraße lebte keineswegs sorgenfrei zu jener Zeit. Man schrieb das Jahr 1933, er war Jude. Noch behelligte ihn keiner in der Großstadt Berlin, aber daß er in diesem Staat die große Karriere, die er sich vorgestellt hatte – ein berühmter Gynäkologe mit eigener Klinik und reichen Frauen als Patientinnen –, nicht machen würde, war ihm klar, es sei denn, die Verhältnisse änderten sich bald. Noch glaubte ja zu jener Zeit keiner so recht daran, daß Hitler sich lange halten würde auf dem selbst errichteten Thron.

Dr. Goldstein verließ Deutschland im Jahr 1935, ging zunächst nach Paris, wo sich sogar eine Möglichkeit fand, schwarz zu praktizieren, in der Privatklinik eines renommierten Gynäkologen, Jude wie er, jedoch wesentlich älter.

Mit dem Instinkt für Gefahr, den Juden oft von ihren Vorfahren geerbt haben, gewonnen aus der Erfahrung jahrhundertelanger Verfolgung, sagte dieser eines Tages: »Ich bleibe nicht in Europa, und Ihnen, Goldstein, würde ich das gleiche raten.«

Das war im Herbst 1938, nach dem Abkommen von München.

»Ich habe die nötigen Examina, um in den USA zu praktizieren, und Ihnen würde ich raten, sie zu erwerben. Gut, ich weiß, es bedeutet nochmals Studium, es bedeutet Zeitverlust, aber Sie werden sehr gezielt die Chirurgie ansteuern, denn Sie sind der geborene Chirurg. Kommen Sie mit, ich lasse Sie nicht im Stich, außerdem habe ich einflußreiche Freunde drüben.«

»Mir gefällt es sehr gut in Paris«, sagte Dr. Goldstein abwehrend. »Und ich glaube nicht, daß es mir in Amerika gefallen wird. Ich bin Europäer.«

»Alles schön und gut, aber Luxus dieser Art kann man sich jetzt nicht leisten. Man muß kein Prophet sein, um vorauszusagen, was in Ihrem geliebten Europa demnächst passieren wird. Ein Krieg, Goldstein. Und für uns Juden kommen schwere Zeiten. Übrigens, wovon wollen Sie leben, wenn ich nicht mehr hier bin? Sie müßten immer schwarzarbeiten.«

Also übersiedelte Dr. Goldstein nach den Vereinigten Staaten, tat alles, was der ältere Kollege ihm geraten hatte, und wurde ein angesehener Arzt, Gynäkologe und Chirurg.

Dennoch kehrte er Ende der fünfziger Jahre nach Europa zurück, nicht nach Deutschland, aber nach Paris, und nun hatte er hier, was er immer hatte haben wollen, eine erstklassige Privatklinik und zufriedene Patienten.

So einen wie Monsieur d'Archaud zum Beispiel, oder besser gesagt, dessen Damen.

Daß Anita Dr. Goldstein wiederfand, verdankte sie Monsieur d'Archaud, der nette ältere Herr, von dem sie die Villa an der Côte gemietet hatte. Sie traf ihn einmal in Paris, sie gingen zusammen zum Essen, und Anita erfuhr, daß d'Archauds jüngste Tochter soeben ihr zweites Kind bekommen hatte, einen Jungen übrigens, und das sei nun der dritte Enkel, außerdem gab es noch vier Enkeltöchter. Anita staunte gebührend, ließ sich erzählen, und dabei fiel der Name Dr. Goldstein. Alle Töchter und Schwiegertöchter des Monsieur d'Archaud, im ganzen waren es fünf Damen und, wie er mit Stolz vermerkte, alle bemerkenswert hübsche und charmante Frauen, hatten in der Klinik des Dr. Goldstein entbunden.

»Ich will meine eigenen Töchter nicht allzusehr preisen, aber auch meine beiden Söhne haben Geschmack entwickelt und mir reizende Töchter ins Haus gebracht. Sicher verstehen Sie nun, Madame, warum ich gern in ihrer Nähe sein möchte. So schön mein Haus am Cap ist – es ist doch immer eine Reise, wissen Sie, ich fliege nicht sehr gern, und die Kinder bekomme ich dann auch nur in den Ferien zu sehen. Hier kann ich zwei- oder dreimal in der Woche da oder dort einen Besuch machen, ohne aufdringlich zu erscheinen. Und am Sonntag kommen sie meist alle zu mir zum Essen.«

»Das klingt wunderbar«, sagte Anita lächelnd. »Sie sind zu beneiden, Monsieur. Wie einsam bin ich dagegen.«

Möglicherweise war es sogar bei dieser Gelegenheit, daß sie sich zum erstenmal ernsthaft mit der Frage beschäftigte, was denn aus ihrer Tochter, ihrer einzigen Tochter, geworden sei.

»Sagten Sie vorhin Dr. Goldstein?«

Nachdem sie einiges über den Arzt erfahren hatte, konnte sie ziemlich sicher sein, daß es sich um ihren alten Freund handelte. Sie besuchte ihn, zunächst nicht als Patientin, und er freute sich genauso, sie wiederzusehen, wie sie sich freute. »Mein Gott, Doktor, wenn Sie damals nicht gewesen wären, lebte ich schon lange nicht mehr.«

»Sie haben mich also nicht vergessen.«

»Wie könnte ich? Ich hatte zuvor in meinem Leben nie soviel selbstlose Güte kennengelernt. Abgesehen davon, daß Sie mir das Leben gerettet haben. Und eine Rechnung habe ich auch nie von Ihnen bekommen.«

»Daran erinnere ich mich gar nicht mehr.«

»Aber ich erinnere mich, und sehr gut sogar. Sehen Sie, heute kann ich Ihnen die gestundeten Rechnungen mit Zins und Zinseszinsen zahlen.«

»Tröstlich zu wissen, Madame. Nur brauche ich das Geld momentan nicht. Damals, gewiß, da hätte ich es brauchen können. Aber da hatten Sie leider keins.«

»Das ist wahr. Sie und Frau Forster waren so gut zu mir. Frau Forster, bei der ich wohnte, wissen Sie noch?«

»Der Name war mir entfallen. Aber ich sehe sie noch vor mir. So eine echte Berlinerin mit dem Herzen auf dem rechten Fleck. Hübscher Ausdruck, nicht? Macht mir richtig Spaß, wieder einmal deutsch zu sprechen.«

Anita erzählte von ihren beiden Ehen, wovon die zweite, mit Senhor Henriques, einem reichen Brasilianer, ebenso glücklich wie lukrativ gewesen war.

»Glücklich im Sinne von Behütetsein, von Geborgenheit, und natürlich auch von Wohlstand, wie ich ihn nie gekannt hatte. Er war sehr viel älter als ich, fast dreißig Jahre, und seine Familie haßt mich, weil sie der Meinung ist, ich hätte es nur auf sein Geld abgesehen.«

»Und war es nicht so?«

»Natürlich. Das auch. Ich traf ihn in New York, 1956, und es ging mir ziemlich dreckig. Nein, ich kann nicht sagen, daß ich ihn aus Liebe geheiratet hätte. Wenn man Liebe nur als Sex verstehen will. Ich war ihm dankbar, daß er mich aus dem Elend herausholte, in dem ich vegetierte. Außerdem war er ein sehr gut aussehender und noch recht vitaler Mann. Er trug mich auf Händen. Das ist auch so ein hübscher Ausdruck, wie Sie eben sagten. Nun ist er tot. Doch ich glaube, ich habe ihn nicht enttäuscht. Ich hatte auch als seine Frau viele Verehrer, aber ob Sie es glauben oder nicht, ich habe ihn nie betrogen. Was seine Familie nie glauben wollte, sie schickten sogar Detektive hinter mir her. Darum, das werden Sie bestimmt auch verstehen, macht es mir jetzt Spaß, einen hübschen jungen Liebhaber zu haben. Vielleicht heirate ich Danio sogar, schon um die Sippe in Brasilien zu ärgern.«

Dr. Goldstein lachte.

»Geld muß ein bißchen verteilt werden, da haben Sie recht, es sollte sich nicht immer nur auf dem gleichen Platz und in denselben Händen befinden.«

»Sehen Sie, Doktor, das sage ich auch. Meine Ansichten entsprachen vielleicht nicht immer der landläufigen Moral, aber ein ganz so böser Mensch, wie mein erster Mann behauptet, bin ich denn doch nicht.«

Von der ersten Ehe mit dem Hauptmann Stettenburg-von Maray hatte sie schon kurz berichtet. Auch das war nicht das, was man eine Liebesheirat nannte, auch dieser Mann war viel älter gewesen als sie. Aber auch er ein gutaussehender Mann, sehr attraktiv, besonders in der Uniform, mit besten Manieren und imponierender Haltung.

Als sie ihn kennenlernte, arbeitete Anita als Verkäuferin in einem kleinen Geschäft in der Tauentzienstraße, nachdem sie erst als Nummerngirl im ›Plaza‹, dann als Mannequin in der Engros-Konfektion tätig gewesen war. Alles nicht die Art von Leben, das sie sich erträumt hatte. Für den Stettenburg-von Maray, der alles andere war als ein Frauenkenner, war sie das herrlichste weibliche Wesen, das ihm je begegnet war. Pech hatte sie auch damals schon mit der Familie, obwohl sie nur aus einer einzigen Person bestand, seiner Mutter; sie ließ sich von Anitas blendender Erscheinung nicht täuschen, für sie war diese Heirat eine Mesalliance schlimmster Art, die junge Anita weit unter jenem Niveau, aus dem ihr Sohn sich eine Frau hätte suchen dürfen. Womit sie recht behielt, denn so zurückhaltend und beherrscht wie zu Zeiten des Senhor Henriques war Anita damals nicht.

Das alles hatte Dr. Goldstein erfahren, als Anita

Henriques ihn das erstemal aufsuchte. Es verging über ein Jahr, als sie zum zweitenmal kam, und da kam sie als Patientin. Nun erfuhr er den Rest. Der Amerikaner aus Virginia, den sie so sehr geliebt hatte wie keinen Mann in ihrem Leben zuvor und danach...

»Damals, als wir uns kennenlernten, dachte ich, die große Liebe erlebt zu haben. Das war Kinderkram. Aber John – ich war sogar bereit, ein Kind von ihm zu bekommen. Ich liebte ihn unbeschreiblich. Ich wußte, daß er sich nicht scheiden lassen konnte, jedenfalls nicht so bald, aber ich dachte, mit der Zeit würde sich das arrangieren lassen. Ich wußte schließlich auch, daß er mich liebte. Und dann komme ich zu ihm, und er ist tot.«

»Und warum sind Sie nicht zurückgefahren, zu Ihrem Kind?« wollte Dr. Goldstein wissen.

»Ich wollte das Kind nicht mehr. Ich habe mir nie viel aus Kindern gemacht, ich wollte keine. Und ich dachte auch, ich würde sowieso keine mehr bekommen, nachdem ich damals so krank war nach dieser Abtreibung. Und dann bekam ich auf einmal doch ein Kind, ich war schon Mitte Dreißig. Und es war mir sofort klar, daß es nur geschehen konnte, weil ich John so sehr liebte. Und er mich. Aber dann ist er tot, ich bin allein in Amerika, ohne Geld, ohne eine Ahnung, was aus mir werden sollte. Ferdinand hatte sich scheiden lassen, mit gutem Recht, wie ich fand. Sollte ich ihn vielleicht um Hilfe bitten? Zurückgekrochen kommen? So etwas liegt mir nicht.

»Und das Kind?« beharrte Dr. Goldstein.

»Ich wollte es nicht mehr«, wiederholte sie.

»Aber jetzt wollen Sie es.«

»Ja. Jetzt will ich Virginia, meine Tochter. Und ich bekomme sie auch. Da kann er machen, was er will.«

»Vielleicht hat sie Ihren Brief zum Geburtstag bekommen?«

»Das hoffe ich ja. Er kann doch nicht einfach den Brief an meine Tochter unterschlagen. Wenn sie noch lebt.«

»Wenn sie nicht lebte, hätte er es Ihnen wohl mitgeteilt.«

»Er hat auf keinen meiner Briefe geantwortet. Aber diesmal – diesmal muß eine Antwort kommen. Wenn nicht von ihm, dann von Virginia. Und darum, Doktor, das verstehen Sie doch, kann ich mich jetzt nicht operieren lassen.«

»Gerade darum und gerade jetzt. Sicher wird Ihre Tochter sich schon Gedanken gemacht haben, wo ihre Mutter ist und was aus ihr geworden ist. Falls sie den Brief bekommen hat, wird sie Ihnen schreiben. Sie werden antworten. Es kann ruhig noch ein wenig Zeit vergehen, bis Sie einander treffen. Sie haben soviel Zeit vergehen lassen, Anita, da kommt es auf ein paar Wochen nun nicht an.«

»Und wenn ich sterbe? Dann sehe ich sie nie.«

»Nun, man könnte sagen, das wäre eine gerechte Strafe.«

»Doktor!« rief sie empört.

»Sie sollten es einmal so betrachten. Sehen Sie,

ich glaube nicht nur an einen gütigen, sondern auch an einen rächenden Gott.«

»Das klingt fürchterlich«, murmelte sie, senkte den Kopf, und er sah Tränen über ihre Wangen laufen.

Er stand auf. »Schluß mit der unnötigen Rederei, meine Zeit ist kostbar, und Sie sind nicht meine einzige Patientin. Sie sagten vorhin, ich hätte Ihnen das Leben gerettet. Nehmen Sie es als gutes Omen. Kann es nicht noch einmal geschehen? Ich kann Ihnen versprechen, daß Sie unter meinem Messer gewiß nicht sterben werden. Was dann geschieht, weiß ich nicht. Beste Möglichkeit, alles ist weitaus harmloser, als Sie befürchten. Zweite Möglichkeit, wir müssen längere Zeit behandeln. Dritte und schlimmste Möglichkeit, es gibt keine Heilung, und Ihre Lebenszeit ist begrenzt. Aber sie wird nicht so kurz sein, daß Sie Ihre Tochter nicht wiedersehen und eine Zeitlang mit ihr zusammenleben können.«

Der Arzt trat hinter sie, legte beide Hände auf ihre Schultern.

»Nun war ich ganz ehrlich. Jetzt müssen Sie mir nur noch vertrauen. Und müssen sich helfen lassen.«

»Wenn es die dritte Möglichkeit ist, dann...« Ihre Stimme brach.

»Dann?«

»Dann möchte ich Virginia am liebsten nicht sehen. Sie soll nicht eine sterbenskranke, elende Mutter im Gedächtnis behalten. Als einzige Mutter, die sie kennt. Sie wird Geld von mir erben, das muß ihr dann genügen. Wann wollen Sie operieren?«

»Nächster Tage. Morgen erwarte ich Sie in der Klinik.«

Der Tod

Auf der Heimfahrt, auf der Strecke zwischen Nürnberg und Würzburg, hatte Stettenburg-von Maray den ersten Anfall. Ein Krampf schüttelte ihn, er verlor sekundenlang die Herrschaft über den Wagen, das Auto schlingerte, er faßte das Steuer fester, wie ein Nebel lag es vor seinen Augen, und der Schmerz, der von seinem Magen aufstieg, raubte ihm fast den Atem.

Dann ging es wieder. Beim nächsten Parkplatz würde er halten. Er fingerte nach den Tabletten in seiner Tasche. Es war spät geworden in der vergangenen Nacht, sie hatten viel getrunken, noch mehr geredet, und das Gespräch mit den Freunden in München, das Zusammentreffen mit dem Mädchen, das alles hatte ihn so erregt, daß er nicht schlafen konnte. Trotzdem war er losgefahren. Warum eigentlich? Wer vermißte ihn denn schon? Seine Frau? Die Fabrik?

Er wischte sich den kalten Schweiß von der Stirn, fuhr am nächsten Parkplatz vorbei, es war schon wieder besser. Am Frankfurter Kreuz kam der nächste Anfall. Es gelang ihm noch, den Wagen an den Rand zu lenken, die Bremse durchzutreten, dann sank er über dem Steuer zusammen.

Ein riesiger Laster mit Anhänger kam gerade noch einen halben Meter hinter ihm zum Stehen.

Nichts war passiert. Der Fahrer fluchte lästerlich und stieg aus, um diesem Idioten in dem Mercedes mitzuteilen, was er von ihm hielt.

Ein Notarztwagen brachte Ferdinand Stettenburg-von Maray, Oberst a. D., in das nächstgelegene Krankenhaus, er hatte eine schwere Magenblutung. Seine Frau Mechthild traf am Abend noch ein, er war nicht bei Bewußtsein, sie blieb eine Weile bei ihm, war sich klar, wie es um ihn stand. Dann sagte sie dem Arzt, sie würde am nächsten Morgen wiederkommen, und fuhr in ein Hotel.

Der Oberst kam gegen zehn Uhr zu sich. Erst kam die Nachtschwester, dann der diensthabende Arzt. Er erfuhr, daß seine Frau eingetroffen war, und nickte. Auch er war sich klar darüber, wie es um ihn stand.

Er würde gern telefonieren, murmelte er. Das könne man nicht gestatten, erfuhr er.

Er nickte wieder.

»Ich sage Ihnen die Nummer«, flüsterte er dem Arzt ins Ohr. »Und Sie rufen bitte an. In München. Dr. Landau. Und bitte sofort.«

Ludwig Landau kam noch zurecht. Der Oberst lebte noch drei Tage. Mechthild wollte ihn in ein Krankenhaus ihrer Heimatstadt im Ruhrgebiet überführen lassen, aber er wollte nicht.

Es war egal, wo er starb.

»Es ist egal, wo ich sterbe«, sagte er.

»Du stirbst nicht«, widersprach Mechthild ungeduldig. »Wegen so ein bißchen Magenbluten.

Da werden die heute noch mit ganz anderen Sachen fertig.«

»Ich sterbe ganz gern«, murmelte er friedlich.

Sie versuchte, etwas über seinen Besuch im Kloster zu erfahren, aber er schüttelte den Kopf. Und als sie weiter drängte, sagte er kurz: »Das geht dich nichts an. Nicht mehr.«

Als Ludwig schließlich eintraf, verlangte Ferdinand, mit ihm allein zu bleiben. Mit einem giftigen Blick auf die beiden verließ Mechthild das Zimmer.

»Ferdl«, sagte Ludwig. »Sind wir schuld? Haben wir zu lang gebechert?«

»Es war ein schöner Abend«, sagte Ferdinand. »Ich danke euch dafür.« Das Sprechen fiel ihm schwer, er hatte Blasen in den Mundwinkeln, er keuchte.

»Sei stad«, sagte Landau. »Sag nix. Ich bleib so ein bissel bei dir sitzen.«

Der Oberst schüttelte den Kopf, hob die Hand und keuchte mühsam: »Da im Schrank hängt mein Sakko. In der Brieftasche ... in der Brusttasche, da ist ein Brief. Den schickst du dahin, wo er hingehört.«

»Was für ein Brief?«

»Bitte, Ludwig. Bitte.«

»Aber ...«

»Hol ihn gleich. Eh ... eh sie zurückkommt. Sie braucht es nicht zu wissen.«

Dr. Landau stand auf, ging zum Schrank und nahm die Brieftasche aus der Jacke. Den Brief fand er gleich. Er las den Briefkopf, die Anrede, die Unterschrift, drehte sich überrascht um.

»Na hörst, das ist ja ein Brief von Anita.«

Der Oberst war bewußtlos. Er starb am nächsten Tag.

Die Ferme

Die Ferme lag ein ganzes Stück vom Dorf entfernt, sehr einsam, sehr verlassen, und wer nicht wußte, wo sie sich befand, hätte kaum den Weg dorthin gefunden. Hinter dem Dorf stieg der schmale steinige Weg jäh an und bog dann scharf nach rechts um den dichten maquis, so daß man die Häuser des Dorfes nicht mehr sehen konnte. Man hätte die Ferme einen Ort paradiesischer Ruhe nennen können, sofern man es schätzte, in diesem Zustand zu leben. Dido schätzte es nicht.

Das Gebäude war ziemlich groß mit dicken alten Mauern, und verfügte über viele Räume, jedoch nur zwei davon hatte Dido einigermaßen wohnlich eingerichtet. Natürlich wollte sie anfangs nicht allzu lange in diesem verlassenen Haus bleiben, aber in gewisser Weise fühlte sie sich der Ferme verbunden, es war eine vertraute Zuflucht, und es war das einzige Stück Heimat, das sie noch besaß. Auch den Stall hielt sie gut in Ordnung, sie hatte drei Ziegen, ein paar Hühner und pflegte mit Umsicht ihren Gemüse- und Kräutergarten. Diese Art von Leben war ihr vertraut. Genauso wie die Pistole, die immer unter ihrem Kopfkissen lag.

Hinter der Ferme führte der Weg bergan und verlor sich kurz darauf in einem Wald von dicken alten Eichen. Vor der Ferme ging es über eine spärlich bewachsene Wiese, auf der die Ziegen weideten, bergab, die Wiese endete in dichtem Buschwerk, und hinter den Büschen ging es steil eine Felswand hinab. Bis zu diesem Abhang und ein Stück in den Eichenwald hinein war Dido hin und wieder gegangen, weiter noch nicht. Die Landschaft war hart und unzugänglich, wirkte deprimierend auf sie. Wie schön war es zu Hause auf ihrem Gut gewesen, mit den Orangenhainen, den Rebhängen, dem weißen, weiten Haus mit dem großen viereckigen Innenhof, dem gut geschulten Personal, das sie von Kindheit an umgeben hatte. Nun lebte sie hier wie eine Verbannte.

Auch das Dorf bot keine Abwechslung, wenn man es überhaupt noch ein Dorf nennen konnte; eine Ansammlung von elf lose stehenden Häusern, von denen nur noch drei bewohnt waren. Wer mochte es auch in dieser Abgeschiedenheit aushalten, junge Leute schon gar nicht. Da waren die Bertins, ein altes Ehepaar, das seinen kleinen Hof noch einigermaßen in Ordnung hielt, sie hatten ebenfalls ein paar Ziegen, einen struppigen Hund und zwei Katzen. In dem kleinsten Haus, ganz am Ende des Dorfes, wohnte Mère Crouchon, krumm von Gicht; sie lebte von dem Geld, das ihr Sohn jeden Monat aus Marseille schickte. Boulangerie und Epicerie in Lassange, das ungefähr acht Kilometer entfernt lag, schickten der Alten mit dem Postauto herauf, was sie zum Leben brauchte, und der Postbote beglich ihre Rechnungen, wenn sie jeweils das Geld aus Marseille erhielt. Ziegenmilch und Käse bekam sie von den Bertins, und zu einem Glas Wein und einem Schwätzchen lud Charlot sie ein. Charlot, der ehemalige servant der Kirche in Lassange, war der dritte Bewohner des Dorfes. Er lebte seit fünf Jahren hier draußen und war mit seinen zweiundsiebzig Jahren der Jüngste der vier.

Im Krieg hatten die Deutschen ihn eingesperrt und mißhandelt, weil er, getarnt durch sein frommes Amt, allerhand geheime Botschaften für den Maquis übernommen hatte, und obwohl man drohte, ihn zu erschießen, verriet er nichts und niemand, auch nicht das geheime Versteck, das sich just in jener verlassenen Ferme befand, in der Dido jetzt hauste.

Eine Zeitlang sperrte man ihn ein, dann befreiten ihn die Kämpfer der Résistance, und schließlich war der Krieg endlich vorbei.

Charlot, der bis auf einen gebrochenen und schlecht verheilten Arm alles gut überstanden hatte, war zunächst ein Held, bis die Leute seine Heldentaten nach und nach vergaßen, wie sie den Krieg vergaßen. Nachdem seine Frau gestorben war und seine Tochter sich auf den Weg nach Paris gemacht hatte und nie mehr etwas von sich hören ließ und als schließlich noch der alte Priester starb, zog er hinaus ins Dorf.

Das ging so vor sich: Er kam herausgewandert, betrachtete die leerstehenden Häuser, eins nach dem anderen, und suchte sich das aus, das ihm am handlichsten erschien, also nicht zu groß war, einen anständigen Herd besaß und eine Pumpe, die nicht zu weit vom Haus entfernt war. Dann besuchte er die Bertins und die alte Crouchon, die er natürlich kannte, und fragte, ob sie etwas dagegen hätten, wenn er sich bei ihnen und justament in diesem Haus niederließe. Hatten sie nicht. Im Gegenteil, er bereicherte die Bevölkerung des Dorfes ganz beträchtlich, immerhin war er ein Mann, der etwas erlebt und daher auch zu erzählen hatte.

Er brachte einen dunkelgestromten Kater mit, ein bildschönes Tier, dieser und die Katzen der Bertins sorgten dafür, daß das Dorf immer belebter wurde, belebt von Katzen aller Farben und Größen; der Bertinsche Hund hatte sich längst daran gewöhnt, ein geduldetes Schattendasein zu führen.

Der ehemalige Meßdiener Charlot liebte nicht nur seinen Kater und alle seine Abkömmlinge, er liebte auch die Natur, den Wald mit seinen Stein- und Korkeichen, mit den Aleppokiefern, er ging gern über die Wiesen mit dem harten Gras und die felsigen Pfade hinauf, die ihn hierhin und dorthin führten, er kannte die jähen Abstürze und die wunderbaren Ausblicke, die sich plötzlich erschlossen, wenn man nur weit genug gegangen war. So weit wie er kam sonst keiner, wer kannte schon das alte Ruinengemäuer tief drinnen im Wald, auf der Höhe ihres Berges. Keiner wußte mehr, wer das Kastell einst erbaut und darin gehaust hatte, Charlot jedoch behauptete hartnäckig, es müßten gewiß die alten Römer gewesen sein. Da keiner die Ruine kannte und keiner ihn auf dem mühseligen Weg begleitete, widersprach ihm auch keiner. Es interessierte sie auch nicht im geringsten.

Charlot aber ging unverdrossen seine stillen Lieblingswege, er wußte, wo der Thymian wuchs und wo der wilde Lavendel leuchtend zwischen den Büschen und Felsen blühte. Er nahm die Blüten mit in sein kleines Haus und hängte sie neben der Tür auf; ließ sie trocknen, wenn ihr strahlendes Blau verblichen war. Keiner kümmerte sich mehr um den Lavendel in den Bergen, der wurde mittlerweile drunten auf Feldern angebaut und mit Maschinen geerntet, wie eine gewöhnliche Nutzpflanze.

»Dabei ist der Lavendel eine von Gott geschaffene Blume«, wußte Charlot.

»Alle Pflanzen sind von Gott geschaffen«, belehrte ihn Mère Crouchon.

»Gewiß. Doch der Lavendel hat seine besondere Geschichte. Wie er entstanden ist, meine ich. Da gab es einmal eine schöne Jungfrau, die wurde von zwei Räubern verfolgt, die sie vergewaltigen wollten, sie floh in die Berge hinauf, und die beiden hasteten hinter ihr her, und sie ergriffen sie und zwangen sie zu Boden, rissen ihr die Kleider vom Leib ...«

»Fi donc!« empörte sich Madame Bertin. »Was erzählen Sie für schreckliche Geschichten, Monsieur Charlot.«

Doch der ließ sich nicht beirren. »Hatten ihr also

die Kleider vom Leib gerissen, und sie kniete im Gras, sie weinte bitterlich und flehte zu Gott, ihr zu helfen, und auf einmal sprossen überall, wo ihre Tränen hingefallen waren, blaue Blumen aus dem Boden, wuchsen mit Windeseile, bogen sich zu Ranken und legten sich schützend um sie. Die Räuber erschraken, ließen ab von dem Mädchen und flohen. Seitdem, so heißt es, kann keiner Jungfrau Unrechtes geschehen, wo der Lavendel blüht. Und wie ihr wißt, haben Frauen immer gern getrockneten Lavendel zwischen ihre Kleider und ihre Wäsche gelegt. Sie wissen schon, warum.«

»Es ist doch eine sehr hübsche Geschichte«, befand Madame Bertin.

»Eines Tages«, vermutete Monsieur Bertin, »wird man Parfüm und Seife sowieso nur noch mit Chemie herstellen. So wie alles heute. Da brauchen sie gar keine Pflanzen mehr dazu.«

»Das mag schon sein«, gab Charlot zu. »Dann werden die großen blauen Felder drunten verschwinden. Aber hier oben wird der Lavendel immer blühen. Solange es Gott gefällt, auf dieser Erde etwas blühen zu lassen.«

Charlot war der einzige von den Dorfbewohnern, der gelegentlich mit Dido sprach. Er kam auf seinen Spaziergängen oft genug an der Ferme vorbei. Die Bertins und die alte Crouchon fürchteten die schöne fremdartige Person mit den funkelnden Augen eher, und sie wußten schließlich auch, was früher auf der Ferme passiert war. Sicher war sie schon dabei gewesen, diese fremde Hexe, als dort noch Bomben gebastelt wurden, diese fremde Hexe, die man fortjagen sollte.

»Als Christenmenschen dürftet ihr so etwas nicht sagen«, meinte Charlot.

Er sah das anders. Erstens war er ja durch seinen früheren Beruf zu Güte und Verständnis verpflichtet, auch wenn er kein Priester gewesen war, so kam er doch gleich nach diesem. Und zweitens war dieses dunkelhaarige Mädchen eine Kämpferin gewesen, genau wie er auf seine Art ja auch ein Kämpfer gewesen war. Jeder auf seine Weise, und jeder für das, was ihm des Kampfes wert erschien. Er für die Freiheit Frankreichs, das sein Vaterland war. Sie für den Bestand Algeriens, das ihre Heimat war.

»Das ist eben der Unterschied«, belehrte ihn Bertin. »Bei dir sagst du Vaterland, und bei ihr sagst du Heimat.«

»Ihr Vaterland ist Frankreich, genauso wie es meines ist. Aber meine Heimat ist die Provence, und ihre Heimat ist Algerien, und beides gehört zu Frankreich. Du möchtest auch nicht von hier vertrieben werden.«

»Wer sollte mich denn von hier vertreiben? Das ist Frankreich, wo ich lebe, Algerien war eine Kolonie.«

»Algerien war keine Kolonie, sondern ein Teil Frankreichs. Sie kannte es nicht anders, seit sie auf der Welt ist. Und wo wir hier leben, das war nicht immer Frankreich. Es gab früher einmal ein eigenes Königreich Provence. Hast du nie von dem guten König René gehört? Er vererbte die Provence, die sein Reich war, an den französischen König Ludwig.«

Davon hatte Bertin nie gehört, und er schüttelte mißtrauisch den grauen Kopf.

»Was für ein Ludwig?« wollte er wissen. »Der Vierzehnte? Der Fünfzehnte?«

»Nein, nein, es war früher. Kann sein, es war der Elfte.« Genau wußte Charlot es auch nicht, und er beschloß, wenn er das nächstemal nach Lassange ging, den jungen Pfarrer, obwohl er ihn nicht besonders mochte, nach einem Buch zu fragen, in dem so etwas drinstand. Er ging übrigens die acht Kilometer immer noch zu Fuß, hin und zurück, wenn nicht gerade mal das Postauto zu ihnen herauskam. Manchmal nahm ihn auch die Algerierin in ihrem kleinen Auto mit, wenn sie zum Einkaufen fuhr. Allein das war ein Grund, sich mit ihr gut zu stellen. Charlot hatte auch ihren Freund schon gesehen, oder wer immer der hübsche junge Mann war, der sie manchmal besuchte. Zur Ferme kam er selten, aber sie trafen sich öfter in Lassange, wie Charlot in der Bar erfuhr, wo die beiden gelegentlich saßen. Von dort aus telefonierte die Algerierin auch mit ihrem Freund, und wenn sie telefoniert hatte, dann kam er immer kurz danach. Das berichtete der Patron. Übrigens kam er in einem sehr schönen, großen Auto, und wenn sie mit ihm fortfuhr, blieb ihr kleines Auto auf dem Platz vor der Bar stehen. Sie blieb nie lange fort, schließlich mußten die Tiere versorgt werden, in der Hinsicht war sie zuverlässig. Als sie einmal länger fortgewesen war, fast ein halbes Jahr lang, hatte Charlot die Ziegen und die Hühner versorgt.

Natürlich wußten sie in Lassange, wer sie war und wo sie wohnte, genau wie sie wußten, was sich in der Ferme alles abgespielt hatte. Während des Krieges ein Versteck für den Maquis, und Ende der fünfziger Jahre ein Versteck für die OAS, und wenn man sich vorstellte, daß da oben vielleicht die Attentate auf General de Gaulle vorbereitet worden waren, dann wurde es den Leuten in Lassange mulmig zumute. Sie mochten den General im großen und ganzen sehr gern, nur daß er ihnen die pieds noirs ins Land gebracht hatte, in den Nacken gesetzt hatte wie Läuse, so nannte es der Boulanger, das konnten sie dem General schwer verzeihen.

Keiner im Land mochte die Algerienflüchtlinge, die für sie keine richtigen Franzosen waren und dazu ungeheure Ansprüche stellten, weil man ihnen die Heimat genommen hatte, woran, davon waren sie überzeugt, de Gaulle schuld war, den sie haßten.

»Er ist nicht schuld«, sagte der Patron der Bar von Lassange. »Es ist doch überall heute so in den Kolonien. Was war denn in Indochina, hein? Haben sie da nicht genügend von unseren Jungs umgebracht? Und ganz vergebens. Elend verreckt sind sie, und jetzt führen die Amerikaner dort Krieg. Wird genauso ausgehen. Und wenn sie zehnmal sagen, Algerien war keine Kolonie, sondern ein Stück Frankreich, so ist es eben doch Afrika, und die Leute, die dort hingehören, sind Araber. Einen anderen Glauben haben sie auch. Also! Konnte auf die Dauer nicht gutgehen.«

Die Greuel des algerischen Bürgerkrieges lagen noch nicht so lange zurück, daß man sie vergessen hätte. De Gaulle hatte den Krieg beendet. Und seitdem hatte man die pieds noirs im Land. Die colons, wie sie sich drüben stolz genannt hatten. Drüben, so sagten sie. Es war eben doch ein ganzes Stück über das Mittelmeer hinweg, ziemlich weit entfernt auf afrikanischem Boden lag dieses Land, das über hundert Jahre ein Teil Frankreichs gewesen war.

In Lassange waren die Algerienflüchtlinge kein Problem, hier war es zu still, zu bescheiden, zu armselig, hier wollten sie gar nicht leben. Hier hatten sie nur die eine, draußen in der Ferme, diese schöne Stolze mit den funkelnden Augen. Drunten an der Küste hatten sie dagegen Probleme genug mit den pieds noirs, wie man hier und da hörte. Gut, daß Lassange so ein harmloser Ort war, nicht besonders hübsch, ohne irgendwelche Sehenswürdigkeiten. So blieb man auch weitgehend verschont von Touristen.

Dido

Danio kam lange nach Mitternacht. Es war eine heiße, schwüle, tiefdunkle Nacht, kein Luftzug regte sich, sogar die Zikaden waren verstummt. Im Westen zuckten Blitze über die Berge. Dido konnte nicht schlafen, keiner konnte schlafen in solch einer Nacht. Eine Weile lag sie nackt auf ihrem breiten niedrigen Bett, dann stand sie wieder auf, zog ein kniekurzes Strandkleid aus rotem Leinen an, aß zuerst zwei von den Pfirsichen, die sie aus Cannes mitgebracht hatte, dann öffnete sie eine Flasche Wein. Sie warf sich bäuchlings auf das Lager in ihrem Wohnraum und streute die illustrierten Blätter und die Modehefte um sich, die sie gleichfalls mitgebracht hatte. Die Ungewißheit erschien ihr unerträglich, wie schon den ganzen Tag zuvor. Wo war Danio, was war geschehen, warum kam er nicht?

War *sie* wieder da? War er allein in der rosenfarbenen Villa in Cap d'Antibes?

Sie war schon früh am Morgen nach Cannes gefahren, weil sie es in ihrer Einsamkeit nicht mehr aushielt. Zuerst hatte sie auf dem Markt eingekauft, Obst, Gemüse, viel mehr als sie brauchen konnte, dann ging sie zu ihrem Lieblingsladen in der Altstadt, erstand ausgewählte Delikatessen und reichlich Wein. Dann, als ihre Kauflust immer noch nicht befriedigt war, kaufte sie sich ein Kleid, rosa Seide, weiße Spitze am Kragen und an den Ärmeln. Es hatte die gleichen Farben wie das Haus der verdammten Hure, rosa mit weißen Fensterläden und weißen Türen. Sie hatte es nur einmal aus der Ferne gesehen, denn Danio hatte es ihr strikt verboten, in die Nähe der Villa zu kommen.

»Du bist eine viel zu auffallende Erscheinung. Wenn sie dich einmal gesehen hat, wird sie dich immer wiedererkennen.«

»Es laufen genügend gutaussehende Frauen in der Gegend herum.«

»Gutaussehend, ja. Aber nicht so etwas wie du.«

Der Meinung war Dido sowieso. Sie war davon überzeugt, einmalig zu sein. Allerdings schien die in der rosafarbenen Villa das auch von sich zu glauben.

Wie es in dem Haus aussah, hatte er nur ungenügend beschrieben.

»Wenig Möbel. Sie mag es, wenn sie viel Raum um sich hat. Die Möbel hat d'Archaud ja zum Teil mitgenommen, das andere hat sie wegräumen lassen und eigene Sachen gekauft. Leicht und luftig, so mag sie es. Weiße Polstermöbel, niedrige Tische. Auf der Terrasse haben wir Korbmöbel.«

Wie Dido dieses *Wir* haßte.

»Es ist überhaupt immer luftig im Haus, die vielen Bäume im Garten, und vom Meer kommt doch oft eine leichte Brise.«

Der Scirocco mag sie verbrennen, dachte Dido. Mein Scirocco, mein heißer Wüstenwind.

»Die meisten Bilder hat d'Archaud mitgenommen. Doch sie kauft sich selber welche. Meist fährt sie dazu nach St. Paul. Erst ging sie zu einem Maler, dessen Sachen gefielen mir gar nicht. Man konnte nie erkennen, was es sein sollte. Dann habe ich sie zu Castellone gebracht. Bei dem kauft sie jetzt. Du erinnerst dich an Castellone?«

Die Bilder interessierten Dido weniger. Madame war ein Snob, daran zweifelte sie nicht, und kaufte Bilder, weil sie in Mode waren, im Grunde verstand sie so wenig davon wie Danio.

»Und ihr Schlafzimmer?«

»Sehr groß. Die Wände sind hellgrün, die Vorhänge und der Teppich auch. Und ihr Bett, mamma mia, da könnte eine ganze Familie darin schlafen.«

»Verdammte Hure!« Dido darauf. »Dir gefällt das.«

Er zog die Brauen hoch, lächelte, schwieg.

In solchen Augenblicken haßte Dido nicht nur die blonde Frau, auch ihn, den sie liebte.

An diesem Tag war sie so rastlos, daß sie aus Cannes in der Villa anrief. Sie wollte wissen, ob Anita aus Paris zurück sei, ob Danio vielleicht schon gekommen war. Sie erfuhr gar nichts.

Rose, die Frau des Gärtners, die den Haushalt führte, war am Telefon.

Dido nannte den Namen einer Boutique in Cannes, wo Anita auch einkaufte, wie sie wußte.

Die weißen seidenen Hosen, nach denen Madame gefragt hatte, seien eingetroffen, sagte sie mit ihrer süßesten Stimme. Ob sie Madame wohl sprechen könne.

»Ich werde es ausrichten«, sagte Rose kurz.

»Kann ich Madame nicht selbst sprechen? Ist sie noch in Paris?«

»Ich werde es ausrichten«, erwiderte Rose stur.

Um klar zu machen, daß sie sich in den Verhältnissen auskenne, sagte Dido nun, ob nicht vielleicht Monsieur Carone schnell einmal nach Cannes kommen könne, um einige der Hosen zur Anprobe mitzunehmen, falls Madame keine Zeit habe.

Das ging Rose schon viel zu weit.

»Ich werde es ausrichten«, sagte sie zum drittenmal und legte auf.

Eingebildetes Pack, dachte Dido wütend. Das Personal benimmt sich, als sei es von Adel. Ich werde sie alle hinausschmeißen; wartet nur, wenn ich erst einmal... Was? Anfangs hatte das so leicht ausgesehen. Danio mußte die Hure heiraten, und wenn sie nun auch noch krank war, würde sie vielleicht bald sterben. Möglicherweise ließ sich dem nachhelfen. Meliza, Didos Kinderfrau, hatte sich umgebracht, als sie schließlich das weiße Haus in den Hügeln um Constantine verlassen mußten. Sie waren nur noch zu zweit. Meliza war als einzige vom ganzen Personal bei ihr geblieben, und zweifellos würden die Araber sie töten, wenn sie endlich die Herren im Lande waren. Jedermann wußte, wie es zuging, im ersten Rausch der sogenannten Unabhängigkeit. Das war immer und überall so, das war auf der ganzen Welt gleich. Das, was sie Freiheit nennen, besudeln die Menschen erst einmal mit Blut.

Mit Tränen und Bitten hatte Dido die alte Kinderfrau beschworen, mit ihr zu kommen.

»Ich? Hinüber zu den Franzosen? Das kannst du nicht im Ernst wollen. Sie werden es dir und deinesgleichen schwer genug machen, da kannst du sicher sein. Und ich, als Algerierin, als Araberin? Was glaubst du, wie sie mich behandeln werden? Außerdem würde ich meine Heimat nie verlassen.«

»Es ist meine Heimat auch.«

Das braune Gesicht Melizas war voll Hochmut. »Es ist mehr meine Heimat als deine. Aber du kannst nichts dafür, du bist hier geboren, du hast immer hier gelebt. Dennoch müssen die französischen colons verschwinden, sie haben uns nun über hundert Jahre unterdrückt und beherrscht. Wir sind freie Araber.«

So sprach Meliza, die Dido liebte, die für sie gesorgt hatte, seit sie auf der Welt war, denn Didos Mutter starb bei der Geburt ihrer Tochter.

Meliza verließ Dido auch jetzt nicht, auch wenn sie gleichzeitig wünschte, daß die Franzosen besiegt und vertrieben würden. So gespalten waren die Herzen selbst der Araber, die eher auf einen Ausgleich bedacht waren. Der jahrzehntelange Kampf im Untergrund, der seit Jahren brutale offene Krieg, der an Grausamkeiten kaum zu übertreffen war, auf beiden Seiten, hatte das verschuldet. Meliza sah für sich selbst aus diesem Konflikt keinen Ausweg – die Treue zu Dido auf der einen Seite, die Liebe zu ihrem Land auf der anderen, nur der Tod konnte sie erlösen.

Ein kleines Beutelchen mit dem tödlichen Pulver hatte Dido von Meliza erhalten.

»Bewahre es, meine schöne Blume. Es geht ganz schnell und tut nicht weh. Es ist beruhigend, so etwas bei sich zu tragen.«

Auch Didos Bruder Alain hatte so ein Beutelchen erhalten, als sie ihn das letztemal sahen, ehe er im Dschungel der unübersichtlichen Kämpfe verschwand.

»Wir werden Frankreich zur Raison bringen und de Gaulle verjagen«, hatte er prahlerisch verkündet, er war gerade dreiundzwanzig. »Keiner wird uns aus Algerien vertreiben. Ich brauche dein Pulver nicht, Meliza.«

»Nimm es dennoch.«

Auch Alain war vom ersten Tag seines Lebens an Melizas Fürsorge anvertraut gewesen, so steckte er denn gehorsam das Beutelchen ein.

Das war sieben Jahre her. Dido wußte nur, daß man ihn gefangengenommen hatte, das wußte sie von Pierre. War es möglich daß Alain noch immer im Gefängnis war, hatten sie ihn hingerichtet, hatte er das Pulver doch genommen?

Er konnte sehr wohl noch im Gefängnis sein, sicher hatte er viele Menschen getötet während seiner Zeit in der OAS, nicht nur Araber, auch Franzosen. Genau wie sein Vater mochte er an den Attentaten auf de Gaulle beteiligt gewesen sein. Der General würde Alain gewiß nicht begnadigen, falls er noch lebte. Ah, de Gaulle, dieser Heuchler, dieser Verräter, der sich als Retter des Vaterlandes preisen ließ und Algerien wegschmiß wie einen alten Lumpen. Nur weil Frankreich vor dem Bürgerkrieg stand, hatten sie ihn herausgeholt aus seinem Versteck in Colombey-les-deux-Eglises, von wo aus er längst die Fäden gesponnen hatte, die ihn wieder an die Macht bringen sollten. Er war bereit, Algerien preiszugeben, nur um wieder Herr Frankreichs zu werden.

So sah es Dido, so hatte ihr Vater es gesehen und alle Freunde, die damals um sie waren. Wenn Dido an den Präsidenten dachte, war sie erfüllt von Haß. Seinetwegen hatte sie die geliebte Heimat verloren, seinetwegen war ihr Vater tot, den sie geliebt hatte, wie sonst nichts auf der Welt. Er war gefallen in diesem sinnlosen Kampf. Nein, es war kein sinnloser Kampf gewesen. Er wollte ihnen die Heimat bewahren. War es nicht wert, dafür zu sterben? Und die einzige Zuflucht auf der Erde, die ihr geblieben war, die Ferme, kam schließlich auch von ihm. Er hatte sie gekauft und bar bezahlt, um für die OAS einen Stützpunkt zu haben, tief versteckt in den provençalischen Bergen, zwischen Wäldern und dem unwegsamen maquis, die schon die Widerstandskämpfer des Krieges verborgen hatten.

Das wußten sie ganz genau die Spießer da unten in Lassange, auch wenn sie so taten, als hätten sie

Albert de Valmeraine nie gekannt. Genau wie sie wußten, daß sie Alberts Tochter war. Nie hatte einer sie daraufhin angesprochen, sie sprachen überhaupt nicht mit ihr.

Sie konnten nicht ahnen, und sie wollten es auch gar nicht wissen, was sie verloren hatte, diese arme Ausgestoßene auf der einsamen Ferme. Sie wußten nicht, wie herrlich Afrika war, sein Duft, seine Glut, seine kühlen Nächte, seine Weite der endlosen Freiheit.

Der erste Valmeraine war Mitte der vierziger Jahre des vorigen Jahrhunderts nach Algerien gekommen, 1830 hatte Karl X. Algier erobert, und sein Nachfolger auf dem französischen Thron, Louis-Philippe, mußte lange Jahre auf afrikanischem Boden für das neue französische Kolonialgebiet kämpfen, denn die Araber unter ihrem berühmten Führer Abd El-Kader wehrten sich mit aller Kraft gegen die Eindringlinge aus Frankreich. Von ihrem Standpunkt aus gewiß zu Recht. Aber noch bestimmte der Geist jener Zeit, daß ein europäischer Staat um so mächtiger und reicher war, je mehr Kolonien auf fremden Kontinenten er besaß. England hatte ihnen da ein Beispiel gegeben, dem sie alle nacheiferten. Was Frankreich betraf, so konnte man den Wunsch nach neuer Macht recht gut verstehen, wenn man bedachte, wie tief die Nation nach Napoleons Sturz gedemütigt worden war. Zuvor lag Europa vor ihr im Staub, doch dann bedeutete das Ende Napoleons auch das Ende von Frankreichs Größe.

Aber das 19. Jahrhundert mit seinem geistigen und wirtschaftlichen Aufschwung ließ auch Frankreich wieder aufsteigen, und Algerien, dreimal so groß wie Frankreich selbst, stärkte das Selbstbewußtsein der Nation. Bereits gegen Ende der vierziger Jahre lebten etwa 50000 Franzosen in Algier, auch Jules de Valmeraine ließ sich dort nieder, nachdem er als Offizier der französischen Armee unter General Bugeaud siegreich gegen den Sultan von Marokko gekämpft hatte.

Meliza hatte schon recht: Für Dido de Valmeraine, genau hundert Jahre später geboren, konnte dieses Land nichts anderes sein als ihre Heimat. Die Valmeraines waren reich geworden, sie besaßen das Gut in der Gegend von Constantine, ein riesiger Besitz, auf dem sie ihren eigenen Wein bauten, ein Stadthaus in Algier, im Hafen die eigene Yacht. Alles war verloren. Geblieben war die schäbige Ferme in den provençalischen Bergen.

Einmal hatte ihr Vater Dido hier mit heraufgenommen. »Auf einer Bank in Nizza ist ein Konto für dich eröffnet worden. Es ist nicht allzuviel, aber es wird dir eine Zeitlang weiterhelfen.«

»Wie meinst du das, Vater? Wozu brauche ich Geld in Nizza?«

»Sei nicht töricht, meine Tochter. Wir stehen in einem erbarmungslosen Kampf, und man kann nie wissen, wie er ausgeht. Wenn wir unterliegen, mußt du Algerien verlassen. In Nizza ist ein wenig Geld für dich, dort droben ein Dach über dem

Kopf. Merke dir den Weg hier herauf. Einen von uns wirst du immer finden.«

Es war eine Schreckensnacht für sie gewesen, der Mistral heulte schauerlich durch die Schluchten, das Haus war voller Männer, voller Waffen.

Den Weg zur Ferme hatte sie gefunden, als sie nach dem Vertrag von Evian im Jahre 1962 Algerien verlassen mußte. Von den Männern war keiner mehr da.

Als sie den verlassenen Platz sah, überall noch Spuren der Männer, die tot oder gefangen waren, brach sie in hysterisches Schluchzen aus. Noch nie im Leben war sie allein gewesen. Sie blieb drei Tage auf der Ferme, ratlos, was zu tun sei. Dann lief sie nach Lassange hinunter und nahm den Bus zur Küste. Irgendwo mußte sie doch irgendeinen finden, der zu ihr gehörte.

Sie holte sich ein wenig Geld in Nizza, begegnete überall der Feindseligkeit gegen ihresgleichen, nur Spott und Verachtung hatten die europäischen Franzosen für die einst so mächtigen colons, die Herren Algeriens, für die verwöhnten Prinzessinnen aus den weißen Palästen, die auf einmal vor dem Nichts standen.

Flüchtlinge – wie immer, zu jeder Zeit, in jedem Land waren sie verhaßt, wurden abgewiesen, fanden verschlossene Türen und verschlossene Herzen.

Sie fuhr nach Marseille, wo viele der pieds noirs, wie man ihre Landsleute hier nannte, gelandet waren. Aber Marseille war fürchterlich, die Brutalität der Stadt erschreckte sie zutiefst, sie war ja noch so jung und unerfahren. Natürlich gab es ausreichend Männer, die ihr beistehen wollten. Aber dazu war sie viel zu stolz. Bisher hatte sie nur einen geliebt, auch er war tot, massakriert in den Straßen von Algier von seinen eigenen Leuten.

In Marseille traf sie Pierre, ihren Cousin, einer, dem man nie recht getraut hatte, der geborene Spion, wie man ihn nannte.

Er hatte überlebt, er war frei. Natürlich, es konnte gar nicht anders sein. Er war sofort bereit, Dido zu sich zu nehmen, aber sie lehnte ab, immerhin blieb sie in Verbindung mit ihm, er war das einzige, was ihr persönlich aus alter Zeit geblieben war.

Sie kehrte nun doch zurück auf die Ferme und benutzte das Geld in Nizza, um sich einigermaßen wohnlich einzurichten. Es reichte auch noch für ein kleines Auto, dann war sie so gut wie mittellos.

Manchmal arbeitete sie in Cannes oder in Nizza, in einem Laden, in einem Restaurant oder einem Reisebüro. Die Erregung legte sich, die Zeit ging über das hinweg, was geschehen war, und man nahm sie gern, sie sah gut aus, sprach außer einem eleganten Französisch noch englisch und spanisch, sie hatte eine gute Schule besucht und vieles gelernt, was ihr nun nützlich war.

Sie schadete sich jedoch meistens selbst. Sie ertrug keine dumme Bemerkung über das Geschehene, sie wurde hochmütig, wenn man sie herablassend behandelte, als armen Flüchtling. Und zudem fühlte sie sich von den Touristen angeödet. Sollte sie, Albert de Valmeraines Tochter, ihnen zu Diensten sein? Ihre Launen ertragen? Sie war zweiundzwanzig, als sie Danio kennenlernte, und von beiden Seiten war es von Anfang an Liebe, mehr noch: Leidenschaft, die sie zusammenbrachte. Für sie war es, nach einer Zeit totaler Isolierung, wie eine Befreiung, daß sie nicht mehr völlig allein im Leben stand. Das band sie stärker an ihn, als es ihrem selbstbewußten Wesen eigentlich entsprach. Und für ihn, den verwöhnten Liebling der Frauen, war diese lebensvolle, ungewöhnliche Frau eine ganz neue Erfahrung.

Es war eine atemberaubende Zeit, dieses erste Jahr ihres Zusammenseins, nicht nur, soweit es die Liebe betraf. Dido, so sorgsam behütet aufgewachsen, immer versorgt und geborgen, kannte ein männliches Wesen nur als starke Stütze, als schützende Hand in ihrem Leben. Erstmals der eskalierende Krieg hatte sie gelehrt, daß es anders auch sein konnte, mehr noch die Zeit, die folgte. Aber da war nun ein Mann, der behauptete, sie zu lieben, mußte es dann nicht wieder so sein wie früher? Keineswegs. Danio war kein Schutz und keine Stütze, er war schön, charmant und verliebt, aber sonst war er vor allem eins: ein Spieler. Am schönsten war es, wenn er bei ihr auf der Ferme weilte, aber dort hielt er es nie lange aus. In Nizza hauste er in einem kleinen, unordentlichen Zimmer, das Dido nur mit Abneigung betrat. Kam sie hin und fand ihn nicht, wußte sie, wo er war. Im Casino. Er spielte, manchmal gewann er, doch meist verlor er. Er hatte überall Schulden. Eine Zeitlang arbeitete er wieder, dann verlor er die Stellung oder kündigte selbst.

Das sei früher anders gewesen, erzählte er ihr freimütig; als er in Italien arbeitete, später in Deutschland, dann in der Schweiz, hätte er viel ordentlicher gelebt. Aber diese Gegend hier, diese Leichtlebigkeit, der Reichtum allenthalben verführten ihn, das gab er selbst zu.

»Leichtlebig sind sie nur hier an der Küste«, sagte Dido, »und es sind meist die Fremden. Die Provençalen sind eher schwermütig, und um leichtsinnig zu sein, sind sie viel zu arm. Laß uns doch woanders hingehen.«

»Wohin?«

»Das ist mir egal. Ich fühle mich auch nicht wohl hier.« Aber dazu war er nicht zu bewegen. Manchmal verachtete sie ihn wegen seiner Tatenlosigkeit, sie war der Meinung, es sei an ihm, für sie zu sorgen, wenn er schon behauptete, sie zu lieben. Sie nie verlassen zu wollen.

Und dann kam Anita.

Zu jener Zeit war die stolze Dido schon so demoralisiert, daß sie keine Einwände gegen dieses Verhältnis machte, das sie beide der Geldsorgen enthob.

Nur dachte sie weiter: Es genügte nicht, daß er großzügig von Anita mit Geld ausgestattet wurde und Dido daran teilhaben ließ, er mußte überhaupt das ganze Geld bekommen.

»Daran habe ich auch schon gedacht«, gab er zu. »Ich werde sie heiraten.«

»Will sie das denn?«

»Wir haben schon davon gesprochen«, meinte er leichthin.

Bis Anita eines Tages von der Tochter sprach, das war vor etwa einem Jahr gewesen. Dido hatte es nicht ernst genommen, aber nun wußten sie, es gab eine Tochter.

Dido hatte sie aufgespürt, genauer gesagt, Pierre, dieser Bastard, hatte die Tochter gefunden. Dido hatte ihn in Marseille aufgesucht.

Er wohnte immer noch im Le Panier, dem malerischen Viertel hinter dem Hafen, in dem sich ein Völkergemisch ohnegleichen zusammengefunden hatte.

Dido rümpfte die Nase und stieg mit hohen Beinen über den Schmutz in der engen Gasse.

Die Räume, die er bewohnte, waren jedoch erstaunlich gut eingerichtet, auch sauber. Er besaß sogar ein Büro, und was er da betrieb, nannte sich Agentur.

»Daß du es aushältst in dieser Umgebung«, war ihr erstes Wort.

»Man muß dort bleiben, wo einen die Leute kennen«, sagte er ungerührt. »Marseille ist ein hartes Pflaster. Und ein gefährliches dazu.«

»Ich muß mit dir sprechen«, sagte sie ohne Umschweife.

Er zog einen größeren Geldschein aus der Jackentasche und gab ihn der Rothaarigen, die sich bei ihm befand. »Geh und kauf dir etwas Hübsches. Aber betrink dich nicht. Du weißt, was dann passiert.«

Die Rothaarige warf einen schiefen Blick auf Dido, verschwand aber ohne Widerspruch.

»Es geht dir gut?« fragte Dido.

»Ich kann nicht klagen.«

Dido konnte sich denken, womit er sein Geld verdiente. Marseille war nicht umsonst der größte Umschlagplatz Europas im Rauschgifthandel.

»Was brauchst du von mir?« fragte er, denn er wußte genau, daß es sich um keinen Freundschaftsbesuch handelte.

»Du sollst ein Mädchen für mich finden.«

»Ein Mädchen?« fragte er, nun doch erstaunt.

Dido hielt sich nicht mit Erklärungen auf. Sie gab nur kurz die Tatsachen bekannt: Die Frau, die Mann und Kind verließ, für lange Zeit verschwand, heute nach der Tochter forschte, die ihr vorenthalten wurde.

»Wer ist diese Frau?« fragte er.

Dido zögerte.

Pierre lächelte spöttisch. »Ganz blind kann auch ich nicht arbeiten. Ein wenig Vertrauen mußt du schon zu mir haben, Dido de Valmeraine.«

Dido hätte ihm gern geantwortet, sie habe zu ihm soviel Vertrauen wie das Reh zu einem Wolf, und er hätte dann vermutlich gesagt, sie solle das Mädchen selber suchen.

»Es handelt sich um Senhora Henriques, sie war zuletzt mit einem Brasilianer verheiratet.«

»Wohlhabend vermutlich.«

»Ja.«

»Und sie zahlt gut für die verlorene Tochter?«

»*Ich* zahle. Denn ich will wissen, wo das Mädchen ist.«

»Und du willst ihr Wissen dann an sie verkaufen.«

»So ist es.«

»Nun, belle Algérienne, auch du mußt leben. Als Anhaltspunkt müßte ich aber wenigstens wissen, wer der Vater ist, was er ist, wo er wohnt.«

Diese Angaben bekam er von ihr. Und sie war sicher, daß er auch alles über Anita, Danio und sie selbst herausbekommen würde.

Das ließ sich nicht verhindern. Sie mußte daran glauben, daß er sie als Auftraggeberin akzeptierte und nur an sie berichtete. So war es geschehen, Pierre hatte die Aufgabe gelöst, hatte reichlich Geld bekommen. Was er sonst ermittelt hatte und für sich behielt, wußte Dido nicht.

Sie wußte auch bis jetzt nicht, ob sie gut daran getan hatte, Pierre einzusetzen. Sie hatte Gewißheit haben wollen, nun hatte sie Gewißheit. Es gab die Tochter, und sicher hätte Anita, die sich schließlich gute Detektive leisten konnte, sie eines Tages auch gefunden. Dann würde sie Danio an die Luft setzen und hinfort die liebende Mutter spielen.

Dido knirschte vor Wut mit den Zähnen, während sie ihre Einkäufe in dem kleinen Renault verstaute. Warum hatte sie nicht dafür gesorgt, daß

Danio diese verdammte Hure längst geheiratet hatte. Er konnte nun auch die Tochter heiraten, falls sie das ganze Geld erbte. Sie stand da, die offene Autotür in der Hand. Das war ein ganz neuer Gedanke. Für Danio würde so oder so gesorgt sein. Und ich? dachte sie verzweifelt. Und ich? Soll ich ewig so weiterleben, abhängig von seiner Gnade und seinem Geld? Von seiner Liebe, falls sie nicht eines Tages stirbt, so plötzlich wie sie geboren wurde.

Sie ging weiter, die rosa Seide schwang um ihre nackten braunen Beine, als sie heftig ausschritt, ihre langen schmalen Zehen streckten sich in den Sandalen. Die Männer sahen ihr nach, mancher pfiff. Ihr Gang wirkte aufreizend, ihre Haltung, dazu das lange dunkle Haar, das um ihre Schultern tanzte. Die Blicke der Männer war sie gewöhnt. Sie brauchte keinen für ihr Bett, den hatte sie. Sie brauchte einen, der soviel Geld besaß wie Anita, oder besser noch mehr. Dann konnte sie endgültig hier verschwinden, konnte weit fortgehen, brauchte nicht nach dem Wind zu dürsten, der von Afrika kam. Und warum tat sie es nicht? Gleich? Baute nur auf sich und ihre Schönheit, solange sie noch jung war? Sie würde ohne Danio leben können, sie hatte schon so vieles verloren, was sie liebte.

Aber sie konnte die Ferme nicht verlassen, das war der einzige Ort, an dem Alain sie finden konnte, wenn er noch lebte und eines Tages kam. Allerdings, wenn sie einen reichen Mann fand, konnte sie einen Verwalter auf die Ferme setzen, und der würde Alain dann zu ihr schicken.

Der Gedanke an einen Verwalter auf der Ferme amüsierte sie so, daß ihre schlechte Laune verflog. Sie beschloß, gut essen zu gehen. Im ›Chez Felix‹ an der Croisette gönnte sie sich ein mehrgängiges, superbes Menu und sah den Fremden zu, die draußen vorbeispazierten, diese schwitzenden Männer, diese dicken Frauen. Was für gräßliche Leute! Wer kam auch schon um diese Jahreszeit an diese Küste.

Es war heiß und drückend, vom Meer kam nicht die kleinste Brise, kein Segel war auf dem Wasser zu sehen.

Besser, sie fuhr wieder hinauf. Droben bei ihr am Berg ließ es sich freier atmen.

Nicht an diesem Abend, nicht in dieser Nacht. Wenn das Gewitter näherkam und Regen mitbrachte, würde es besser sein.

Sie ging mehrmals vor die Tür, um nach den Blitzen zu sehen, zu lauschen, ob schon Donner zu hören war. Kam das Gewitter ohne Regen, wurde es gefährlich. Wenn der Blitz einschlug, brannte der Wald, brannte der Maquis, es war lange trocken gewesen. Sie hatte immer Angst davor, daß sie eines Tages hier oben von Flammen eingeschlossen sein würde.

Danio hatte sie ausgelacht, als sie einmal davon sprach. »Du und Angst? Du hast vor nichts und niemand Angst. Und nach Lassange kommst du immer noch mit dem Wagen hinunter.«

Nicht, wenn das Feuer zwischen der Ferme und Lassange ausbrechen würde.

Sie hob mit beiden Händen das Haar aus dem Nacken. Es würde regnen in dieser Nacht. Der Lavendel duftete so betäubend, wie er es nur vor Regen tat.

Und da! Es blitzte schon viel näher, sie hörte fernen Donner. Das Gewitter war über die Rhône gezogen, dann kam es auch hierher. An Schlaf war nicht zu denken, auch wenn es schon drei Uhr war. Sie würde eine zweite Flasche Wein trinken.

Nicht lange danach kam er.

Und brachte das Mädchen mit.

Gewitternacht

Sie hatte den Wagen nicht gehört, er mußte lautlos den steinigen Pfad heraufgeschlichen sein. Die Tür ging auf, da stand Danio, schweißglänzend die Stirn, grau unter der Bräune, total erschöpft.

»Chéri!« rief sie erschrocken, sprang auf und lief zu ihm. »Wie siehst du aus? Was ist geschehen?«

Er umschloß sie mit beiden Armen und legte das Gesicht in ihre Halsbeuge. Sie merkte, daß er zitterte.

»Danio! Was ist los? Hast du einen Unfall gehabt?«

Nun richtete er sich gerade auf, richtete den Blick zur Decke. »Madonna mia! Grazie a Lei! Grazie!«

Dann faßte er ihre Hand und zog sie zum Haus heraus. »Schau, was ich mitgebracht habe.« Es war stockdunkel draußen, man sah kaum den Wagen, alle Lichter waren ausgeschaltet. Durch das Dorf war er ohne Licht gefahren, das letzte Stück herauf nur mit dem Standlicht.

»Ich hätte keinen Kilometer mehr fahren können«, sagte er. »Da schau!«

Er öffnete den Wagenschlag, griff hinein und knipste für einen Augenblick die Innenbeleuchtung an.

Auf dem Beifahrersitz, ganz zusammengesunken, saß eine schmale Gestalt; Dido sah ein totenblasses Gesicht, blondes Haar, sie wußte sofort, wer das war.

»Ist sie tot?« fragte sie mit hoher schriller Stimme. Danio fuhr gereizt herum. »Warum sollte sie tot sein? Sie ist nur genauso erledigt wie ich, wir sitzen seit heute nachmittag drei Uhr in diesem Karren.«

Er streckte die Hand aus und berührte das Mädchen sanft an der Schulter.

»Mia poveretta!« sagte er zärtlich. Und dann auf deutsch: »Komm, steig aus! Wir sind da.«

Er beugte sich zu ihr, zog sie vorsichtig aus dem Wagen, hielt sie fest, denn sie taumelte, als sie auf den Füßen stand.

»Du mußt uns vor allen Dingen etwas zu trinken geben«, sagte er zu Dido. »Ich habe nur zweimal unterwegs Kaffee für uns besorgt. Ich wagte nicht, in eine Raststätte hineinzugehen. Nur zur Toilette mußte ich sie natürlich auch mal gehen lassen, aber ich paßte genau auf, daß sie nicht entwischte.«

»Du... du hast sie entführt?«

»Sie ist freiwillig mitgekommen. Aber sie wußte nicht, wohin ich fuhr.«

Obwohl sie in Französisch ganz gut gewesen war, verstand Virginia kein Wort von den rasch gewechselten Sätzen. Sie war auch viel zu müde, um zuzuhören. Sie hatte keine Ahnung, wo sie sich befand, zwischen Ventimiglia und Menton hatte sie geschlafen, der Grenzbeamte hatte einen flüchtigen Blick auf sie geworfen, den Paß, den Danio ihm reichte, wollte er gar nicht sehen.

Österreich hatten sie über Tarvisio verlassen, da war es noch heller Tag, aber es war Reisezeit, ein Wagen hinter dem anderen, man winkte ihn durch mit seinem Alfa Romeo mit der Mailänder Nummer.

Auf italienischem Boden angelangt, atmete er auf. Die kurvenreiche Straße in die Ebene hinunter erforderte seine ganze Aufmerksamkeit, doch von Udine an konnte er endlich voll aufdrehen.

»Wo fahren wir eigentlich hin?« hatte Virginia einmal gefragt, »wir sind doch in Italien.«

»Wir fahren zu Ihrer Mutter, Virginia.«

»Ich denke, sie ist in München.«

»Wieso in München? Warum sollte sie in München sein?«

»Aber Sie haben doch gestern gesagt...«

»Ich habe gesagt, *ich* komme aus München. Ich habe nie gesagt, Ihre Mutter ist in München.«

»Nein?« fragte sie verwundert.

Sie wußte längst, daß sie etwas ganz Wahnsinniges getan hatte, aber seltsamerweise verspürte sie keine Angst. Nicht vor ihm. Er war freundlich, geradezu liebevoll, fragte immer wieder, wie sie sich fühle, ob sie durstig sei oder hungrig. Sie trank den Kaffee, den er brachte, besah sich interessiert die Gegend. Ein fremdes Land. Auf einmal war sie in einem fremden Land, allein mit einem fremden Mann. Sie befand sich wie in einem Traum. Selbstverständlich konnte sie jederzeit aussteigen aus diesem Wagen, sie hatte zwar kein Geld, auch keinen Paß, aber der Gedanke, in Italien zu sein, beruhigte sie sehr. In Italien war Teresa. Sie kannte die Adresse. Teresas Familie war eine angesehene Familie. Sie konnte zu jedem Carabiniere gehen und ihn bitten, bei Teresas Familie anzurufen. Und dann würde Teresa kommen. Oder einer ihrer großartigen Brüder. Auf diese Weise konnte ihr gar nichts geschehen.

Ebenso genau wußte sie, daß sie ins Kloster nicht zurück konnte. Sie war davongelaufen, noch dazu mit einem Mann, man würde sie nicht wieder aufnehmen. Ihr Vater würde empört sein und sich von ihr abwenden.

Nun gut, sollte er doch. Er wollte ja, daß sie für immer in diesem Kloster blieb, er und diese Frau, die sich nie um sie gekümmert hatte.

Und überhaupt ist mein Vater gar nicht mein Vater.

Aber ich habe jetzt eine Mutter. Eine richtige Mutter. Es ist wie ein Wunder: Ich habe eine Mutter.

Und mein Vater, der nicht mein Vater ist, hat mich belogen.

Ein ganzes Leben lang belogen.

Warum nur? Warum?

Es war sehr viel, was an diesem Tage auf sie einstürmte, und was sie so schnell in ihrem verwirrten Kopf gar nicht verarbeiten konnte. Dabei blieb ja auch immer das beängstigende Gefühl, daß dieser fremde Mann, mit dem sie hier durch die Welt fuhr, auch ein Lügner war. Hatte er gestern nicht gelogen? Das habe er tun müssen, erklärte er ihr, gleich nachdem sie sich getroffen hatten, denn wie hätte er es sonst anstellen können, mit ihr zu reden?

Gelogen hatte sie schließlich auch. Ohne einen Grund dafür zu haben. Er hatte einen Grund.

Darum mußte nicht alles, was er sagte, Lüge sein. Warum sollte er eine Mutter erfinden, eine Mutter von den Toten auferstehen lassen, wenn es sie nicht wirklich gab. Was hatte er denn davon? Es klang alles so überzeugend, was er ihr berichtet hatte. Und die Bilder hatte er ihr auch gezeigt.

Nur – wo war sie jetzt? Sprachen die nicht französisch? Ein greller Blitz zackte über den schwarzen Himmel, Virginia sah die Umrisse eines großen steinernen Hauses und das Gesicht einer Frau. War das seine Schwester? Deren Paß er benutzt hatte, um sie zu holen?

Der Donner folgte rasch, der Widerhall rollte lange in den Bergen.

Virginia war zusammengezuckt, ein wimmernder Laut, wie von einem ängstlichen Tier, kam über ihre Lippen. Danio legte den Arm um die schmalen Schultern.

»Komm herein, poveretta. Du mußt keine Angst haben.«

»Ich platze vor Neugier«, sagte Dido. »Komm herein, ja. Es geht gleich los hier draußen. Willst du den Wagen nicht lieber unter das Scheunendach fahren?«

»Nicht einen Meter fahre ich mehr. Es ist mir

egal, ob der Wagen in die Luft fliegt. Nach dieser Fahrt hasse ich ihn.«

»Es ist nicht Anitas Wagen.«

»Der steht in Milano am Flughafen. Das ist ein Leihwagen. Aber ich wollte es nicht riskieren, die Wagen wieder auszutauschen, es hätte mich auch zuviel Zeit gekostet.«

»Gib mir den Schlüssel, ich werde ihn um die Ecke fahren.«

»Der Schlüssel steckt.«

Als Dido ins Haus kam, zog Danio seine verdrückte Jacke aus, dann ließ er sich in einen Sessel fallen, streckte die Füße weit von sich, nahm Didos halbvolles Glas und leerte es in einem Zug. Das Mädchen stand verloren mitten im Raum und blickte scheu um sich.

»Gib ihr was zu trinken. Gib ihr Wein. Dann kann sie um so besser schlafen.«

»Wo soll sie schlafen? Hier bei mir?«

»Dumme Frage. Wo sonst? Was denkst du, wozu ich sie hergebracht habe?«

»Und was denkt sie eigentlich, wo sie hier ist?«

Danio grinste, er sah wieder besser aus.

»Bei meiner Schwester.«

Diese Worte waren nun auch zu Virginia gedrungen, die froh war, endlich etwas zu verstehen.

»Mademoiselle«, sagte sie. »Merci, mademoiselle. Vous... vous êtes la sœur de Monsieur Wallstein?«

»La sœur de qui?« Dido starrte das fremde Mädchen verblüfft an.

Virginia in ihrem übermüdeten Zustand suchte verzweifelt nach Worten.

»Je... j'ai pensé sa sœur et une... une fille italienne. Mais...«

Sie gab es auf. Sie konnte das alles nicht begreifen. Er hatte ihr das Bild in dem Paß gezeigt und dazu gesagt meine kleine Schwester. Sie ist ungefähr so alt wie Sie. Ihr Haar ist brünett, aber Mädchen färben sich ja manchmal die Haare. So genau schauen die an der Grenze nicht hin, bei diesem Verkehr. Sie sagen am besten gar nichts, lächeln höchstens.

Er hatte recht gehabt, keiner hatte auch nur den Paß angeschaut, als sie von Österreich nach Italien wechselten.

Warum nur sprachen sie hier auf einmal französisch?

Die Fenster erhellten sich durch Blitze, und fast gleichzeitig dröhnte der Donner, barst als riesiges Echo von den Bergen zurück.

Danio fürchtete sich nicht vor dem Gewitter. Im Augenblick fürchtete er sich vor gar nichts. Er wollte auch nicht darüber nachdenken, wie es weitergehen sollte. Er war hier, er war in Sicherheit, hatte die mörderische Fahrt überstanden, anderes interessierte ihn nicht, nicht in dieser Nacht.

Er rutschte noch tiefer in den Sessel, streifte die Slipper von den Füßen und schob Dido das leere Glas hin. Sie füllte es, holte zwei frische Gläser, schenkte ein und reichte Virginia das eine Glas.

Sie hatte heute nicht gespart, es war kein Landwein, es war ein voller starker Burgunder, doch Virginia trank ihn wie Wasser.

»Ob sie auch was essen will?«

»Stell was hin. Ich werde auf jeden Fall etwas essen.«

»Es geht dir schon viel besser, wie ich sehe.«

»Es geht mir immer besser, wenn ich bei dir bin. Und heute hat mich nur der Gedanke, daß ich irgendwann hier bei dir sitzen werde, am Leben erhalten.«

Sie lachte. Dies war eine verhexte Nacht. Sie beschloß, sich über nichts mehr zu wundern.

»Wenn du das nächstemal ein Mädchen entführst, werde ich dich begleiten. Wie soll ich das verstehen mit der Schwester?«

»Bring mir erst was zu essen.«

»Willst du Kaviar?«

»Kaviar?«

»Ich war heute in Cannes einkaufen. Ich habe Kaviar, ich habe foie gras, ich habe Langusten, ich habe jambon, und natürlich habe ich Ziegenkäse.«

»Alles will ich hier auf dem Tisch sehen.«

Albert de Valmeraine hatte damals, als er die Ferme zu einem Versteck und Stützpunkt für seine Organisation Armee Secrète, die OAS ausbaute, an nichts gespart. Denn schließlich sollte die OAS nicht nur Algerien halten, sie sollte de Gaulle stürzen und, falls nötig, den Bürgerkrieg in Frankreich vorbereiten. Albert und seine Männer waren nicht bereit, ein zweites Dien Bien Phu hinzunehmen, nicht um den Preis ihres Lebens, den sie ja dann auch in den meisten Fällen bezahlt hatten. Die Ferme also hatte, gemessen an ihrer weltverlorenen Lage, eine höchst umfassende technische Einrichtung, so vor allem ein Aggregat, um selbst Strom zu erzeugen, und eine tiefe Zisterne, denn Wasser war in dieser trockenen Region, wo es manchmal monatelang nicht regnete, von großer Wichtigkeit. Dies alles gab es natürlich im Dorf nicht. Aber Dido verfügte so auch über einen Kühlschrank und konnte unbesorgt Lebensmittel einkaufen.

Während sie den Tisch mit allen Kostbarkeiten belud, schien es, als entluden sich Blitz und Donner direkt über ihrem Haus, sie zuckten alle drei zusammen und hielten für einen Moment den Atem an. Dann begann der Regen zu prasseln.

Virginia mochte nichts essen, sie schüttelte ablehnend den Kopf, aber sie trank ein weiteres Glas Wein, genauso durstig wie das erste.

»Du mußt etwas essen, Virginia«, sagte Danio und schob ihr einen Bissen Brot, dick mit Kaviar bedeckt, in den Mund. Zu Dido bemerkte er tadelnd: »Du hättest das Brot aufbacken müssen.« Denn in der gewitterschwülen Nacht hatte das Baguette seine Knusprigkeit eingebüßt.

»Ich glaube, du bist verrückt«, erwiderte Dido. »Sei froh, daß du so fabelhafte Sachen zu essen bekommst.« Sie füllte wieder Virginias Glas, und es war abzusehen, daß das Mädchen bald betrunken sein würde. Ihre Lider sanken herab, sie strich sich mit fahrigen Bewegungen das Haar, das ihr immer wieder vornüberfiel, aus der Stirn.

Wie sie da so saß in dem zerknautschten weißen Kleid mit den kleinen blauen Blümchen und den schönen neuen Sandaletten glich sie nur vage dem Mädchen, das am Nachmittag zum ersten Rendezvous ihres Lebens aufgebrochen war.

Das Leben war mittlerweile ein anderes geworden. Die Welt hatte sich total verändert. Am Anfang stand das Zauberwort: Mutter. Aber wo immer sie hier war, ihre Mutter war nicht hier.

Andererseits, das fiel ihr nun doch wieder ein, von Frankreich hatte er gesprochen, der Herr Wallstein.

»Zur Zeit ist Ihre Mama in Paris«, hatte er gesagt. »Aber ich denke, daß sie bald zurückkommt.«

Sehr vorsichtig war sie mit dem feinen Kleid und den neuen Schuhen bergab gefahren, sorglich begleitet von den Zwillingen, die mit guten Ratschlägen nicht sparten. »Also wir lassen dich gleich mit ihm allein, wir gehen schwimmen. Aber um fünf kommen wir, zwei Stunden sind genug. Dann sind wir pünktlich um sechs oben. Wenn er dich mit dem Auto hinauffährt, dann läßt du das Rad beim Pepperl stehen. Da bringen wir es am besten gleich hin, da brauchst du es nicht in der Stadt herumzuschieben.«

Pepperl war der Allround-Mechaniker von Gollingen, der auch, falls notwendig, ihre Räder reparierte.

Sabine und Barbara lieferten dennoch Virginia eigenhändig vor dem Café am Marktplatz ab, ein paar Verhaltensmaßregeln konnten dem Kavalier auch nicht schaden. Außerdem wollten sie ihn noch einmal genau betrachten und ein paar Worte mit ihm wechseln, denn, so hatte Sabine am Abend zuvor nachdenklich festgestellt: »Ein Bayer ist das nicht.«

Die Zwillinge stammten aus Regensburg und mußten es wissen.

»Er ist überhaupt kein Deutscher«, sagte Barbara überzeugt. »Er könnte Italiener sein.«

Und Sabine darauf: »Na, dann stimmt's ja. Da haben viele ein Lokal in München.« Und zu Virginia: »Du fragst ihn am besten mal nach seinem Vater. Wenn das doch ein Bekannter von deinem Vater ist. Vergiß es nicht.«

Zehn Minuten vor drei trafen sie auf dem Marktplatz ein, da stand er schon vor dem Café.

»Na, der hat's wichtig«, stellte Sabine fest. »Da hast du eine Eroberung gemacht. Gut schaut er ja aus. Man könnt direkt neidisch werden.«

»Wir müßten ihn uns ja teilen«, gab Barbara zu bedenken.

»Vielleicht tät ihm das Spaß machen«, sagte Sabine frech. »Ich kann mir sowieso nicht vorstellen, wie das je bei uns gehen soll. Grüß Gott, Herr Wallstein. Keine Bange, wir verschwinden gleich. Um fünf holen wir dann Virginia wieder ab. Und wenn Sie mit ihr mit dem Auto hinauffahren, sie muß auf jeden Fall um sechs da sein. Alles klar?«

»Klar wie der Mond im Mai.«

Dieser Ausdruck erstaunte Sabine. »Wieso? Ist er da besonders klar?«

»Man sagt so.«

»Habe ich noch nie gehört.«

»Meiner Ansicht nach«, erklärte Barbara, »ist er am klarsten im Januar.«

Dann radelten die Zwillinge davon. Als sie um die Ecke gebogen waren, sagte Sabine zu ihrer Schwester: »Ich hab's. Ganz klar. Sein Vater ist Deutscher und seine Mutter Italienerin. So was gibt's ja oft. Besonders in München. Weißt du nicht, der Freund von Onkel Maxl? Der hat sich auch seine Frau aus Italien mitgebracht.«

»Stimmt.«

Beruhigt traten sie in die Pedale. Was ihnen bevorstand noch an diesem Abend, wenn sie ins Kloster zurückkehrten, konnten sie nicht ahnen.

Danio machte keine Anstalten, das Café zu betreten. Von den vielen Plänen, die er seit gestern geschmiedet hatte, war er doch wieder zu dem ersten zurückgekehrt, der, mit dem er schon hergekommen war: sie einfach mitzunehmen.

Natürlich nicht mit Gewalt, das ging nicht, und er war auch kein gewalttätiger Mensch. Er verließ sich lieber auf seinen Charme, auf seine Beredsamkeit und auf das, was er ihr wirklich zu sagen hatte.

»Müssen wir hier bleiben?« fragte er also. Und als sie nicht antwortete: »Fahren wir doch irgendwohin.«

Sein Auto stand in einer schmalen Seitenstraße, und es war ein höchst imposantes Gefährt, so eines hatte Virginia noch nie gesehen. Er mußte viel Geld haben, der Herr Wallstein, wenn er sich solch einen Wagen leisten konnte. Sogar das fremde Nummernschild wußte sie zu deuten, Teresas Mutter war gelegentlich in einem italienischen Wagen gekommen.

Er sah ihr Stutzen und sagte leichthin: »Ich habe manchmal in Milano zu tun, und wenn ich fliege, muß ich dort auch einen Wagen zur Verfügung haben.«

»Aha«, meinte Virginia beeindruckt.

Ohne die geringsten Bedenken setzte sie sich in das fremde Auto neben den fremden Mann. War das nicht höchst unbegreiflich? Sie hatte noch nie bei einem fremden Mann im Auto gesessen, dazu noch bei einem, der sie angelogen hatte.

Aber sie hatte wirklich keine Bedenken, sie war ganz arglos, und außerdem gefiel es ihr, ein Stück zu fahren, vielleicht sogar an einen anderen Ort. Schließlich hatte sie ja Ferien. Und vorgestern Geburtstag gehabt.

Herr Wallstein fuhr aus Gollingen hinaus und dann in Richtung Süden. Er schwieg und schien mit seinen Gedanken ganz woanders zu sein.

Ob er sich wohl in der Gegend auskannte? Virginia überlegte, ob sie ihm einen Rat geben sollte. Sie war schon mit Teresa und deren Mutter an einem sehr hübschen Platz gewesen, ein richtiger Kurort, da gab es ein fabelhaftes Café, viel schöner als das in Gollingen. Allerdings mußten sie dann in anderer Richtung fahren.

Sie machte eine kurze Bemerkung, er nickte, sagte dann: »Si.« Sonst nichts und fuhr weiter.

Virginia beschloß, sich nach Herrn Wallstein senior zu erkundigen, der ja ein Freund ihres Vaters sein sollte. Damit fing es an.

Er fuhr an den Rand der Straße, bremste, der Wagen stand, er wandte sich ihr zu und sagte: »Alles, was ich Ihnen gestern erzählt habe, war geschwindelt. Aber das wissen Sie ja sowieso. Ich kenne Ihren Vater nicht, und mein Vater kennt ihn auch nicht. Ich bin aus einem ganz anderen Grund hier.«

Er stockte, nahm ihre Hand zwischen seine beiden Hände. »Ich weiß gar nicht, wie ich Ihnen das erklären soll, Virginia. Sie dürfen keinen großen Schrecken bekommen.«

»Warum? Ich verstehe nicht...«

»Es ist so, o Virginia, è molto difficile. Wie soll ich es Ihnen sagen? Mich schickt Ihre Mama. Ihre Mutter.«

Sie blickte ihn verständnislos an.

»Meine Mutter? Meine Mutter ist tot, das habe ich Ihnen doch gestern schon gesagt.«

»O, no, no, no. Ihre Mama ist nicht tot. Sie lebt. Nur Herr Stettenburg hat Ihnen erzählt, daß sie tot ist.«

In seiner Erregung, denn jetzt kam es schließlich darauf an, es kam darauf an, daß sie ihm glaubte, geriet sein Deutsch ins Wanken. »Er hat erzählt, Mama ist tot. Als Sie waren noch ganz klein. Ganz kleines Mädchen. Er hat immer gesagt, Mama ist tot. Ist es so?«

»Ja. Er hat immer gesagt, daß meine Mutter tot ist.«

»Ihre Mutter hat ihn verlassen. Wegen anderem Mann. Sie liebte ihn nicht. Und Gina, hören Sie mir gut zu. Er ist nicht Ihr Vater.«

Virginia starrte den Mann neben sich fassungslos an.

»Wer... wer ist nicht mein Vater?«

»Der Mann, der vorgestern mit Ihnen Kaffee getrunken, mit Ihnen am Tisch gesessen hat. Er ist nicht Ihr Vater.«

»Er ist nicht mein Vater?« Ihre Stimme brach. »Nicht mein Vater? Wer ist er denn?«

»Mia poveretta«, in diesem Augenblick sagte es Danio zum erstenmal, und er meinte es ganz ernst. Er beugte sich zu ihr und küßte sie auf die Wange, was sie kaum wahrnahm, so verstört war sie.

»Ich kann Ihnen nicht so gut erzählen, Ihre Mama wird Ihnen erzählen. Alles.«

»Und Sie wollen wirklich – wirklich! – behaupten, daß meine Mutter lebt?«

»Ich schwöre. Hier«, er griff in seine Jacke und zog ein paar Bilder heraus. »Da ist sie. Eine schöne Frau. Und Sie können selbst sehen, daß Sie ähnlich aussehen. Und hier, bitte, sehen Sie ganz neue Aufnahmen, hier bin ich. Mit ihr auf selbem Bild. Und hier wieder. Und wieder. Das ist das Haus, wo sie wohnt. Das Haus, in dem Sie auch wohnen werden. Wenn Ihre Mama wieder da ist. Jetzt ist sie in Paris.«

»In Paris.«

»Und ich denke mir eine große Überraschung

aus, Mama kommt zurück, und Gina ist da. Sie wünscht so sehr, ihre Tochter zu sehen.«

Ohne weitere Erklärung startete er den Wagen wieder und fuhr weiter. Virginia saß neben ihm, die Bilder in der Hand, die sie immer wieder betrachtete. Damit beschäftigt, das zu begreifen, was sie gehört hatte. Seltsamerweise zweifelte sie nicht an den Worten des fremden Mannes.

Hätte sie nicht denken müssen, daß er log? Daß er Böses vorhatte? So fern der wirklichen Welt immerhin war die Erziehung im Kloster, daß sie auf so eine Idee gar nicht kam. Sie war kein reiches Mädchen, das Angst vor einer Entführung haben mußte. Und alles, was sie hätte denken, befürchten, beachten müssen, ging unter in nur einem Gedanken: Mutter.

Meine Mutter lebt!

Sie glaubte ihm.

Er sagte: »Wenn Sie wollen, fahren wir zu Ihrer Mama. Jetzt gleich. Wenn Sie nicht wollen, Sie sagen es, wir kehren um. Sofort.«

Da fuhren sie schon über eine Stunde. Aber es wäre noch Zeit gewesen, umzukehren, wenn Virginia sich aus dieser Art von Hypnose, die sie befallen hatte, hätte freimachen können.

Statt dessen sagte sie: »Und wer ist mein Vater?«

»Soviel ich weiß, ein Amerikaner. Ein Mann aus Virginia. Darum heißen sie so. Virginia. Ich weiß nichts von ihm. Ihre Mama wird Ihnen alles erzählen. Zuletzt war sie verheiratet mit einem

Mann aus Brasilien. Der ist nun tot. Darum ist sie wieder in Europa.«

»Und warum... warum...«

Er ahnte, was sie fragen wollte.

Warum hat sie sich so viele Jahre nicht um mich gekümmert? Aber es war wirklich zu schwierig für ihn, das zu erklären. Das verstand er selbst nicht. Keine Italienerin würde ihr Kind auf diese Weise im Stich lassen.

Sie fuhren immer weiter. Dann, nach dem ersten Schock, begannen die widerstreitenden Gefühle in Virginia.

Wo fährt er eigentlich hin? Wer ist er eigentlich? Er ist ein Lügner, ein Lügner. Wie spät ist es denn? Hoffentlich erzählen Sabine und Barbara nichts. Wenn Teresa das wüßte. Sie würde lachen. Sie würde wieder einmal sagen: Du bist die ahnungslose Unschuld in Person, cara.

Wo fahren wir eigentlich hin? Ich muß zurück. Man wird mich fürchterlich bestrafen.

Ich will nicht zurück. Alle haben mich belogen. Ob die Oberin das alles weiß? Das von meiner Mutter, die nicht tot ist, und von meinem Vater, der nicht mein Vater ist.

Sie lügen, alle. Ich will sie nicht wiedersehen. Er lügt nicht. Dieser fremde Mann ist der einzige, der mir die Wahrheit sagt. Ich gehe nie zurück. Nicht ins Kloster. Der Mann, der nicht mein Vater ist, wollte, daß ich für immer im Kloster bleibe. Ich gehe nicht zurück.

Seltsamerweise hatte sie Vertrauen zu dem fremden Mann, von dem sie nicht einmal den Namen wußte. Er war gut zu ihr. Fragte, ob sie Kaffee wollte. Oder lieber etwas Kaltes? Etwas zu essen, eine Zigarette.

Da waren sie schon in Italien. Es war sechs Uhr, und sie war nicht im Kloster. Natürlich konnten Sabine und Barbara nicht schweigen, sie mußten alles erzählen. Es würde großen Ärger geben.

Nicht für mich. Ich komme nicht zurück. Ich bin undankbar, ich weiß. Ich werde schreiben, wenn ich bei meiner Mutter bin. Ob wir noch weit zu fahren haben?

Nun war sie irgendwo angekommen, ihre Mutter war nicht hier. Diese fremde Frau mit den dunklen Haaren und dem kurzen roten Kleid war seine Schwester. Die, von der sie den Paß gehabt hatte? Das konnte nicht stimmen.

Er hatte sie also doch belogen.

Alles war Lüge. Ihre Mutter war tot. Sie war allein bei fremden Menschen. Sie wußte nicht einmal, wo.

Die Frau in dem roten Kleid blickte sie seltsam an. Sie ist wie die Hexe in Hänsel und Gretel, schoß es ihr durch den Kopf. Eine sehr schöne Hexe. Und ich bin allein hier, nicht einmal Hänsel ist da.

Draußen tobte noch das Gewitter, ganze Sturzfluten schienen vom Himmel zu rauschen.

»Ich muß jetzt gehen«, murmelte Virginia. »Es ist kein Hänsel da.«

Schwankend stand sie auf, fiel vornüber und

schlug mit dem Kopf auf die dicke hölzerne Tischplatte und sank seitwärts vom Tisch zu Boden.

Dido schrie vor Schreck, Danio sprang auf, kniete neben Virginia, drehte sie vorsichtig zur Seite.

»Sie ist bewußtlos. Schnell, hol Wasser.«

Mit einem nassen Tuch kühlten sie ihre Stirn, auf der sich eine Beule zu entwickeln begann.

»Sie hat zuviel getrunken. Erst die Fahrt, die ganze Aufregung und dann der starke Wein.«

»Du hast gesagt, ich soll ihr Wein geben.«

»Ich mache dir ja keinen Vorwurf.« Er befühlte vorsichtig Virginias Stirn. »Hoffentlich hat sie keine Gehirnerschütterung.«

»Na, so tief ist sie auch nicht gefallen.«

»Der Tisch ist aus massivem Eichenholz. Und sie ist ja nur so ein kleines Vögelchen.«

»Und was machen wir nun mit dem Vögelchen? Willst du sie in die Klinik fahren?«

»Unsinn. Du ziehst sie aus und bringst sie zu Bett.«

»Ich? Bin ich ihre Kinderfrau?«

»Gut, dann tue ich es. Sie macht die Augen auf. Virginia! Gina! Wie geht es dir?«

Virginia murmelte etwas Unverständliches und schloß die Augen wieder.

»Sie muß vor allen Dingen schlafen. Sie ist betrunken und hat sich weh getan. Morgen wird es ihr besser gehen.«

»Und wo soll sie schlafen?«

»Am besten in deinem Bett.«

»In meinem Bett? Ich denke nicht daran.«

»Morgen kannst du einen anderen Raum für sie herrichten, es sind genügend Lagerstätten im Haus. Heute ist dafür keine Zeit. Wir haben noch viel zu besprechen.«

»Das scheint mir auch so. Bist du nicht müde?«

»Nicht mehr. Ich habe keine Zeit zum Schlafen.«

Er brach sich noch einmal Brot ab, nahm eine Scheibe Schinken, ein Stück Melone und aß weiter.

Dido brachte Virginia in ihr Zimmer. Nach einer Weile kam sie zurück.

»Schläft sie?«

»Sie schlief schon im Stehen. Ein dürftiges kleines Ding. Viel haben sie da offenbar nicht zu essen bekommen in dem Kloster.«

»Du kannst sie ja herausfüttern.«

»Soll sie denn hierbleiben?«

»Wo sonst? Darüber müssen wir jetzt sprechen. Ich muß vor allen Dingen wissen, ob Anita zurück ist.«

»Sie ist nicht zurück.«

Sie erzählte von dem Telefongespräch mit Rose, und er wurde sofort ärgerlich.

»Ich habe dir verboten, in der Villa anzurufen.«

»Ich habe dir erzählt, wie ich es gemacht habe. Diese alberne Rose hat keinerlei Verdacht. Außerdem hast du mir nichts zu verbieten, merk dir das. Du schon gar nicht, du Nichtstuer.«

Er winkte ab. »Wir haben auch keine Zeit, uns zu streiten. Als erstes muß der Wagen zurück nach Milano. Natürlich kann ich ihn in Nizza am Flughafen abgeben, aber ich will keinerlei Spur, die nach Frankreich führt. Außerdem muß Anitas Wagen wieder her. Aber ich wage es nicht, mit diesem Wagen noch einmal über die Grenze zu fahren. Ich habe nicht dort in dem Ort gewohnt, wo das Kloster ist, sondern in einer kleinen Stadt etwa dreißig Kilometer entfernt. Trotzdem kann sich jemand die Wagennummer gemerkt haben. Es ist ein auffallender Wagen.«

»Du hättest besser einen kleinen Fiat genommen.«

»Da hätte ich die Fahrt heute nicht geschafft.«

»Und warum denkst du, daß sie nach dem Wagen suchen?«

»Das ist doch klar. In dem Kloster wird es einen großen Aufruhr geben, Virginia ist verschwunden, sie ist mit einem Mann verschwunden. Wer ist das? Hat er sie entführt? Ist sie freiwillig mitgefahren? Es gibt zwei andere Mädchen, die mich gesehen haben und beschreiben können. Man wird den Vater benachrichtigen. Vielleicht bringt er dann alles mit Anita in Verbindung, dann haben wir sowieso die Polizei bald hier in der Gegend. Siehst du jetzt, wie wichtig es ist, wenn ich immer sage, daß dich keiner unten sehen darf am Cap?«

»Und wie stellst du dir das vor? Willst du dieses Mädchen bis an ihr Lebensende hier verstecken?«

»Ich stelle mir noch gar nichts vor. Sie ist jedenfalls hier. Wir haben sie, bevor Anita sie haben kann. Das war es doch, was wir wollten. Oder nicht?«

»Sicher«, murmelte Dido. Im Moment hatte sie auch keine Vorstellung, was daraus werden sollte. Es war verhältnismäßig einfach, irgendwelche Pläne zu machen, jedoch mit Tatsachen umzugehen, erwies sich als weitaus schwieriger.

»Angenommen, Anita erfährt nun, daß ihre Tochter verschwunden ist. Und sie erfährt, wie der Mann aussieht, mit dem sie verschwunden ist. Dann weiß sie doch sofort Bescheid.«

Danio fuhr sich mit beiden Händen durch das Haar und stöhnte. Was hatte er nur getan? Er goß sich Wein ein und sagte: »Ich muß sofort hinunter. Ich muß wissen, ob sie da ist.«

»Du kannst nicht mit diesem Wagen zum Cap fahren. Marcel würde sofort mißtrauisch werden. Und erst diese Rose. Du mußt Anitas Wagen haben. Dann werde ich eben nach Milano fahren und den Wagen holen.«

»Das kommt nicht in Frage.«

»Warum nicht?«

»Falls der Alfa an den Grenzen gemeldet ist, würde man dich sofort festnehmen. Du kannst nur den Wagen auf dem Flugplatz von Nizza abgeben, nach Milano fliegen oder mit dem Zug hinfahren und dann mit Anitas Wagen herkommen. Und das kannst du vor morgen abend auch nicht schaffen. Das dauert alles zu lange. Ich muß heute wissen, ob Anita zurück ist.«

»Das ist doch kein Problem. Du fährst mit mir hinunter, nimmst dir ein Taxi, und dem Personal erzählst du, der Wagen hat einen Schaden, er ist in

Reparatur, und du bekommst ihn erst in zwei Tagen.«

»Ja, so geht es.«

»Es ist sowieso blödsinnig, daß du keinen eigenen Wagen hast. Ja, schon gut, ich weiß, du hast ihn verkauft, um deine Schulden zu zahlen.«

»Und ich habe ihren Wagen, wann immer ich will. Sie fährt selbst nicht gern, sie läßt sowieso immer mich oder Marcel fahren.«

»Erzähl mir das noch von dem Paß, ich hab das nicht verstanden.«

»Ach, das ist ganz einfach. Ich bin auf der Hinfahrt zu Hause vorbeigefahren und habe mir Lucias Paß ausgeliehen, sie ist zwanzig. Ich hatte ja von Anfang an den Plan, das Mädchen mitzubringen. Ich wußte allerdings nicht, wie das gehen sollte.«

»Na, nun ist sie da. Gratuliere. Betrunken, leicht lädiert und schlafend.«

»Darum können wir auch nicht beide hier weg. Was ist, wenn sie aufwacht? Wenn sie eine Erklärung verlangt? Sie darf nicht allein bleiben.«

»Was denkst du, was sie tut? In die Wälder laufen? Du sagst selbst, sie weiß gar nicht, wo sie ist.«

Danio ließ sich tiefer in den Sessel gleiten, er schloß die Augen.

»Ich weiß wirklich nicht, was ich tun soll.«

Dido lächelte spöttisch.

»Es ist alles ganz einfach, mein Held. Am besten schläfst du ein paar Stunden. Es wird zwar bald hell, aber du kannst auch nicht früh um sechs in der Villa aufkreuzen, das würden Rose und Marcel sehr merkwürdig finden. Zumal du nie vor elf Uhr aufstehst. Morgen vormittag wirst du feststellen, ob Anita da ist. Falls nicht, hat alles keine Eile. Weder der Wagen, noch die Frage, was wir mit ihr anfangen. Dann macht sie eben Ferien in der Provence. Deine Schwester wird sich von ihrer besten Seite zeigen. Ich werde sie gut füttern und ihr nur noch ganz wenig Wein zu trinken geben.«

Danio streckte die Hand nach ihr aus.

»Meine kluge Schöne! Was täte ich ohne dich?«

Sie zog ihn an der Hand empor, schob ihn zum Lager, fegte die illustrierten Blätter beiseite.

»Da leg dich hin.«

»Komm zu mir.«

»O nein, jetzt nicht. Ich muß noch nachdenken. Sag mal... kannst du denn Anita in Paris nicht anrufen? In welchem Hotel wohnt sie denn?«

»Im Ritz, soviel ich weiß.«

»Na, ist ja wunderbar. Angenommen, sie ist nicht da, rufst du einfach morgen an, sagst, du machst dir Sorgen und fragst, wann sie kommt.«

»Meine kluge Schöne«, wiederholte Danio mit geschlossenen Augen, dann war er eingeschlafen.

Dido löschte das Licht bis auf eine Kerze. Sie nahm einen Schluck Wein, zündete sich eine Zigarette an. Müde war sie gar nicht. Sie mußte nachdenken.

Wenn einer mit dieser Situation fertig wurde, dann sie. Obzwar, das mußte sie zugeben, Danio hatte gehandelt, aber er hatte nicht überlegt gehandelt. War einfach losgefahren mit dem Mädchen, über zwei Grenzen, gefahren bis zur Erschöpfung, und wenn es schiefgegangen wäre, oder wenn das Mädchen Schwierigkeiten gemacht hätte, säße er jetzt in Untersuchungshaft.

Er kommt zu mir, dachte sie triumphierend. Nur zu mir. Ich werde überlegen, was zu tun ist.

Das erste Grau des Morgens dämmerte in den Fenstern. Es regnete immer noch, sanft und leise nur, es würde aufhören, wenn die Sonne über die Berge kam.

Sie stand leise auf, ging zur Tür und trat ins Freie. Eine wundervolle Luft. Kalt war es geworden in dieser Nacht. Auf den Wiesen lag Nebel. Und die Luft war erfüllt vom Duft des Lavendels, von Thymian und Rosmarin.

Plötzlich schreckte sie hoch.

Da drüben, unter den Bäumen, hatte sich da nicht etwas bewegt? Sie blickte genau hin, aber es war noch zu dunkel, um etwas zu erkennen. Nein, es war nichts.

Doch. Jetzt sah sie es deutlich. Da war ein Mensch. Jetzt trat er heraus aus dem Dunkel der Bäume, blieb stehen, mußte sie genauso sehen wie sie ihn.

Die Polizei. Da war sie schon. Man hatte seine Spur schnell gefunden.

In ihrem Kopf rasten die Gedanken. Was konnte sie tun? Nichts konnte sie tun. Drinnen schlief Danio, und in dem anderen Raum schlief das entführte Mädchen. Und ihre Pistole hatte sie auch nicht bei sich. Wozu auch? Sollte sie eine Schlacht mit der Polizei beginnen, ausgerechnet sie, ausgerechnet hier oben? Der Gedanke war so absurd, daß sie fast gelacht hätte.

Die Situation war aussichtslos. Auch wenn das Mädchen freiwillig mitgegangen war, wie er sagte, eine Entführung war es schließlich doch.

Sie trat unwillkürlich einen Schritt ins Freie, atmete tief diese köstliche Morgenluft ein.

Mein letzter Morgen in Freiheit, dachte sie.

Die ganze Familie Valmeraine ist zum Untergang verdammt, warum sollte es mich verschonen?

Sie ging noch einen Schritt vorwärts. Der Regen hatte nun ganz aufgehört, der Duft der Pflanzen war noch stärker geworden, irgendwo zirpte ein Vogel, und über dem Wald im Osten wurde es heller.

Dido trug keine Schuhe, barfuß in dem kurzen roten Kleid, wie eine Schlafwandlerin, ging sie über die nasse Wiese, auf den Wald zu, und sie überlegte dabei, auf welche Weise sie sich töten solle. Man würde ihr erlauben, ein paar Sachen mitzunehmen, und so kam sie auch zu Melizas Beutelchen mit dem Pulver. Wie gut, daß sie es so sorgfältig aufbewahrt hatte. Sie würde gar nicht abwarten, was aus der ganzen Sache würde, am besten, sie nahm es gleich. Nun konnte sie auch Danio nicht mehr helfen.

Die Gestalt am Waldrand löste sich nun auch aus dem Schatten und kam auf sie zu, ging genauso langsam wie sie. Es war ein Mann, eine Uniform trug er nicht. Wenn es keine Polizei war, was dann? Der Detektiv vielleicht, den Anita beschäftigte und der den beiden gefolgt war? Es war immer noch dunkel, zu dunkel, um sein Gesicht zu erkennen, sie sah nur, daß er einen Bart trug. Also keiner aus dem Dorf. Einer aus Lassange, der Fallen gestellt hatte?

Sie gingen aufeinander zu, Schritt für Schritt, ganz langsam, zwanzig Schritte trennten sie noch, fünfzehn, zehn, Dido zögerte, tat noch zwei Schritte, dann warf sie die Arme empor und öffnete den Mund wie zu einem Schrei, aber sie brachte keinen Ton heraus. Sie brach in die Knie, und da war er bei ihr, kniete neben ihr, umschloß sie fest mit den Armen.

»Alain!« schluchzte Dido. »Alain! Mein Bruder!«

Ermittlungen

Wie Danio richtig vermutet hatte, erlebte das Kloster vor den Bergen einen bewegten Abend.

Die Zwillinge waren pünktlich zum Angelus droben und erwarteten eigentlich, Virginia schon vorzufinden, da sie, wie angekündigt, im Café am Markt vorbeigeschaut hatten und das Paar dort nicht mehr sitzen sahen. Auf die Idee, der Bedienung eine Frage zu stellen, waren sie allerdings nicht gekommen, und warum sollten sie auch. Das geschah erst am nächsten Tag, wobei sich herausstellte, das Virginia und ihr Begleiter sich überhaupt nicht im Café aufgehalten hatten.

Als das Abendessen aufgetragen wurde, fehlte Virginia. Die Zwillinge, zunächst befragt von Schwester Serena, blickten einander an und waren sich, ohne Worte zu verlieren, klar darüber, daß etwas Schlimmes geschehen sei und daß es sinnlos war, nach Ausreden zu suchen. Also erzählten sie knapp und klar, wie sich alles zugetragen hatte, an diesem und am vorigen Tag. Kurz darauf standen sie vor der Oberin und mußten das Ganze wiederholen. Da sie klug waren und außerdem vier Ohren und Augen besaßen, war ihr Bericht perfekt. So wurde nun auch ziemlich deutlich, daß Virginia bei der ersten Begegnung mit dem fremden Mann so gut wie kein Wort gesprochen hatte.

»Hattet ihr den Eindruck, daß sie diesen Mann kennt?«

»Wenn ich es mir heute genau überlege...«, begann Sabine. »Sie kannte ihn, aber sie wußte nicht, wer er war«, fuhr Barbara fort.

»Das müßt ihr mir bitte näher erklären.«

»Na ja, so«, formulierte Barbara langsam. »Sie muß ihn schon mal gesehen haben. Denn als er plötzlich vor uns stand, da bei dem Schuhgeschäft, und uns ansprach, konnte man ihr anmerken, daß er kein ganz Fremder für sie war.«

»Weil nämlich«, fuhr Sabine fort, »bei einem ganz Fremden schaut man ja erst mal gleichgültig. Und wenn man dann so einfach angesprochen wird, weist man das kühl zurück.«

Das hatte sie hübsch gesagt, fand Barbara und nickte ihrer Schwester zu.

»Das wollte ich meinen«, sagte die Oberin. »Aber das tat Virginia nicht, und auch ihr nicht.«

»Wir dachten ja, sie kennt ihn. Und was er so erzählte, von Virginias Vater und daß er mit dem mitgekommen war, klang ja ganz plausibel.«

»Aber das hat Virginia nicht bestätigt.«

»Nein, eigentlich nicht. Sie hat aber auch nicht widersprochen.« Sabine wurde lebhaft. »Wenn das geschwindelt war, dann hätte sie ja sagen müssen: Was fällt Ihnen ein, mein Herr?«

»Sie hätte sagen müssen, was Sie reden, davon ist kein Wort wahr, und dann hätte sie sich umdrehen müssen und wäre gegangen. Und wir natürlich auch.«

»Statt dessen seid ihr Eis essen gegangen mit einem wildfremden Mann.«

»Es wirkte ja nicht so, als sei es ein wildfremder Mann«, verteidigte Sabine ihr Vergehen, »jedenfalls nicht soweit es Virginia betraf.«

Die Tatsachen waren bekannt, viel anfangen ließ sich damit nicht.

Die Zwillinge standen vor dem Schreibtisch der Oberin, rechts von ihnen stand Schwester Justina, links Schwester Serena, die Hände gefaltet, im Gesicht Angst und Schrecken.

Schwester Justina dagegen trug eine höchst grimmige Miene zur Schau. Sie war immer dagegen gewesen, den Mädchen zuviel Freiheit zu lassen. Schwimmen gehen, einkaufen gehen, wozu denn das? Auch wenn nie eines der Mädchen allein gehen durfte, nützte es gar nichts, wenn man sie zu dritt losschickte, wie dieses Beispiel zeigte.

»Ist irgend etwas bekannt davon, daß Virginia sich mit einem Mann getroffen hat?« fragte die Oberin.

»Nein«, rief Schwester Serena überzeugt, »das täte sie nie.«

»Wie können Sie so etwas behaupten«, fuhr die Oberin sie an, »da es ja ganz offensichtlich geschehen ist. Und wer weiß, wie oft schon.«

Und zu den Zwillinge gewandt, fuhr sie streng fort: »Ihr hättet gestern Schwester Serena von diesem Zusammentreffen und der heutigen Verabredung berichten müssen.«

»Das konnten wir doch nicht«, sagte Barbara.

»Das wäre doch gepetzt gewesen«, fügte Sabine hinzu.

Nun wurde die Oberin ärgerlich.

»Gepetzt! Seid ihr kleine Kinder oder erwachsene Menschen? Was ist, wenn Virginia einem bösen Menschen in die Hände gefallen ist? Der sie verschleppt oder ihr etwas antut?«

Barbara begann zu weinen, Sabine gab ihr einen Schubs. »So war der nicht«, sagte sie bestimmt. »Ich glaube, sie ist freiwillig mitgegangen.«

»Freiwillig, gewiß«, sagte die Oberin. »Wenn sie sich gewehrt hätte, mit ihm zu gehen oder in sein Auto zu steigen, würde das wohl Aufsehen erregt haben. Aber ein junges Mädchen kann nicht wissen, was ein Mann vorhat, mit dem es – freiwillig, wie du sagtest – mitgeht. Oder?«

»Man kann sich verschiedenes denken«, murmelte Sabine. »Vielleicht... vielleicht ist er verliebt in sie. So etwas gibt es doch.«

»Aha. So etwas gibt es. Und sie?«

»Sie kann ja auch in ihn verliebt sein«, sagte Sabine tapfer, worauf ihre Schwester sie auf den Fuß trat.

Viel mehr kam bei diesem Verhör nicht heraus, erkannte die Oberin. Eine peinliche Geschichte. Sie schob eine Akte auf ihrem Schreibtisch zornig zur Seite, und es bedurfte ihrer ganzen Selbstdisziplin, das Ding nicht einer von den Vieren, die hier vor ihr standen, an den Kopf zu werfen.

Man mußte wohl oder übel die Gendarmerie benachrichtigen. Die würden sich eins grinsen, das wußte sie im voraus. Und würden wahrscheinlich das gleiche sagen, was Sabine eben gesagt hatte. Eine Liebesgeschichte, Ehrwürdige Mutter. So etwas kommt doch vor.

»Geht auf euer Zimmer«, befahl sie den Zwillingen.

Die sahen sich stumm an. Ohne Abendbrot, und das, nachdem sie so ausgiebig geschwommen waren. Und die Räder hinaufgeschoben hatten.

Die Oberin blickte kurz zu der Schulschwester und zu der Hausschwester auf.

»Ich möchte Schwester Borromea sprechen. Sonst wird zunächst von der Sache nicht gesprochen. Wenn Virginia in einer Stunde nicht da ist, werde ich die Gendarmerie benachrichtigen. Wie ich die kenne, werden sie sowieso keinen Fuß rühren. Was Virginias Vater betrifft...« Sie trommelte mit dem Finger auf die Schreibtischplatte. »Nun, wir werden bis morgen warten. Vielleicht kommt sie ja wieder.«

»Ich werde dafür beten«, murmelte Schwester Serena.

Bei der Gendarmerie in Gollingen war man leider nicht sehr kooperativ, das hatte die Oberin richtig vorausgesehen.

»Was soll das sein?« fragte der Wachhabende. »Eine Vermißtenanzeige? Eine Anzeige wegen Entführung oder was? Wenn das Mädchen erst seit zwei Stunden verschwunden ist, kann man weder in dem einen noch in dem anderen Fall tätig werden.«

»Das Mädchen ist seit drei Uhr nachmittags verschwunden«, sagte die Oberin scharf.

Schließlich ließen sie sich gnädig herab, einen Rundgang durch die Lokale zu machen und in den drei Hotels und verschiedenen Pensionen von Gollingen nachzufragen, ob dort ein Mann wohnte oder gewohnt hatte, auf den die Beschreibung paßte.

Das war alles, was an diesem Abend geschah. Am nächsten Tag sah alles schon bedrohlicher aus. Im Kloster wußten nun alle Bescheid, der gute Pater Vitus betete in der Kirche für das verlorene Schaf, und Anna-Luisa verkündete tief befriedigt: »Es war bestimmt ein Lustmörder. Er hat sie vergewaltigt und dann zerstückelt. Wir werden sie nie wiederfinden.«

Worauf etwas geschah, was in den Annalen des Klosters noch nicht verzeichnet war. Sabine holte aus und schmierte ihr eine. »Und denk nur nicht, daß ich das bereue und jemals beichten werde.«

»Und wenn du jetzt ein Geplärr machst«, fügte Barbara hinzu, »kannst du von mir auch noch eine fangen.«

Komisch, darüber waren sich die Zwillinge einig, daß dieser Italiener aus München kein böser Mensch war. Das sagten sie auch bei der Polizei aus. Und auf die Frage, ob die beiden wie ein Liebespaar gewirkt hätten, schüttelten sie die Köpfe. Nein, das auch nicht.

»Was soll's denn dann gewesen sein?«

schnauzte der Chef des Gendarmeriepostens sie an, denn bei dem war die Affäre nun gelandet.

»Ein Freund von Virginias Vater. Beziehungsweise der Sohn des Freundes. Wie er gesagt hat. Und daß er mit Virginias Vater gekommen ist.«

»Dös is a Schmarrn. Dann hätte Ihre Freundin das ja bestätigen müssen, net? Und das hat's net getan, wie Sie selbst ausgesagt haben.«

Immerhin konnte der Grundlwirt sich daran erinnern, daß ein Mann, auf den die Beschreibung paßte, bei ihm zu Mittag gegessen hatte. Wiener Schnitzel und einen Palatschinken. Ein Auto habe er nicht gesehen.

Erstaunlich gut erinnerte sich das Dirndl von der Gaststätte ›Klosterhof‹. Sie wußte noch genau den Tisch, wo dieser gutaussehende und sehr freundliche Herr gesessen hatte. Ein gutes Trinkgeld habe er gegeben. Nein, mit einem Fräulein vom Kloster und einem älteren Herrn habe er nicht zusammen gesessen. An die erinnerte sich die Franzi auch. Die hatten da gleich an der Brüstung gesessen. Eine schöne Kette habe das Fräulein zum Geschenk erhalten. Nein, sie wisse ganz genau, daß der Herr, der an der Hauswand saß und das Paar, das an der Brüstung saß, nicht miteinander gesprochen hatten, das könne sie beschwören. An ein Auto erinnerte sie sich nicht. Der Parkplatz lag ein Stück unterhalb des Klosterhofes. Die Geschichte von dem Freund des Vaters oder dem Sohn des Freundes war also erstunken und erlogen, das war nun einmal mit Sicherheit ermittelt. Dieser fremde

Mann, Italiener aus München oder was auch immer, hatte diese Ausrede nur benutzt, um sich an die Mädchen heranzumachen. Beziehungsweise an das eine bestimmte Mädchen, auf das er es abgesehen hatte.

Blieb nur die Frage, warum er das getan hatte.

So ganz geheim, wie die Oberin es gewünscht hätte, blieb die Geschichte nicht, durch die Ermittlungen der Polizei wurde sie, trotz Hochsaison, in Gollingen ziemlich bekannt. Und da man ja weiß, wie die Menschen sind, gar nicht mehr so, wie sie eigentlich sein sollten, ermunterte sie manchen zu einem schadenfrohen Grinsen. Sieh da, eine von den Klosterschülerinnen war mit einem Mann durchgebrannt. Was es doch alles gab! Gegen Liebe half auch die frömmste Erziehung nichts, so der allgemeine Kommentar.

Und dann fanden sich plötzlich zwei Leute, die den schwarzen Alfa gesehen hatten. Kein anderer als der Pepperl, bei dem immer noch verlassen Virginias Rad stand. Er hatte den Wagen vorbeifahren sehen und gedacht: Sakradi!

Eine italienische Nummer? Ja, doch, ganz gewiß. Welche? Da hatte er nicht weiter hingeschaut.

Und ein vierzehnjähriger Bub meldete sich, er hatte den Wagen auch gesehen und war mehrmals um ihn herumgegangen. Er wußte immerhin, daß der Wagen aus Mailand gekommen war. Die genaue Nummer, naa, die hatte er sich nicht gemerkt.

Es war allerhand, was die Gollinger Gendarmerie in so kurzer Zeit ermittelt hatte, und sie war auch entsprechend stolz darauf. Und, wie ihr Chef hinzufügte, wenn der schwarze Alfa mit Mann und Mädchen nach Italien gefahren war, da waren sie längst über alle Berge, und nach einem Wagen zu forschen, dessen Nummer man nicht kannte, war ein sinnloses Unterfangen. Immerhin taten sie noch folgendes, sie baten die Kollegen in München um Amtshilfe. Doch ein italienisches Lokal, das von einem Herrn Wallstein geführt wurde, gab es in München nicht. Und damit kam die Sache, soweit es Gollingen betraf, zunächst einmal zu den Akten.

Inzwischen hatte die Mutter Oberin schweren Herzens an Virginias Vater geschrieben. So knapp wie möglich, aber auch so präzise wie möglich. Erstaunlich war nur, daß sie lange keine Antwort erhielt. Das lag nun daran, daß inzwischen die Beisetzung des Oberst Stettenburg-von Maray stattgefunden hatte, mit allem gebührenden Aufwand, und daß natürlich bei Frau Stettenburg, der neu gebackenen Witwe, Berge von Post eingelaufen waren. Schließlich war ja ihr Mann nicht irgendwer gewesen, sondern ein ruhrgebietsbekannter Unternehmer, und die Fabrik war ein alteingesessener Betrieb.

Ein Großteil der Post war bei der Sekretärin gelandet, aber was mehr privat aussah, lag bei Mechthild auf dem Schreibtisch, und so nach und nach machte sie sich daran, die Briefe und Beileidsschreiben durchzusehen. Den Brief aus dem Kloster las sie mit Stirnrunzeln, dann bogen sich ihre Lippen zu einem Lächeln.

Das war ja ausgezeichnet. So erledigte sich das Problem des unerwünschten Mädchens ganz von selbst. Mit einem Mann war sie offenbar durchgegangen, so vorsichtig die Oberin sich auch ausgedrückt hatte. Nun ja, der Apfel fiel nicht weit vom Stamm. Das sparte weitere Kosten und jedwede Überlegung, was mit dem Wechselbalg anzufangen war. Immer weg mit Schaden. Sie diktierte den Brief nicht der Sekretärin, die ja von dieser sogenannten Tochter ihres Mannes gar nichts wußte, sondern schrieb die Antwort selbst. Teilte den plötzlichen Tod ihres Mannes mit, und daß sie und ihre Familie sich für den Verbleib des Mädchens nicht im geringsten interessierten. Das erschien ihr dann ein wenig hart und mißverständlich, sie überlegte eine Weile und entschloß sich dann, dieser Oberin die Wahrheit mitzuteilen. Das Mädchen stamme zwar von der ersten Frau ihres Mannes, doch sei er nicht der Vater gewesen. Die Mutter habe ihn und das kurz zuvor geborene Kind ohne weitere Erklärung verlassen.

Unter diesen Umständen, so werden Sie zugeben, schrieb sie, hat mein armer Mann mehr als seine Christenpflicht diesem Kind gegenüber erfüllt. Erst besuchte es eine teure Privatschule, dann kam die Ausbildung in Ihrem bewährten Institut, hochverehrte Frau Oberin, aber nun sehe ich, soweit es mich und meine Familie betrifft, wirklich keinen Anlaß mehr, weiter für dieses Mädchen, das mir überdies ganz fremd ist, zu sorgen. Wenn sie sich nun, wie es ausssieht, für ein eigenes Leben entschieden hat, besteht wohl kein Grund, einzugreifen, alt genug ist sie ja wohl. Was an Kosten noch anfällt, wollen Sie mir bitte mitteilen, das wird selbstverständlich noch erledigt.

Dieser Brief war nun, falls der Oberin so ein Ausdruck eingefallen wäre, ein Hammer.

Der Herr Stettenburg-von Maray war nicht der Vater Virginias, und das erklärte auch, warum er sich so wenig um sie gekümmert hatte, und erklärte gleichzeitig, warum sich seine Frau, eben die, die diesen Brief geschrieben hatte, niemals hatte blicken lassen...

Was für scheußliche Verhältnisse! So etwas wie Mitleid mit dem verlorengegangenen Mädchen wollte die Oberin überkommen. Oder besser mit dem verlorenen Mädchen, denn so mußte man sie wohl inzwischen bezeichnen, denn Mechthilds Brief war nicht der einzige Brief, der die Oberin erreichte. Einige Zeit später war ein Brief von Virginia eingetroffen, und zwar aus Mailand. Ein sehr kurzer Brief. Sie bat darin vielmals um Vergebung für ihr plötzliches Verschwinden, sie habe triftige Gründe dafür gehabt, und sie hoffe, es ergebe sich die Möglichkeit, sie später einmal darzulegen. Es gehe ihr gut und sie befinde sich in bester Obhut.

Von der totgeglaubten Mutter, deren Spur sie gefolgt war, schrieb Virginia nichts. Das konnte sie nicht. Denn auch zwei Wochen nachdem sie das Kloster verlassen hatte, war sie dieser Mutter nicht begegnet, wußte immer noch nicht, ob es sie wirklich gab. Sie hatte durchaus Grund anzunehmen, daß Danio sie belogen hatte. Nur spielte es in diesem seltsamen, in diesem weltverlorenen Traumleben, das Virginia zur Zeit führte, so gut wie keine Rolle.

Provence

Zwischen den Bergen der Haute Provence, versteckt in Wäldern und Büschen, beim stetigen Gesang der Zikaden, eingehüllt in den Duft des Lavendels und des Thymians, beschützt von der alten, verwitterten, doch immer noch aus festem Stein gefügten Ferme entwickelte sich so etwas wie ein Ferienidyll. Jedenfalls soweit es Virginia betraf. Sie lebte zunächst wie in Trance, dann wie im Traum, sie bestaunte eine wundersame, fremde Welt, und sie, die gar nichts von der Welt kannte, empfand alles, was um sie geschah, wie ein Märchen. Sie begriff nie, wo sie eigentlich war und warum sie hier war. Auf ihre Fragen, die sie manchmal stellte, nachdem ihr Kopf wieder klarer wurde und die Sprachschwierigkeiten nicht mehr unüberwindlich, bekam sie nie eine Antwort, mit der sich etwas anfangen ließ. Man war freundlich zu ihr, die schöne fremde Frau, dieser breitschultrige kräftige Mann mit dem kühnen Gesicht, und vor allem Charlot, der viel mit ihr zusammen war – nur der Mann, der sie hergebracht hatte, Herr Wallstein oder wie er hieß, ihn bekam sie zunächst nicht zu Gesicht. Natürlich erinnerte Virginia sich nach und nach wieder sehr gut an alles, was er ihr erzählt hatte: Es gab eine Mutter, die auf sie wartete, und ihr Vater war nicht ihr Vater.

Und sie war einfach mit einem wildfremden Mann auf und davon gefahren. Das kam ihr selbst so ungeheuerlich vor, geradezu unglaubwürdig, und daher paßte es auch wiederum sehr gut in das weltverlorene Traumleben, das sie inmitten all dieser Schönheit führte. Ein Leben in ungebundener Freiheit dazu. Es gab keine Regeln, keine festgesetzten Stunden, in denen man dies oder das tun durfte, keinerlei Vorschriften für Kommen und Gehen, für Kleidung und Verhalten. Sie hatte von Dido einen bunten Leinenrock bekommen, ein Paar Jeans, dazu ein paar Blusen und leichte Pullis, irgend etwas davon zog sie an, leichte Sandalen von Dido, und so verwandelte sich Virginia auch äußerlich auf höchst erstaunliche Weise.

Gleichzeitig war auch eine Verwandlung mit Dido vor sich gegangen; Neid und Habgier waren von ihr abgefallen wie ein schlecht sitzendes Kleid, sie war glücklich und unbeschwert, glich wieder der verwöhnten Tochter aus dem weißen Gut ihrer Jugend. Glücklich war sie, solange Alain da war, und er blieb länger, als sie zu hoffen gewagt hatte. Denn anfangs hatte er gesagt, er würde gleich wieder am nächsten Tag weiterfahren, es sei zu gefährlich, sich länger an einem Platz aufzuhalten, doch dann blieb er eine Woche, zwei Wochen, fast drei Wochen. Es gab soviel zu bereden, zu erzählen, auch zu planen. Alains Augen blickten klar, seine Haltung war aufrecht, er war unverdorben von dem, was er erlebt hatte, keineswegs belastet von dem Blut, das an seinen Händen klebte. Es war

Krieg gewesen, und in einem Krieg mußte man kämpfen und töten, das war Recht und nicht Unrecht, er dachte darin so pragmatisch, so unsentimental, wie Franzosen es von eh und je getan haben.

Danio hatte keinen Zutritt mehr zur Ferme. Dido ließ ihn nicht im Stich, sie hielt die Verbindung zu ihm aufrecht, aber nie hätte sie, die wohlerzogene Tochter aus aristokratischem Haus, ihrem Bruder zugemutet, mit anzusehen, daß sie ein Verhältnis mit einem Kellner hatte. Gleich am Morgen nach Alains Ankunft vertrieb sie Danio von der Ferme.

Allerdings hatte es sich nicht vermeiden lassen, daß Alain die beiden Gäste zu sehen bekam. Denn so unfair war Dido wiederum nicht, auch wenn sie es im Grunde ganz gern getan hätte: Danio mitsamt dem Mädchen aus dem Haus zu werfen. Danio, der im Wohnraum lag, nicht ausgezogen, das Haar schweißverklebt, schlief den tiefen Schlaf der Erschöpfung und erwachte auch nicht, als Dido und Alain ins Haus kamen. Im Nebenraum dann das Mädchen, totenblaß das Gesicht, der Atem kaum spürbar. Alain wies mit dem Finger auf Virginias Stirn, dicht am Haaransatz.

»Was hat sie da?«

Denn im matten Morgenlicht, das durch die kleinen Fenster drang, war die Beule deutlich zu erkennen.

Dido nahm Alain an der Hand und zog ihn wieder hinaus ins Freie. Die Sonne kam eben über den Berg, im Stall blökten ungeduldig die Ziegen.

»Sie ist ohnmächtig geworden und mit dem Kopf auf die Tischplatte gefallen.«

»Und wer sind diese Leute?«

»Ach, das ist eine komplizierte Geschichte. Sie sind heute nacht hier angekommen, nach einer langen, strapaziösen Fahrt. Das Mädchen kenne ich gar nicht. Sie ist aus einem Kloster davongelaufen und muß sich hier verstecken.«

Alain lachte unwillkürlich. »Es scheint das bleibende Schicksal der Ferme zu sein, daß man sich hier versteckt. Aber ihn kennst du?«

»Ich kenne ihn schon lange. Er wohnt unten in Antibes. Wir treffen uns manchmal, oder er kommt herauf, um mir ein wenig Gesellschaft zu leisten. Er ist mit einer Dame befreundet, und die hängt wieder mit dem Mädchen zusammen, das er aus dem Kloster geholt hat, Danio, meine ich. Er hat sie nicht entführt, oder doch, wie man es ehrlicherweise nennen muß. Aber er hat sie nicht gewaltsam entführt.«

»Hm, das ist schwer zu verstehen«, meinte Alain.

»Ich sagte ja, daß es eine komplizierte Geschichte ist, ich muß sie dir richtig der Reihe nach erzählen. Später, das ist jetzt nicht so wichtig.«

»Ist das Mädchen denn in ihn verliebt?«

»Kaum. Sie kennt ihn ja erst seit vorgestern.« Dido lächelte ihren Bruder unsicher an.

»Sie kann zunächst hierbleiben. Ihn werde ich nachher gleich aufwecken und hinunterschicken. Er kann sich zu Hause ausschlafen.«

Alain warf ihr einen prüfenden Blick zu, und Dido fühlte sich unbehaglich. Sie wollte ihren Bruder nicht belügen, auf gar keinen Fall. Er sollte die Wahrheit erfahren. Nur mußte ihre Rolle dabei ein wenig aufpoliert werden.

Was hatte sie denn schon groß für eine Rolle gespielt? Hatte sie Danio vielleicht beauftragt, das Mädchen zu entführen? Das einzige, was sie getan hatte, war, herauszufinden, daß es das Mädchen gab und wo es sich befand.

Und ausgerechnet jetzt mußte Danio mit ihr ankommen. All die Zeit war sie allein gewesen, hätte sich nur ihrem Bruder, nur ihm widmen können. Und nun steckte sie mit in dem Schlamassel, den Danio angerichtet hatte.

Er mußte sofort aus dem Haus. Kein Weg durfte es von ihm zu ihr geben, denn sicher war doch Alain auch gefährdet.

»Wie bist du eigentlich hergekommen? Mußt du dich auch verstecken?«

»Natürlich. Ich bin illegal in Frankreich. Ich komme aus London.«

»Aus London?«

»Ende Mai bin ich mit einem falschen Paß über Brüssel eingereist. Ich wollte mir ansehen, was da in Paris passierte. Da war allerhand los, das kannst du mir glauben. Und es ist noch lange nicht vorbei. Aber mit de Gaulle wird es bald vorbei sein, der wird dieses Desaster nicht überstehen. Schön, er hat diese Wahl im Juni gewonnen, denn natürlich will das Volk Ruhe und Ordnung im Land, keine

Kämpfe auf den Straßen und keinen Streik. Aber es ist trotzdem das Ende für de Gaulle, auch wenn er gemeinerweise, um den Leuten gefällig zu sein, Pompidou geopfert hat, der ihm immer treu gedient hat.«

Der Haß auf de Gaulle war also auch bei ihm geblieben, keiner der Algerienfranzosen, geschweige denn einer von der OAS, würde sich je mit dem General aussöhnen.

»In London? Wie bist du denn nach London gekommen? Mein Gott, und ich dachte immer, du bist noch im Gefängnis.«

»Da war ich drei Jahre. Eine verdammt lange Zeit, meine Schwester. Französische Gefängnisse sind keine sehr menschenfreundliche Orte. Ich habe dir nie geschrieben, denn du solltest frei entscheiden, wie und wo du lebst. Auch wollte ich nicht, daß du hineingezogen wirst. Ich denke mir, daß man auch ganz gern die Hand auf Albert de Valmeraines Tochter gelegt hätte.«

»Man hat mich nie behelligt.«

»Und die Leute hier?«

»In Lassange nenne ich mich Danièle. Danièle Dumont. Vielleicht wissen sie, wer ich bin. Ich habe keine Ahnung. Aber sag mir eins, wenn du jetzt ein paar Wochen in Paris warst, wie hast du denn da gelebt?«

»Ich habe Freunde«, sagte er kurz.

»Und wie bist du aus dem Gefängnis gekommen?«

»Ich bin geflohen. Ich und zwei andere sollten in

ein anderes Gefängnis verlegt werden, während des Transportes gelang uns die Flucht. Wir waren zwar gefesselt, aber wir hatten alles gut vorbereitet und haben gut zusammengearbeitet. Einen der Wächter mußten wir allerdings töten.«

»Und dann wagst du dich zurück?«

»Paris ist eine große Stadt. Und die Polizei war in den letzten Wochen sehr beschäftigt.

»Und hier? Wenn dir einer hierher gefolgt ist?« Dido spähte angstvoll hinüber zum Wald.

»Warum sollte man mich hier suchen? Woher sollten sie wissen, daß die Confiance ein altes OAS-Versteck ist? Du hast eben selbst gesagt, daß dich nie jemand hier belästigt hat. Wenn sie es gewußt hätten, dann wäre sicher, als ich geflohen bin, einer vom Deuxième Bureau hier gewesen. Hat jemand nach mir gefragt, nach mir gesucht?«

»Nein, nie.«

»Sie vermuten mich in Deutschland. Die beiden anderen gingen über den Rhein, einen haben sie wieder erwischt, den anderen nicht. Sie werden denken, daß ich mit ihm zusammen bin.«

Dido blickte immer noch mit ängstlichen Augen um sich. Es war nun ganz hell, die Sonne war über den Berg gekommen, jeder konnte sie hier auf der Schwelle des Hauses sitzen sehen.

»Man wird dich suchen. Und finden.« Heller Zorn packte sie bei dem Gedanken an Danio. Er und das Mädchen mußten aus dem Haus. Sie zogen ja geradezu die Polizei hierher.

»Komm lieber herein. Weißt du denn, ob dir

nicht jemand gefolgt ist und drüben unter den Bäumen sitzt und uns beobachtet?«

Alain griff an seine Hüfte. »Ich bin bewaffnet.«

»Wie kamst du denn nach London?«

»Nachdem die Flucht geglückt war, versteckte ich mich eine Zeitlang in den Bergen von Puy de Dôme, und dann schlug ich mich nach Clermont-Ferrand durch, ich wußte, dort war ein Freund, der mir weiterhelfen würde.«

»Wie leichtsinnig! Du wagtest noch, ihm zu vertrauen?«

»Wir können einander alle vertrauen, die wir zusammen gekämpft haben. Er war zuletzt schwer verwundet worden, aber sie haben ihn nicht gefangen, wir versteckten ihn halb tot in einem alten Château, das einem Freund unseres Vaters gehörte. Mathieu sagte mir beim Abschied, wenn er überlebe, dann würde ich ihn in Clermont finden. Dort lebt sein Bruder. Der war bei der Legion, aber jetzt hat er dort ein Bistro und ein kleines Hotel. Ein halbes Jahr lang haben sie mich dort versteckt, bis man annehmen konnte, daß sie meine Flucht nach Deutschland geschluckt hatten. Mathieu brachte mich mit dem Wagen an die Kanalküste, und von dort nahm mich ein Fischerboot mit nach England.«

»Was mußt du für Angst ausgestanden haben«, seufzte Dido.

»Der Tod war noch nicht für mich bestimmt«, sagte Alain ruhig.

»Aber du hättest mir ein einziges Mal Nachricht geben sollen.«

»Es war zu gefährlich. Ich habe auch im Ernst nicht vermutet, daß du auf der Ferme bist. Daß eine schöne junge Frau wie du es in der Einsamkeit aushalten konnte.«

»Deinetwegen blieb ich hier. Wo solltest du mich finden?«

Er legte den Arm um sie.

»Hier. Und ich habe dich gefunden.«

Er küßte sie zärtlich.

»Die Unruhen, die Straßenkämpfe in Paris und anderswo, ließen es mich wagen, nach Frankreich zurückzukehren. Ich dachte mir, die Polizei hat zur Zeit Beschäftigung genug. Und als ich in Paris war, dachte ich mir. Schau in der Ferme Confiance nach, vielleicht findet sich eine Nachricht von Dido.«

›Confiance‹, so hatte ihr Vater diesen Ort genannt. Dido traten die Tränen in die Augen. Und ob die Ferme den Namen *Vertrauen* verdiente!

»Wie bist du hergekommen?«

»Mit einem Motorrad. Es steht da drüben unter den Bäumen.«

»Du wirst müde sein. Willst du etwas trinken?«

»Bring mir Wasser.«

»Nicht lieber Wein? Oder soll ich dir Kaffee machen?«

»Später, wenn ich geschlafen habe. Jetzt möchte ich kühles Wasser aus unserer Zisterne. Ich wäre schon früher gekommen, aber das Gewitter hielt mich fest, oben hinter dem Verdon. Ich kenne da eine kleine Brücke, aber sie war total überschwemmt, ich mußte einen Umweg fahren.«

Als sie das Wasser brachte, fragte sie: »Willst du nichts essen?«

»Später. Jetzt schlafe ich ein paar Stunden. Und dann werden wir lange reden. Ich werde dir alles erzählen, und du wirst mir alles erzählen.«

Bis er aufwacht, muß Danio aus dem Haus sein, dachte Dido. Und ich muß Alain die Geschichte mit dem Mädchen erklären, ohne ihn direkt anzulügen.

Eine schwere Aufgabe.

Er trank das Wasser, stand auf und reckte sich.

»Das Wasser der Confiance. Von meiner Schwester kredenzt. Weißt du, welche Angst ich hatte, dich niemals wiederzufinden?«

Sie stand ebenfalls auf und trat neben ihn.

»Weißt du, welche Angst ich hatte, du könntest tot sein? Ich wäre nie von hier fortgegangen, solange ich hoffen konnte, du würdest eines Tages kommen.«

»Nun werden wir uns nie wieder trennen«, sagte er mit Bestimmtheit. »Wir werden zusammen fortgehen und uns eine neue Heimat suchen.«

Sie fragte nicht, wie er sich das vorstellte, ein entflohener Sträfling mit falschen Papieren, ein Mann, den man jede Minute verhaften konnte.

Er fragte nicht danach, ob sie in dem Leben, das sie nun seit Jahren führte, ganz auf sich selbst gestellt, vielleicht Bindungen eingegangen war, ob es möglicherweise einen Mann in ihrem Leben gab, von dem sie sich nicht trennen wollte. Die

Selbstherrlichkeit der Valmeraines – Vertreibung und Exil hatten daran nichts geändert.

Und auch nicht den Hauch eines Gedankens verschwendete Dido an den Mann, der da drinnen schlief. Schon an diesem Morgen hatte sie Danio aus ihrem Leben gestrichen wie ein überflüssiges Komma aus einem Satz.

»Du hast das Motorrad gut versteckt?«

»Ja. Tief im Gebüsch.«

»So geh außen herum um das Haus. Ich mache dir hinten ein Fenster auf. Es war der Raum, in dem Vater immer schlief, wenn er hier war. Weit genug vom Eingang entfernt, mit wenigen Schritten ist man im Wald. Vaters Lager ist sauber. Ich habe seine Decken immer ausgeschüttelt.«

Er stellte keine Fragen mehr wegen der beiden anderen, die hier im Haus schliefen. Er würde es erfahren. Eine Weile später lag er in einem der hinteren Räume der Ferme, auf seines Vaters Lager. Dido beugte sich über ihn und küßte ihn. »Schlaf gut. Wenn du aufwachst, bekommst du wunderbar zu essen.«

»Darauf freue ich mich. Ich habe lange genug in England gelebt.«

Dido war nicht müde. Zuerst versorgte sie die Ziegen, ließ sie dann hinaus auf die Wiese. Anschließend machte sie einen Rundgang um das Haus, zog den Bogen immer weiter. Nichts rührte sich. Im Wald suchte sie nach dem Motorrad. Er hatte es so gut versteckt, daß auch sie es nicht fand.

Eine Weile saß sie auf der Schwelle des Hauses,

den Kopf in die Hände gestützt, und überlegte. Ausgerechnet jetzt kam Danio mit diesem Mädchen. Dieser Dummkopf! Brachte dieses Kind hier an. Hoffentlich war Anita zurück. Dann konnte er sogleich mit der kostbaren Tochter nach unten verschwinden. Und sich überlegen, welche von beiden er nun heiraten sollte. Möglicherweise wollten sie ihn beide nicht, er bekam vielleicht eine kleine Belohnung und konnte verschwinden. Wurde nicht mehr gebraucht. Madame Anita war dann eine Mutter, und die Kleine begann ein ungewohntes Luxusleben.

Mein Problem ist es nicht mehr, dachte Dido. Aber gar so schnell, wie sie hoffte, bekam sie beide nicht los. Eine Stunde später weckte sie Danio, was gar nicht so einfach war. Aber sie schüttelte ihn so lange, bis er zu sich kam. Gleichzeitig legte sie den Finger auf die Lippen.

»Ganz still, kein Laut. Steh auf, ich fahre dich bis Grasse, dort nimmst du dir ein Taxi.«

Er blickte sie verwirrt an.

»Aber ich kann doch nicht so...«, wehrte er sich.

»Doch, so wie du bist.« Sie hängte ihm das zerdrückte Jackett um. »So wirkt das alles sehr glaubhaft. Unrasiert und etwas mitgenommen kommst du in der Villa an. Ob Anita nun da ist oder nur Rose, jeder wird glauben, daß du einen kleinen Unfall hattest und den Wagen zur Reparatur zurücklassen mußtest. Denk dir inzwischen aus, wie es gewesen sein könnte.«

»Und wie komme ich zu dem Wagen? Wirst du ihn holen?« Er flüsterte auch, genau wie sie.

Sie schüttelte den Kopf. »Ich kann hier nicht weg.«

»Und sie?« fragte er mit einer Kopfbewegung zur Tür ins Nebenzimmer.

»Sie schläft. Sie wird noch lange schlafen. Sie hat eine große Beule auf der Stirn, ich werde ihr Umschläge machen, wenn sie wach ist.«

Endlich hatte sie ihn draußen, sah sich zuerst wieder nach allen Seiten um. So würde es jetzt immer sein, daß sie sichern mußte, wie ein Tier, das seinen Bau verließ. Eine neue Idee kam ihr.

»Warum fährst du nicht einfach mit dem Alfa hinunter? Du kannst ja sagen, du hast dir nach dem Unfall einen Leihwagen genommen, das ist doch ganz normal.«

»Und wenn man nach dem Wagen sucht?«

»Wer soll ihn suchen? Du stellst ihn unten in die Garage und fährst morgen damit nach Milano.«

»Du bist verrückt.«

»Oder du bittest einen Freund, für dich zu fahren.«

»Solch einen Freund habe ich nicht.«

»Das sieht dir ähnlich«, sagte sie mitleidlos.

Mein Bruder, dachte sie, hat solche Freunde. Pierre fiel ihr ein.

»Dann läßt du ihn zunächst in der Garage. Ich finde jemand für dich, der Anitas Wagen holt. Und nun komm.«

»Ich soll wirklich mit dem Alfa...«

»Natürlich, da ist gar nichts dabei. Es ist noch früh, Berufsverkehr auf den Straßen, das fällt überhaupt nicht auf.«

»Und was soll ich Anita sagen, wenn sie da ist?«

»Möglichst die Wahrheit. Du hast dem Mädchen von ihr erzählt, und da wollte sie unbedingt mitkommen. Dann kannst du sogar die Wahrheit über den Wagen erzählen.«

Sie waren in der Scheune, in die Dido gestern abend den Alfa gefahren hatte.

»Ich muß mit ihm durch das Dorf und durch Lassange fahren.«

»Das hast du gestern auch getan.«

»Da war es dunkel.«

»Ach, hör endlich auf zu zittern, du Feigling! Im Dorf interessiert das keinen Menschen. Und mitten durch Lassange brauchst du keineswegs zu fahren, du nimmst die Abkürzung am Berg entlang.«

»Wenn mir dort einer entgegenkommt...«

»Wird schon nicht.«

»Und wie komme ich wieder zu dir herauf?«

»Gar nicht. Ich will dich hier in nächster Zeit nicht sehen, ich habe meine Gründe dafür.«

»Aber...«

»Ich habe meine Gründe dafür, hörst du! Ich werde dir das später erklären.«

»Aber Virginia?«

»Ihr geht es gut bei mir, keine Sorge.«

»Wie gebe ich dir Bescheid?«

Dido seufzte ungeduldig, dann runzelte sie die

Stirn. Da hatte er recht, sie mußte wissen, was unten los war. Immerhin hatte dieses Mädchen ja so eine Art Vater, und der hatte Anitas Adresse. Es war durchaus möglich, daß die Polizei schon da war, wenn Danio in der Villa ankam.

Aber das sagte sie ihm nicht, sonst würde sie ihn nie mehr loswerden.

»Ich werde heute nachmittag in Lassange in der Bar sein. So zwischen halb sechs und sechs, ich werde einen Pastis trinken, und du wirst mich dort anrufen.«

»Und was soll ich sagen?«

»Mon dieu, was du immer sagst. Du möchtest Mademoiselle Danièle sprechen. Und dann sagst du mir, was unten los ist. Und falls du keinen hast für den Wagen, dann schicke ich dir Pierre oder einen von seinen Leuten.«

»Das ist der, der Virginia gefunden hat.«

»Das ist der. Und der kann so was.«

»Er wird mich verpfeifen.«

»Wird er nicht. Und nun fahr endlich!«

Sie sah dem schwarzen Wagen nach, wie er langsam den steinigen Weg abwärts rollte. Wenn der Dummkopf das Mädchen nicht angebracht hätte, könnte er nun für immer aus ihrem Leben rollen. Liebe? Keine Spur war davon übriggeblieben. Es fiel ihr nicht einmal auf.

Sie lüftete das Zimmer, räumte das Geschirr weg, das noch auf dem Tisch stand, und dabei dachte sie darüber nach, was sie ihrem Bruder zu essen geben konnte. Auf jeden Fall mußte sie nachher nach Lassange fahren zum Bäcker und zum Metzger. Sie glättete das Lager, wo Danio gelegen hatte, schüttelte das Kissen aus. Befriedigt blickte sie sich um. Nun sah alles wieder ordentlich aus.

Ob sie sich eine Tasse Kaffee kochte? Sie konnte sich ebensogut für einen Moment hinlegen und noch ein bißchen nachdenken über alles, was in dieser Nacht geschehen war. Sie lag kaum, da schlief sie mit einem glücklichen Lächeln ein.

Charlot, der eine Weile später des Weges kam, um nachzuschauen, was sich heute nach dem Regen im Wald wohl finden ließ, Pilze, Beeren oder ein Bach, in dem sich wieder Wasser befand, sah die Tür zur Ferme weit offen stehen. Er spähte hinein, im Vorraum war keiner, auch links die Küche war leer, obwohl da noch ein paar leckere Sachen herumstanden. Er steckte den Finger in die Gänseleberpastete, schleckte, schmatzte und entschloß sich dann, das ganze restliche Stück in den Mund zu stecken. Das verdarb sowieso in der Hitze, wenn sie das einfach hier so stehen ließ. Der Schinken war auch nicht schlecht.

Er sah auch die benutzten Gläser auf dem Tisch. Es war Besuch da gewesen, offensichtlich die ganze Nacht. Er hatte vorhin ein großes schwarzes Auto durch das Dorf fahren sehen. Er wischte die Finger an seiner Jacke ab und entdeckte gleichzeitig, daß eine der Weinflaschen noch halb voll war. Er hob die Flasche an den Mund und trank. Bißchen warm. Aber ein vorzüglicher Wein. Er musterte das Etikett und nickte zufrieden. Anstandshalber blickte er noch in den Wohnraum, dessen Tür ebenfalls weit geöffnet war.

Himmel, da lag sie und schlief. Wie schön sie war! Das dunkle Haar weit gefächert über dem Kissen. Das Fähnchen, das sie anhatte – na, man durfte eigentlich nicht hinsehen als gottesfürchtiger Mann, es reichte nicht einmal bis sonstwohin. Er beschloß, als ehrlicher Mann, auf dem Rückweg vorbeizugehen und ihr zu sagen, daß er es war, der alle Reste aufgegessen hatte. Wenn sie es überhaupt gemerkt hatte, daß Reste da gewesen waren und daß sie nun verschwunden waren.

Es mußte eine anstrengende Nacht gewesen sein.

Alain

Alain schlief nicht lange. Er war daran gewöhnt, kurz und konzentriert zu schlafen und beim geringsten Geräusch auf den Beinen zu sein.

Heute störte ihn nichts, doch nach vier Stunden wachte er auf, erfrischt und erholt. Er blickte sich um, verspürte eine leise Wehmut. Hier hatte sein Vater geschlafen; der Raum war nur mit dem Nötigsten eingerichtet, das Lager schmal und hart. Während des Krieges zog er sich nur hierher zurück, wenn mindestens zwei Mann draußen waren, um Wache zu halten. Sehr oft waren sie nicht hier gewesen, sie verfügten noch über andere Verstecke. Die Ferme bedeutete immer eine gewisse Gefahr, gerade weil sie so am Ende eines Weges lag, in einem Winkel gewissermaßen, von wo aus man nur noch die Wahl hatte, in unwegsame Berge zu fliehen oder in einen Abgrund zu springen. Sie aber mußten beweglich sein, gut motorisiert vor allem, auch in der Lage, unauffällig Verpflegung herbeizuschaffen, in all diesen Punkten war die Ferme unbrauchbar. Trotzdem hegte sein Vater eine gewisse Liebe zu diesem Ort. Einmal hatte er gesagt: »Wie ein Fuchs in seinem Bau, so kann man sich hier verkriechen. Aber genauso wie der Fuchs in seinem Bau leicht ausgeräuchert werden.«

Hier hatten sie das zweite Attentat auf de Gaulle

geplant, bei dem sein Vater ums Leben kam und er selbst gefangen wurde. Da war es sowieso schon zu spät, Algerien war für sie verloren. In den Jahren, die vergangen waren, hatte Alain einiges dazugelernt. Er begriff nun, daß die Entkolonisierung nicht aufzuhalten war, das betraf ja nicht Frankreich allein, es ging allen Großmächten so, die im Jahrhundert zuvor ihre Macht und ihren Reichtum durch Kolonien vermehrt hatten. Und das, was sie für diese zurückgebliebenen Länder geleistet hatten, alles, wovon sie meinten, es müsse anerkannt werden – Bildung, Schulen, Krankenhäuser, Studienmöglichkeit für begabte junge Leute der beherrschten Völker –, all das galt nun nicht mehr, diese Völker wollten frei sein, arm, unentwickelt, in ihre eigenen Kämpfe verstrickt, so wie es ja überall gekommen war, aber dabei vor allem eins: frei.

Es war seltsam, Frankreich hatte Tunesien und Marokko ohne Zögern in die Freiheit entlassen, nur Algerien, davon wollte man sich nicht trennen. Immer wieder die hartnäckige Behauptung: Algerien ist keine Kolonie, es ist ein Teil Frankreichs. Gewiß lebten die Franzosen so zahlreich in diesem Land, oft schon seit Generationen, wie in keinem anderen Kolonialland, sie fühlten sich heimisch, sie hatten Besitz, den sie in harter Arbeit aufgebaut und entwickelt hatten, aber Tatsache war, daß die einheimische Bevölkerung einer anderen Rasse angehörte, es waren Araber und Berber, und eine andere Religion besaß, sie waren Moslems. Weder mit Geduld, noch mit Vernunft, noch mit gutem

Willen und auch nicht durch den Wundertäter Zeit ließ sich die Kluft überbrücken. Immer nur wieder durch Herrschaft, Gewalt, Strafe konnte dieses riesige Land geführt werden. Widerstand gegen die Herren aus Frankreich hatte es immer gegeben, von Anfang an, und er war jeweils nach den Weltkriegen, vor allem nach dem Zweiten, gewaltig gewachsen, genährt nicht zuletzt vom Geist der Zeit, der gebieterisch das Ende jeder Kolonisation verlangte.

Nach der fürchterlichen Niederlage in Indochina wuchs der Widerstand in Algerien, täglich, stündlich. Nur daß die verschiedenen Freiheitsbewegungen sich untereinander erbittert bekämpften, machte es möglich, daß der Krieg, nachdem er einmal in Gang gekommen war, sieben furchtbare Jahre dauerte. Er brachte de Gaulle zurück an die Macht, nachdem in Paris eine Regierung nach der anderen stürzte, hauptsächlich über das Algerienproblem. De Gaulle kam als Retter, er hatte das vorausgesehen und vorbereitet. Und wie jeder vermutete, war er von vornherein entschlossen, Frankreich von dem Ballast der widerspenstigen Kolonie zu befreien. Doch selbst er brauchte dazu noch vier Jahre. Vier blutige, grausame, fürchterliche Jahre.

Hatte es denn unbedingt sein müssen? Das dachte Alain de Valmeraine heute, mit dem Abstand, den er gewonnen hatte, gewinnen mußte, um weiterzuleben. Es waren die Jahre seiner Jugend gewesen, die es ihn gekostet hatte, und durch die Verbrechen, die er begangen hatte oder an denen er beteiligt gewesen war, hatte er nicht nur die Heimat Algerien, hatte er auch das Vaterland Frankreich verloren. Nur mit falschen Papieren, nur unter ständiger Bedrohung und möglichst auch nicht für lange Zeit konnte er sich hier aufhalten.

Er stieg wieder aus dem Fenster, ging um das Haus herum und fand Dido im Wohnraum, eine große Kaffeekanne auf dem Tisch, frische Brioches in einem Korb.

»Du hast schon ausgeschlafen?« begrüßte sie ihn.

»Für den Moment, ja. Du warst einkaufen?«

»Ja, ich bin ganz schnell hinuntergefahren. Ich habe sorgfältig die Tür abgeschlossen.«

Daß jemand im Haus war, während sie schlief, und die Reste in der Küche verspeist hatte, verschwieg sie. Sie wußte, es konnte sich nur um Charlot handeln. Dennoch war es höchst leichtsinnig von ihr gewesen, bei offener Tür einzuschlafen. Sie goß Alain Kaffee ein, sah befriedigt zu, wie es ihm schmeckte.

»Erzähl mir von dir«, sagte er.

Sie berichtete von der letzten Zeit daheim, als sie allein mit Meliza dort zurückgeblieben war, alles Personal, alle Arbeiter waren verschwunden, die Ernte verdarb, und sie lebte nur noch in Angst, wartete, wer wohl zur Tür hereinkommen und ihr den Hals durchschneiden würde. Französische Soldaten kampierten für einige Zeit bei ihnen, unter ihrem Schutz befand sich eine Gruppe von Flüchtlingen, alles Frauen und Kinder, die zur Küste wollten, um dort ein Schiff zu finden, das sie nach Frankreich brachte.

»Du wirst mit ihnen gehen«, ordnete Meliza an.

»Nein, ich will nicht fort.«

Am nächsten Morgen war Meliza tot, es blieb Dido nichts anderes übrig, als sich den Flüchtlingen anzuschließen. »So kam ich hierher, und damit war ich gut daran, gemessen an den anderen. Ich hatte ein ganzes Haus für mich, ich hatte Geld auf der Bank, ich stand nicht heimatlos und mittellos auf der Straße. Seitdem lebe ich hier. Manchmal habe ich auch unten an der Küste gearbeitet, dies oder das. Für mich reicht es immer hier, ich habe die Ziegen, ich habe Hühner, ich habe meinen Gemüsegarten, und ein wenig Geld ist auch noch da.«

»Und du warst immer allein?« fragte Alain ungläubig.

Dido blickte in ihre leere Kaffeetasse.

»Nicht immer.«

»Der Mann, der heute nacht hier schlief?«

Sie fuhr heftig auf.

»Du hast ihn nicht mit mir im Bett angetroffen, nicht wahr?«

Alain schwieg, blickte sie nur an.

»Ich gebe es zu, er war mein Geliebter. Ich kenne ihn seit vier Jahren. Ich war sehr einsam und, ja, ich mochte ihn gern, und er war sehr gut zu mir. Allerdings hat sich dann einiges verändert.«

Es war unmöglich, von Anita zu erzählen, welche Rolle sie in Danios Leben spielte, und daß sie, Dido, in den letzten zwei Jahren nicht schlecht von Anitas Geld mitgelebt hatte.

Würde ihr Bruder begreifen, daß alles, was sie erlebt hatte, zerstörend und demoralisierend auf einen jungen Menschen wirken mußte? Sie war auf solch ein Leben nicht vorbereitet gewesen, aber sie hatte sich ändern müssen, so wie ihre Lebensumstände sich geändert hatten.

Sie war dreizehn gewesen, als der Krieg begann, der wirkliche Krieg, denn Unruhen hatte es praktisch seit dem Ende des Zweiten Weltkrieges gegeben. Doch sie hatte wenig davon gewußt, sie lebte behütet und beschützt, sie besuchte das Lycée in Constantine, sie wurde dorthin gefahren und wieder abgeholt, ihre Mitschülerinnen waren Mädchen ihrer Kreise, genauso behütet wie sie selbst.

Das Land war so groß. Auch wenn immer und überall gekämpft wurde, auf dem Gut merkte sie nichts davon. Als sie sechzehn war, sprach ihr Vater davon, sie nach Frankreich in ein Pensionat zu schicken, aber sie wollte nicht fort. Wirklich hoffte damals noch jeder, auch Albert de Valmeraine, daß Frankreich der Aufstände Herr werden wurde. 500000 Mann Militär hatte Frankreich am Ende in Algerien stationiert, fast die gesamte Armee. Doch immer grausamer wurde der Krieg geführt, von beiden Seiten, die Gefangenen gequält, gefoltert und ermordet, schließlich wagten selbst jene Algerier, die gern bei Frankreich geblieben wären, und die gab es auch, nicht mehr von Versöhnung zu sprechen.

Dies alles hatte Dido lange Zeit gar nicht, und dann nur in abgemilderter Form erfahren, um so vernichtender war dann die erbarmungslose Wirklichkeit – die Heimat verloren, den Vater, den Bruder, ganz allein auf einmal in einer fremden feindlichen Welt.

Sie war einundzwanzig, als sie auf die Ferme kam, einsam und von allem verlassen, das zu ihr gehört hatte. Warum hätte sie sich nicht in Danio Carone verlieben sollen, Danio mit seiner tröstenden Stimme, seinen zärtlichen Händen, seinem Charme und schließlich seiner Leidenschaft? Er war ein italienischer Kellner, ein Spieler dazu, kein Mann für Dido de Valmeraine, aber sie hatte ihn geliebt. Sicher würde Alain das begreifen, wenn sie es ihm erzählte. Das schon, nur nicht, wie sie sich verhielt, nachdem Anita in Danios Leben gekommen war. Das würde weitaus schwerer zu erklären sein.

Für den Augenblick jedoch wurde Dido eine Fortsetzung ihrer Geschichte erspart, denn die Tür zum Nebenzimmer öffnete sich langsam, auf der Schwelle erschien Virginia, in dem kurzen weißen Hemdchen, das Dido ihr übergestreift hatte. Sie lehnte am Türrahmen, sie sah zum Gotterbarmen aus und sie flüsterte: »Entschuldigen Sie bitte, aber ich weiß gar nicht... wo bin ich denn eigentlich?«

Sie sprach deutsch, und ehe Dido eine Antwort

überlegt hatte, schwankte Virginia, Alain sprang schnell hinzu und fing sie auf.

»Oh, danke«, murmelte Virginia höflich. »Es ist nichts. Mir ist nur ein wenig schwindlig.«

Alain betrachtete sie genau, sah ihre glasigen Augen und sagte: »Sie hat eine Gehirnerschütterung, sie muß sich sofort wieder hinlegen.«

»Das hat mir gerade noch gefehlt«, sagte Dido.

Gemeinsam brachten sie das Mädchen ins Bett zurück, legten sie vorsichtig wieder hin.

»Sie muß zunächst liegenbleiben«, ordnete Alain an. »Und sie braucht bestimmte Tabletten, ich werde dir aufschreiben, wie sie heißen, und du mußt sie dann in einer Apotheke besorgen. Und stell ihr einen Eimer ans Bett, sie kann jetzt nicht hinaus zur Toilette gehen.« Denn die Toilette der Ferme war hinter der Scheune.

»Dann legst du ihr ein kühles Tuch auf den Kopf. Und wenn das alles geschehen ist, wirst du mir mal erklären, wer dieses Mädchen ist und was du damit zu tun hast.«

Alain schüttelte mißbilligend den Kopf, als er alles gehört hatte.

»Dido, wie kannst du dich an solch einer dummen Sache beteiligen?«

»Ich habe ihm doch nicht geraten, er soll sie mitnehmen und mit ihr hier ankommen. Denkst du, mir macht das Spaß? Das einzige, was ich getan habe, ich bat Pierre herauszufinden, wo sie ist. Ob es sie überhaupt gibt. Wir wußten ja gar nichts. Auch Madame Anita nicht.«

»Na gut, wenn Madame Anita so eine wohlhabende Frau ist, konnte sie ja einen Detektiv beauftragen. Oder sich am besten an ihren früheren Mann wenden.«

»Das hat sie ja getan. Und nie eine Antwort bekommen.«

»Ich verstehe immer noch nicht, was dich das alles angeht. Und du sprichst von unserem Cousin Pierre?«

»Ja. Pierre Bouvin. Ich weiß, ich sollte keine Verbindung zu ihm haben. Vater nannte ihn einen Verräter.«

Alain zog bitter einen Mundwinkel hoch. »Ich weiß. Aber Vater irrte sich. Manche Leute waren nur ein wenig klüger als wir. Du hast Pierres Vater nie kennengelernt. Er war ein sehr tüchtiger Mann. Er hatte einen Schiffahrtshandel in Algier. Und er hatte die Lektion gelernt, die Indochina für uns bedeuten mußte. Das Kolonialzeitalter ist zu Ende, sagte er, daran läßt sich nichts mehr ändern, und schon gar nicht mit Gewalt. Ich habe es selbst gehört, ich erinnere mich, wie Vater ihn voll Verachtung ansah, und ich, ich war damals sehr jung, verachtete diesen entfernten Onkel natürlich auch. Vater betrachtete ihn sowieso immer als einige Klassen unter uns stehend. Der übliche Dünkel in unseren Kreisen. Wie schnell es damit vorbei sein kann, siehst du an dir selbst. Notlagen verändern die Menschen und lassen sie Dinge tun, an die sie früher im Traum nicht gedacht hätten.« Er lächelte ihr zu. »Ich nehme mich selbst nicht aus.«

»Pierre ist kein Verräter, sagst du? Aber er führt ein seltsames Leben. Und er muß ein ganzes Netz von Agenten haben.«

»Mag ja sein. Es wäre kein Wunder, wenn er ein hartgesottener Bursche geworden ist.« Alain sann eine Weile vor sich hin, zündete sich dann eine Zigarette an. »Wie gesagt, Pierres Vater war ein tüchtiger Kaufmann. Er machte seine Geschäfte mit allen Seeleuten, ganz egal, unter welcher Flagge sie segelten. Er war immer gegen den harten Kurs, den Frankreich einschlug. Weißt du, daß er mit einer Araberin zusammenlebte?«

»Nein.«

»Seine Frau starb, als Pierre fünf Jahre alt war. Kurz darauf nahm er die Araberin ins Haus, damit sie für das Kind sorgte. Später liebte er sie, und sie liebte ihn. Sinah war sehr schön und sehr gut, sie zog Pierre mit großer Liebe auf. Zu einer Heirat kam es nie, sie war Moslem, natürlich. Aber dadurch stand Pierre von Jugend an zwischen zwei Fronten. Oder, wie er es einmal ausdrückte: zwischen zwei Welten. Er hatte viele arabische Freunde. Vater nannte ihn einen Verräter, weil er nicht mit uns in der OAS kämpfen wollte. Das konnte Pierre nicht, das wollte er nicht. Er war mit Krim Bel Kassem befreundet, dem Führer der FLN, der Front de Libération Nationale. Es half nicht viel. Pierres Vater kam in Algier ums Leben, Sinah wurde vor seinen Augen von Arabern erschlagen. Die Franzosen hatten Krim Bel Kassem zum Tode verurteilt, sie erwischten ihn bloß nie. Vielleicht könnte Pierre dir darüber einiges erzählen. Krim Bel Kassem unterzeichnete dann 1962 den Waffenstillstand in Evian. Ja, so war das. Sicher hätte Pierre in Algerien bleiben können. Aber das wollte er offenbar nicht. Auf jeden Fall verfügt er über gute Verbindungen. Er hat dir nicht gesagt, auf welche Weise er das Mädchen aufgespürt hat?«

»Nein.«

»Besser, es wäre ihm nicht gelungen. Nun haben wir dieses Problem am Hals. Vielleicht haben sie diesen Danio schon verhaftet. Dann haben wir hier bald die Polizei. Es wird besser sein, ich verschwinde.«

»O nein, Alain, auf keinen Fall. Danio wird mich bestimmt nicht verraten. Und jetzt will ich dir ein gutes Mittagessen kochen. Ich habe nichts Böses getan. Ich habe das Mädchen nicht entführt, ich habe sie bei mir aufgenommen, und jetzt pflege ich sie sogar.«

»Ich werde mich doch lieber in den Wald zurückziehen.«

»Nein. Ich schließe die Tür ab. Und wenn jemand kommt, bist du gleich hinten hinaus im Wald.«

Das Problem, von dem Alain gesprochen hatte, erwies sich überhaupt nicht als Problem.

Kurz nach halb sechs empfing Dido in der Bar von Lassange Danios Anruf.

»Sprich«, sagte sie.

Sie selbst mußte vorsichtig sein mit ihren Äußerungen, es waren nicht viele Leute in der Bar, drei und der Wirt, aber sie konnten jedes Wort hören, das sie sagte.

Anita war nicht da, erfuhr sie. Rose hatte berichtet, Madame habe aus Paris angerufen, um mitzuteilen, daß sie noch einige Zeit auf Reisen sei.

»Kein Wort, wohin, warum. Oder mit wem. Wie findest du das?«

»Seltsam«, erwiderte Dido.

Danio hatte seinerseits im Ritz in Paris angerufen und nur erfahren, daß Madame Henriques abgereist sei.

»Verschwindet einfach, und keiner weiß, wohin«, sagte Danio erbost.

»Und sonst?«

»Nichts.«

»Das ist gut.«

»Und was soll ich nun tun?«

»Nichts. Abwarten.«

»Und der Wagen?«

»Das eilt ja nun nicht so. Ich besorge dir jemanden, der das erledigt.«

»Ich muß dich sprechen. Kann ich nicht zu dir kommen?«

»Es bleibt bei dem, was ich gesagt habe.«

»Wo kann ich dich denn treffen? Wie geht es ihr denn?« Sie schwieg, und er merkte, daß sie beide Fragen nicht beantworten konnte.

»Kannst du nicht herunterkommen? Vielleicht nach Cannes?«

»Heute nicht.«

»Morgen?«

»Vielleicht.«

Er nannte eine Zeit und einen Treffpunkt. Sie stimmte zu. Anschließend fuhr sie nach Grasse und besorgte die Tabletten, die Alain aufgeschrieben hatte.

Virginia erholte sich schnell, es war nur eine leichte Gehirnerschütterung gewesen, sie erinnerte sich wieder genau an ihren törichten Aufbruch aus Gollingen und warum sie mit dem fremden Mann gefahren war. Dieser Mann war nicht mehr da, jedoch ein anderer, der sich um sie kümmerte wie ein Arzt. Er fühlte ihren Puls, gab ihr Tabletten und beobachtete das Abschwellen der Beule. Sie nannte ihn Alain und nahm an, er sei der Mann der dunkelhaarigen Frau, bei der sie Aufnahme gefunden hatte. Sie fürchtete sich nicht mehr vor Dido wie am Abend ihrer Ankunft.

Als sie wieder klar denken konnte, sagte sie eines Morgens traurig: »Es war alles gelogen.«

»Nein«, erwiderte Dido. »Was Danio Ihnen erzählt hat, ist wahr. Ihre Mutter lebt, und Ihre Mutter hat Sie gesucht. Aber nun weiß sie nicht, daß Sie hier sind. Danio hatte sich das Ganze als Überraschung ausgedacht. Aber nun ist Ihre Mutter verreist, wie es scheint für längere Zeit. Sie können bei mir bleiben, bis sie wiederkommt.«

Dieses Gespräch, genau wie jedes andere, hatte seine Schwierigkeiten, obwohl Virginia sich große Mühe gab, sich an alles zu erinnern, was sie im Französischunterricht gelernt hatte. Dido tat ihr Bestes, sie sprach langsam, wiederholte Worte und

Sätze, eine Art von Verständigung kam zustande, aber sie war keineswegs ausreichend, um Virginia verständlich zu machen, was mit ihr geschehen war, wo sie sich befand und was aus ihr werden sollte. Auf diese letzte Frage allerdings hätte auch Dido ihr keine Antwort geben können.

So kam es zu diesem seltsamen, unwirklichen Leben, in das Virginia geriet und das sie widerspruchslos hinnahm, weil sie sich einfach wohl fühlte in der Sonne, unter dem blauen Himmel, in dieser zauberhaften Landschaft. Und weil da auch nichts war, was ihr Angst machte.

Schwierig, so gut wie unmöglich war die Verständigung mit Charlot, den Virginia schon vier Tage nach ihrem Eintreffen kennenlernte. Sie lag auf einer Decke im Gras, im Schatten einer riesigen Korkeiche, und träumte vor sich hin.

Seinen provençalischen Dialekt verstand sie nun gar nicht, aber sie lächelte ihn freundlich an, ein wenig benommen war sie ja noch, und hörte ihm zu.

Dido hatte dieses Zusammentreffen, mit dem sie schon gerechnet hatte, vom Haus aus beobachtet. Was sie Charlot sagen würde, wußte sie auch schon. Die junge Dame sei Engländerin, erzählte sie, und sie sei lange Zeit krank gewesen. Nun habe ihr Bruder sie hergebracht, damit sie sich hier erholen könne. Sollte Charlot eines Tages auch Alain zu Gesicht bekommen, war eine weitere Erklärung unnötig.

»Ich habe die beiden vor einiger Zeit mal in Nizza kennengelernt«, fügte Dido noch hinzu.

»Die arme Kleine«, meinte Charlot mitleidsvoll.

»Ja, sie ist sehr blaß und schmal. Die Luft in unseren Bergen wird ihr guttun. Und unsere Sonne, nicht wahr? In England soll es ja immer sehr neblig sein.«

Charlot gab sich mit dieser Erklärung zufrieden. Wenn er vorbeikam und Virginia erblickte, nahm er sich immer Zeit zu einem kleinen Schwatz, auch wenn dieser nach wie vor ziemlich einseitig blieb. Virginia hörte zu, nickte, lächelte, und hin und wieder verstand sie auch ein Wort. Dido hatte ihr eingeschärft, auf keinen Fall deutsch zu sprechen.

»Charlot haßt die Deutschen. Er war bei der Résistance, und die Deutschen haben ihm übel mitgespielt.«

Virginia nickte auch dazu. Was wußte sie schon davon? Sie hatte eine ganze Menge in der Klosterschule gelernt, aber davon nichts. Jedenfalls sprach sie kein Wort deutsch, nur manchmal ein paar Brocken englisch, wie Dido ihr empfohlen hatte. Das imponierte Charlot gewaltig. Den Bertins und Mère Crouchon erzählte er: »In der Ferme wohnt jetzt eine junge Engländerin. Sie ist sehr krank. Sie soll sich hier erholen.«

»Bei der Algerierin?« fragte Madame Bertin mißtrauisch. Wenn Dido das gehört hätte, dann hätte sie gewußt, daß alle, sogar die Alten im Dorf, wußten, woher sie kam.

Charlot brachte Virginia Blumen und Pflanzen

aus den Bergen mit, und als es ihr besser ging, begleitete sie ihn ein Stück in den Wald hinauf, er zeigte ihr, wo der wilde Lavendel wuchs, und wenn sie kräftiger geworden sei, sagte er, dann müsse sie ihn einmal zu der alten Römerruine oben auf dem Berg begleiten.

»Außer mir«, erklärte Charlot stolz, »kennt die keiner.«

Virginia lächelte, nickte und sagte: »Oh, yes.«

Sie war wie ein vom Himmel gefallenes Kind, das mitten in dieser seltsamen, so schönen Welt gelandet war, und da keiner ihr etwas Böses tat, gab es auch keinen Anlaß zur Furcht. Die hatte sie eigentlich nur, wenn sie an das Vergangene dachte. Auch wenn es noch nicht so lange vergangen war, kam es ihr vor, als lägen Jahre zwischen der verzauberten Gegenwart und ihrem Leben im Kloster.

Was würden sie bloß dort von ihr denken? Schwester Borromea würde traurig sein. Ach, wenn sie das nur alles hier sehen könnte, sicher würde sie den ganzen Tag irgendwo sitzen und malen. Eines Tages überraschte sie Dido damit, daß sie unbedingt einen Brief schreiben müsse.

»Eine Brief? Wohin? An wen?«

Virginia gab sich große Mühe, sich verständlich zu machen, und Alain, der dazugekommen war, sagte nach einer Weile: »Sie hat ein schlechtes Gewissen. Du mußt sie diesen Brief wohl schreiben lassen.«

»Wie stellst du dir das vor? Das geht doch nicht.«

»Im Gegenteil. Ich halte das für ganz richtig. Sie

soll kurz schreiben, nur, daß es ihr gutgeht und daß man sich keine Sorgen um sie zu machen braucht. Alles andere können die sich dann dort dazu denken. Falls Madame Anita eines Tages wieder auftaucht, kann sie sich dann die Fortsetzung dieses Briefes überlegen.«

»Und von wo soll der Brief abgeschickt werden, bitte?«

»Natürlich nicht von hier. Am besten über der Grenze.«

Virginia, die ihnen aufmerksam zugehört hatte und von dem schnellen Wortwechsel kaum etwas mitbekam, nur soviel, daß Alain ihr zustimmte, war an einem Namen hängengeblieben, den sie jetzt schon oft gehört hatte.

»Madame Anita«, fragte sie, »c'est ma mère?«

Dido blickte sie überrascht an.

»Oui, c'est votre mère.«

Virginia nickte und schwieg. Noch einmal zu fragen, wo sie denn eigentlich sei, die ihr verheißene Mutter, erübrigte sich. Sie war nicht da. Nicht als sie kam, nicht jetzt, vermutlich nie. Auch Herr Wallstein war nicht da, der Danio hieß, wie sie inzwischen wußte. Irgendein Geheimnis umgab das ganze Geschehen, aber sie sah keinen Weg, es zu verstehen. Sie schrieb den Brief genauso, wie Dido ihr gesagt hatte, und Alain, der ein wenig deutsch lesen konnte, studierte die paar Zeilen sorgsam.

»Ich denke, so geht es.«

Virginia kam auf noch eine Idee.

»Ich habe eine Freundin in Italien. Darf ich ihr auch schreiben?«

Dido schüttelte den Kopf. »Nein. Das ist alles. Mehr wird nicht geschrieben.«

Bin ich eigentlich eine Gefangene, dachte Virginia, und sie dachte so etwas zum erstenmal. Unwillkürlich ging ihr Blick zur Tür.

Wenn ich einfach aufstehe und weggehe, was würde sie dann tun? Sie sah Dido an, und auch zum erstenmal war nicht nur Verwirrung in ihrem Blick, sondern ein Funke Zorn. Widerstand. Dido merkte es wohl, Ärger stieg in ihr auf, doch Alain legte den Arm um Virginias Schulter.

»Du kannst deiner Freundin später schreiben, ma petite. Jetzt wollen wir erst einmal diesen Brief fortbringen.«

»Fortbringen?« fragte Virginia verwirrt.

»Daß wir keinen Briefkasten vor dem Haus haben, wird Ihnen ja schon aufgefallen sein«, fuhr Dido sie an.

Doch, das war ihr alles aufgefallen. Keinen Briefkasten, keinen Laden, keinen Menschen, außer Charlot. Die Verbindung zur übrigen Welt schien nur in Didos kleinem Auto möglich. Aber Charlot, er kam zu Fuß, wo kam er denn her?

»Ich möchte gern wissen, wo ich bin«, sagte Virginia trotzig. Dido und Alain schwiegen und sahen sich an. Das mußte eines Tages ja kommen, wenn sie einigermaßen wieder bei sich war.

»Wir sind nicht in Italien, nicht wahr? Sind wir in Frankreich?«

Herr Wallstein war mit ihr nach Italien gefahren, das wußte sie noch sehr genau.

»Wir sind Franzosen«, sagte Alain ruhig. »Die gibt es auch in Italien.«

Virginia nickte. Das leuchtete ihr ein. Teresa war Italienerin und war in Österreich in die Schule gegangen, und... was für Unsinn dachte sie da? Teresa war Österreicherin, nur ihre Mutter war Italienerin. Auf einmal merkte sie, daß sie Teresas Adresse vergessen hatte. Das war schon sehr seltsam.

Dido hatte inzwischen einen Entschluß gefaßt. Es genügte nicht, den Brief einfach über die Grenze zur Post zu geben, das war zu nah. Sie würde nach Milano fahren, morgen. Einen Absender würde der Brief nicht haben.

Virginia kam auf ihre Fragen nicht zurück. Es war einfach zu schwierig, sie konnte nicht begreifen, was mit ihr geschehen war.

Am nächsten Tag, ehe sie fuhr, sagte Dido freundlich: »Ich werde dir etwas mitbringen aus der Stadt.« Sie blickte auf Virginias Füße. »Ein Paar hübsche neue Sandalen, ja? Diese alten von mir sind schon ziemlich abgelatscht.«

Virginia hatte nicht ganz verstanden, was sie sagte, Dido wiederholte langsam ihre Worte und fügte hinzu: »Oder hast du einen bestimmten Wunsch?«

Es war schwer zu erklären, was sie sich wünschte. »Einen Zeichenblock.« Wie hieß das nur auf französisch?

»Zeichenstifte. Wasserfarben...« Sie hielt einen imaginären Block hoch, machte Bewegungen des Zeichnens.

»Was meint sie?« fragte Dido.

»Sie will malen«, erklärte Alain. »Es scheint, du hast eine kleine Künstlerin bei dir aufgenommen.«

Dido lachte. »Ach so. Na, so etwas werde ich schon auftreiben.«

»Es ist nur«, meinte Virginia schüchtern, »ich habe kein Geld.« Sie lief eilig in ihr Zimmer und kam mit ihrem Täschchen wieder und holte die Schillinge heraus, die sich noch darin befanden. »Das ist alles, was ich habe. Und es gilt ja hier nicht.«

»Nein, aber ich werde schon etwas für dich finden.« Es fiel Dido gar nicht auf, daß sie das Mädchen auf einmal duzte. Dann fuhr sie weg, und Virginia war einen ganzen Tag mit Alain auf der Ferme allein. Nachdem Charlot auf seinem nun täglichen Besuch vorbeigekommen war, ging Alain wie täglich in den Wald und zum Maquis hinüber. Er untersuchte alles sorgfältig auf Spuren, sah nach seinem Motorrad, umrundete dann das Gelände. Als wenn man sich am Ende der Welt befände, dachte er. Das ist wirklich eine verhexte Gegend. Ich muß fort. Denn irgendwann wird etwas passieren.

Er beobachtete Virginia eine Weile, die ein Stück vom Haus entfernt auf der Wiese saß und mit der Katze spielte. Er ging zu ihr, setzte sich neben sie ins Gras. Das hätte er in den ersten Tagen nicht gewagt, sich einfach im hellen Sonnenschein auf die Wiese zu setzen. Ich muß weg, dachte er wieder, ich werde leichtsinnig. Ich bin es nie gewesen, all die Jahre nicht. Wenn sie mich schnappen, komme ich nie mehr frei.

Er legte den Arm um Virginias Schultern.

»How ist Cattie?«

Manchmal sprach er englisch mit ihr, das sie besser verstand. »Isn't she sweet?« Virginia blickte mit einem so strahlenden Lächeln zu ihm auf, daß es ihn rührte.

»As sweet as you are, dear.«

Er zog sie ein wenig zu sich heran, faßte sie fester und küßte sie, erst auf die Wange, dann auf den Mund.

Virginia wehrte sich nicht, aber sie blickte ihn so fassungslos an, als er sie losließ, daß er lachte und schnell auf die Füße sprang.

»Ich werde uns jetzt das Essen wärmen, das Dido vorbereitet hat«, sagte er, wieder auf französisch, wandte sich und ging ins Haus. Das fehlte noch, daß er das Klosterfräulein verführte, als wenn er nicht schon genug Sorgen am Hals hatte. Ob sie wohl viel dagegen hätte?

Aber er war froh, als Dido zurückkam.

Die Katze hatte Charlot eines Tages mitgebracht, und es hätte kaum etwas geben können, worüber Virginia sich mehr gefreut hätte. Das wiederum freute Charlot. Dido hatte keine Einwände, nur mußte Virginia versprechen, aufzupassen, daß die Katze sich nicht an den Hühnern vergriff. Doch die

Katze wußte das sowieso. Im Dorf hatten sie auch Hühner, und nachdem sie zweimal schmerzhaft von einem Stein getroffen worden war, hatte die Katze begriffen, daß sie zwar alle Vögel fressen durfte, die sie erwischte, nur keine Hühner.

Dido hatte Danio einige Male getroffen, in Cannes oder in Grasse, er hatte nichts Neues zu berichten. Niemand fragte nach ihm, er hatte offenbar wirklich keine Spur zurückgelassen.

»Irgend etwas stimmt da nicht«, sagte Dido. »Sie werden doch Virginias Vater davon unterrichtet haben, daß sie verschwunden ist. Und er hat doch Anitas Adresse. Meinst du nicht, daß er einen Verdacht haben müßte?«

»Vielleicht. Aber es wird ihm egal sein. Kann sein, er ist ganz froh, die Kleine los zu sein.«

»Was immer geschieht, Danio, du darfst zu keinem Menschen von der Ferme sprechen.«

»Aber ich weiß es ja, du hast es mir nun oft genug gesagt. Wenn wirklich jemand kommt und das Mädchen sucht, ich weiß nicht, wo sie ist. Basta!«

»Und was bitte stellst du dir eigentlich vor? Wie lange soll sie bei mir bleiben?«

»Will sie weg?«

»Es sieht nicht so aus. Gestern sagte sie zu mir: Ich bin Ihnen so dankbar. Es gibt keinen Platz auf der Welt, wo ich sein möchte, nur hier.« Dido lachte unfroh. »Weißt du, das ist eine total verrückte Geschichte. Ich wäre wirklich froh, wenn deine Anita wieder auftauchen würde.«

»Das hättest du früher nicht gesagt.«

»Nein. Aber jetzt sage ich es.«

»Und warum darf ich nicht zu dir kommen?«

»Ja, bald.«

»Und warum eigentlich...«

»Ach, sei still«, fuhr sie ihn an. »Begreifst du denn nicht, daß es keine Spur von dir zu mir geben darf.«

Danio begriff es zwar nicht, aber er war inzwischen so genervt, daß er ihr widerspruchslos gehorchte. Danio, der Schöne, befand sich in der Klemme. Auch er wäre froh gewesen, wenn Anita endlich wieder aufgetaucht wäre, er hatte kein Geld mehr. Den letzten Rest hatte er verspielt. Und ohne Anita kein Geld. Noch hatte er ein Dach über dem Kopf, sogar ein sehr feudales, und Rose kochte für ihn, wenn auch mit mürrischer Miene.

Anitas Auto stand wieder in der Garage. Der Austausch der Wagen war reibungslos vor sich gegangen, einer von Pierres Leuten hatte das erledigt.

Und Alain hatte gesagt: »Teile Pierre mit, daß ich ihn sprechen möchte.«

»Alain! Nein! Bitte nicht!«

Alain lächelte.

»Er ist kein Verräter. Siehst du, Schwester, ich weiß das. Ich möchte ihn wiedersehen. Und einiges mit ihm besprechen, was deine Ausreise anbelangt.«

»Meine Ausreise?«

»Ja. Es sei denn, du möchtest dein ganzes Leben hier auf der Ferme verbringen.«

»Alain, nein; ich habe ja noch nicht viel von meinem Leben gehabt.«

»Das denke ich auch. Möchtest du hier alt werden? Wie Charlot? Oder die Crouchon da unten im Dorf? Du bist schön und jung, du sollst heiraten, Kinder bekommen. Aber ich möchte auch, daß du in meiner Nähe bist.«

»Soll ich nach England kommen? Meinst du das?«

Er schüttelte den Kopf.

»Denkst du nie an Afrika?«

Sie schrie auf. »Alain! Du willst doch nicht zurück nach Algerien?«

»Gewiß nicht. Das ist vorbei. Aber Afrika hat noch andere Küsten. Es ist ein riesiger Kontinent, Dido. Und besonders schön soll es an seinem Südende sein. Das haben mir Freunde in England erzählt. Ja, ich habe auch Freunde dort. Südafrika – ein schönes Land, ein reiches Land, ein gesundes Klima. Ich gehe dorthin.«

»Nach Südafrika?«

»In die Südafrikanische Union, ja.«

»Und was tust du dort?«

»Das wird sich finden. Vielleicht arbeite ich auf einer Farm. Vielleicht werde ich eines Tages selbst eine Farm besitzen. Auch darum will ich mit Pierre sprechen. Vielleicht will er nicht immer in Marseille bleiben. Marseille ist keine Stadt, in der sich gut leben läßt.«

Pierre kam am Abend, ehe Alain die Ferme verließ. Sein Wagen schlich lautlos den Berg herauf, Dido stand vor der Tür, sie war erregt, sie hatte Angst. Pierre, der Verräter, es saß zu fest in ihr. Wie, wenn er mit der Polizei kam? Sie wollte Alain in Vaters Zimmer verbannen, aber er hatte sich geweigert.

»Wenn Pierre mich wirklich verraten sollte, schieße ich ihn sofort über den Haufen. Er weiß das. Und er verrät mich nicht.«

Pierre küßte Dido auf die Wange.

»Schön wie immer. Da!« Er drückte ihr ein Päckchen mit Pralinen in die Hand. »Und wer ist es, der mich so dringend sprechen will?«

»Ich!« sagte Alain von der Schwelle her.

Es war lange, es war sehr lange her, daß sie sich gesehen hatten, sie waren fast noch Knaben gewesen, doch sie erkannten sich auf den ersten Blick, umschlangen sich mit beiden Armen, küßten sich auf beide Wangen. Pierre hatte Tränen in den Augen.

»Du hast es also überlebt, Gott sei gedankt.«

»Du hast wirklich nicht gewußt, daß er hier ist?« fragte Dido, immer noch voll Mißtrauen.

»Aber nein! Woher sollte ich das wissen? Du hast so geheimnisvoll getan. Ich dachte, es hinge mit diesem Danio zusammen.«

»Es erstaunt mich, daß es etwas gibt, was du nicht weißt.«

Sie schloß sorgfältig die Tür ab und ging mit den Männern in den Wohnraum.

Auf dem flachen Lager saß Virginia und streichelte ihre Katze.

»Wer ist das?« fragte Pierre.

»Eine junge Engländerin, die hier Ferien macht.«

Pierre grinste sie an.

»Das Mädchen aus dem Kloster. Die Tochter der Freundin deines Freundes. Und wo ist er?«

»Nicht hier. Wir sind ungestört. Das Mädchen kann unserem Gespräch nicht folgen.«

Dido hatte Essen zubereitet, ein gutes Menu, sie aßen lange, tranken guten Wein dazu. Virginia wurde wie immer sehr schnell müde, und Dido schickte sie zu Bett. Sie bewohnte jetzt einen Raum, der links hinter der Küche lag.

Virginia, ein Leben lang gewohnt, zu gehorchen, gehorchte auch Dido. Sie sagte artig gute Nacht, nahm ihre Katze mit und verschwand. Aber sie ging noch nicht gleich zu Bett. Sie saß am offenen Fenster und blickte in den Himmel hinauf. Was für Sterne! Riesengroß, funkelnd an einem samtschwarzen Himmel.

Dido, Alain und Pierre saßen lange zusammen und redeten. Die Idee mit Südafrika fand Pierre gut. Lässig sagte er: »Falls du Geld brauchst für den Anfang, du kannst es von mir haben. Und wenn du etwas aufgebaut hast, komme ich nach.«

Und zu Dido gewandt: »Wann wirst du reisen?«

»Sobald ich das Mädchen los bin.«

»Was ist eigentlich mit der Mutter?«

»Keine Ahnung. Sie ist offenbar für längere Zeit verreist.«

Pierre sah die Sterne auch, als sie lange nach Mitternacht vors Haus traten. Er wies zum Himmel.

»Seht ihr, wie groß die Sterne sind? Morgen kommt der Mistral. So sieht der Himmel aus, ehe der Mistral über uns herfällt. Du fährst hoffentlich nicht die Rhône hinauf?«

»Gewiß nicht. Ich nehme den kürzesten Weg. Ich werde über Italien hinausfahren«, sagte Alain.

Und wieder eine letzte Flamme von Mißtrauen in Dido – wenn Pierre nun doch ein Verräter war?

Aber schließlich, was hätte er davon?

Dido weinte, als sie von ihrem Bruder Abschied nahm »Wir sehen uns bald wieder«, sagte er. »Aber sei bitte vorsichtig und mach keine Dummheiten. Sieh zu, daß du aus dieser Sache mit Virginia herauskommst. Mir tut die Kleine leid, ich habe sie direkt liebgewonnen. Aber sie kann bei dir nicht bleiben. Gib sie Danio, er soll sie zu ihrer Mutter bringen. Oder Pierre soll sie zurückbringen lassen in das Kloster. Nur loswerden mußt du sie. Denn eines Tages, das ist doch klar, *muß* doch mal jemand nach ihr suchen.« Er küßte Virginia zum Abschied auf die Wange. »Adieu, ma petite.«

Dann küßte er Dido auf den Mund. »Wir sehen uns in London. Du hast beide Adressen im Kopf die ich dir gesagt habe?«

Sie nickte. Sie war unglücklich, daß er ging. Unglücklich aber auch, daß sie gehen sollte.

Sie merkte plötzlich, daß sie viel lieber hier bleiben würde. Aber Alain hatte recht. Sie konnte nicht auf der Ferme Confiance sitzen, bis sie so aussah wie Mère Crouchon. Die Ziegen würde sie den Bertins schenken und Charlot die Hühner. Sie würde die starren, abweisenden Gesichter in Lassange nicht mehr sehen müssen. Aber die Ferme? Wer würde auf der Ferme leben?

Keiner, beschloß Dido wild. Keiner. Sie gehört mir, und sie wird mir immer gehören. Und wenn ich will, kann ich jederzeit zurückkehren.

Virginia sah die Tränen auf Didos Gesicht und griff scheu nach ihrer Hand.

»Er ist fort«, sagte sie leise. »Aber er kommt doch wieder?«

»Ich werde ihn bald wiedersehen«, sagte Dido entschlossen. »Komm, wir sind gar nicht zum Frühstücken gekommen. Wir machen uns eine schöne Tasse Kaffee.« Ihre Finger schlossen sich um Virginias Hand. Sehr seltsam, aber sie war froh, daß das Mädchen da war, diese kleine Unschuld, die so ahnungslos allem Unheil entging.

Fünf Tage später kam eine kurze Nachricht von Pierre: der Vater ist tot. Keinerlei Nachforschung.

Womit der kluge Pierre sich auch einmal irrte. Denn Juschi Landau war schon unterwegs.

Juschi

An jenem Abend, als der Oberst Ferdinand Stettenburg-von Maray seinen letzten Besuch im Hause Landau machte und von dem Zusammentreffen mit Virginia, die dem Namen nach seine Tochter war, erzählte, halb widerstrebend, gleichzeitig doch erleichtert, darüber sprechen zu können, und mit wem konnte er das schon, wenn nicht bei diesen einzigen Freunden, die er besaß, an jenem Abend faßte Juschi Landau den Entschluß, sich nun einmal selbst um dieses arme Mädchen zu kümmern. Hinfahren, sie kennenlernen, sich mit ihr unterhalten, die einfachste Sache der Welt, und Juschi ärgerte sich, daß sie bisher noch nicht auf diese Idee gekommen war. Dem armen Mädchen, nun so gut wie erwachsen, mußte es doch guttun, zu erfahren, daß es auf Gottes weiter Welt wenigstens noch einen Menschen gab, der sich für seine Existenz und seine Zukunft interessierte.

»Weißt«, hatte Juschi an jenem Abend zu ihrem Mann gesagt, als sie zu Bett gingen, »ich kann mich selber nicht verstehen, daß mir das nicht längst eingefallen ist.«

»Schatzele«, sagte der Oberlandesgerichtspräsident i. R. Ludwig Landau, »es ist ja nicht so, daß du die ganzen Jahr gar nix zum tun gehabt hättest. Der Ferdinand hat das Mädel vor drei Jahren zum letztenmal besucht, net wahr? Hast seitdem was von ihr gehört? Hast auch nur an sie gedacht? Naa, hast net.«

»Nächste Woche fahr ich. Schau sie mir mal an.«

Doch zunächst mußte Landau seinen Freund im Krankenhaus besuchen, gleich darauf erfolgte der Tod des Oberst, die Beisetzung im Ruhrgebiet, an der Juschi natürlich teilnahm, das alles ging ihnen nahe, man verlor nicht einen guten, soweit es Landau betraf, fast lebenslangen Freund, ohne daß es einen bewegte.

Und dann war da der Brief. Mein liebes Kind ...

Ohne diesen Brief hätte Landau seinen Freund ja überhaupt nicht mehr lebend wiedergesehen. Er hatte Juschi den Brief zwar gleich gezeigt, und sie hatten darüber gerätselt, was er eigentlich bedeuten sollte, waren aber übereingekommen, zu Mechthild Stettenburg nicht darüber zu sprechen.

»Denn wenn der Ferdl gewollt hätte, daß sie den Brief bekommt, dann hätt er ja nicht darauf bestanden, mit mir allein darüber zu sprechen. Ihn mir anzuvertrauen, gewissermaßen. Und wenn du's genau nimmst, war der Brief der einzige Grund, warum er nach mir hat telefonieren lassen.«

Als sie wieder daheim waren in München, nach der Beerdigung, studierten sie den Brief noch einmal genau.

»Er muß von Anita kommen«, meinte Juschi. »Aber wieso hatte ihn der Ferdl in der Tasche?«

»Er hat nie im Leben mehr etwas von der Anita gehört. Wenn ich ihn mal nach ihr gefragt hab, ist er gleich hochgegangen. Also hab ich's bleiben lassen. Ich kenn der Anita ihre Schrift nicht, aber nehmen wir an, er ist von ihr geschrieben, dann ist er an Virginia gerichtet, und frag mich mal, warum der Ferdl den Brief in der Tasche hatte.«

»Weil er ihn ihr nicht gegeben hat«, folgerte Juschi hellsichtig.

»Oder er hat ihn von Virginia bekommen, als er dort war. Warum hat er uns den Brief nicht gezeigt, als er hier war? Und uns gesagt, was es damit für eine Bewandtnis hat? Und warum hat er überhaupt nicht erzählt, daß er mit Anita wieder Verbindung hat?«

»Sixt es, das ist das Dumme, wenn einer tot ist. Du kannst ihn nichts mehr fragen. Nichts! Überhaupt nichts!«

»Meine kluge Juschi«, spottete Ludwig freundlich. »Daß du da draufgekommen bist!«

»Das ist nicht zum Lachen, Ludwig. Es sollte uns vielmehr ganz, ganz ernsthaft daran mahnen, uns alles zu sagen, was wir uns zu sagen haben.«

»Gutes und Böses?«

»Gutes und Böses. Und auch zu fragen, was man fragen möchte.«

»Also was dich betrifft, so habe ich da keinerlei Bedenken. Du hast weder mit dem Sagen noch mit dem Fragen je große Hemmungen gehabt. Wenn ich amal tot bin, also ich kann mir net vorstellen, worum's dir da leid tun sollte, was du nicht gesagt oder nicht gefragt hättest.«

»Geh, red net so einen Schmarrn. Darüber spaßt man net.«

»Worüber spaßt man net?«

»Übers Sterben. Ich verbiete dir, zu sterben.«

»Du hast grad gesehen, wie schnell es gehen kann. Der Ferdl und ich, wir sind der gleiche Jahrgang.«

Da begann Juschi zu schlucken, warf ihrem Mann beide Arme um den Hals und rief laut: »Ich verbiete es dir, hast es gehört?«

»Ja, ja, schon gut, Schatzele. Ich werd's mir merken. Ich tu's nicht, ohne dich vorher zu fragen.« Er klopfte ihr beruhigend auf den Rücken, streichelte ihr Haar, und auch er hatte Tränen in den Augen, nicht wegen seines eigenen, irgendwann bevorstehenden Todes, sondern um seinen Freund Ferdinand. Das war ihm doch sehr nahe gegangen. Sie hatten sich ohnedies so selten gesehen, und dann saß er mal einen Abend hier, und vier Tage später war er tot. Und nun blieb nichts mehr zu sagen und zu fragen, da hatte Juschi schon recht.

»Wir wollten über den Brief sprechen«, mahnte er.

Juschi putzte sich die Nase, setzte die Brille, die ihr runtergerutscht war, wieder auf, und nahm den Brief zur Hand. Diesmal las sie ihn laut vor, obwohl sie ihn bald auswendig kannte, so oft hatte sie ihn nun schon gelesen.

›Mein liebes Kind, Du wirst Dich wundern, nach so langer Zeit eine Nachricht von Deiner Mutter zu erhalten. Du bist nun achtzehn Jahre alt geworden und hast in all diesen Jahren Deine Mutter nie gesehen und nichts von ihr gehört. Es ist schwer, in einem Brief zu erklären, warum das so gewesen ist, eigentlich kann ich es mir selber nicht genau erklären, denn zumindest in den letzten zehn Jahren hätte ich mich um Dich kümmern sollen. Ich will nicht viel unnütz drüber schreiben, vielleicht kann ich Dir manches erklären, wenn wir uns sehen. Darum möchte ich Dich bitten, daß Du mich bald einmal besuchst. Oder Du schreibst mir einfach, wann und wo wir uns treffen können. Sollte Dich dieser Brief rechtzeitig zu Deinem Geburtstag erreichen, so möchte ich Dir auch noch herzlich gratulieren.‹

Die Unterschrift lautete Anita Henriques, und in Klammern dahinter stand: Deine Mutter.

Juschi rümpfte die Nase.

»Viel Hirn hat diese Anita wohl nie im Kopf gehabt. Ist immer dasselbe Kreuz mit schönen Frauen. So einen Brief zu schreiben an eine Tochter, die man das letztemal gesehen hat, als sie ein Baby war. An eine Tochter also, die ihrerseits von der Mutter überhaupt keine Vorstellung haben kann. Nicht das geringste bissl Ahnung von dieser Mutter. Meinst denn, daß der Ferdl ihr viel erzählt hat von Anita?«

»Du kannst Gift darauf nehmen, daß er das nicht getan hat.«

»Denk ich mir auch. Aber wie ist das alles zustande gekommen, das möcht ich gern wissen. Wieso hat er den Brief in der Tasche, wenn er grad von Virginia kommt? Und wie kommt er überhaupt zu dem Brief? Hast du denn gewußt, daß die zwei Verbindung haben, der Ferdl und die Anita?«

»Nix weiß ich. Und wie du grad gesagt hast, fragen können wir ihn nicht mehr.«

»Hättn wir doch die Goaß da fragen sollen?«

»Wen bitte, meinst du?« fragte Ludwig streng.

»Weißt eh, wen ich mein. Seine Frau, die Mechthild oder wie's heißt. Die Schau, die's gemacht hat aus der Beerdigung. Rechts und links hat's sich auf ihre Buben gestützt, in Schwarz von Kopf bis Fuß. Glaubt doch eh kein Mensch, daß sie den Ferdl gern gehabt hat.«

»Juschi, sei nicht so selbstgerecht. Wir wissen wenig über diese Ehe. So gut wie gar nichts.«

»Sixt es. Und das sagt schon alles. Wenn zwei Menschen gut miteinander leben, dann reden sie auch voneinander. Hab ich recht oder net? Ich red immer von dir.«

Ludwig seufzte.

»Du vielleicht nicht von mir?« fragte sie kriegerisch.

»Gelegentlich. Wenn es sich nicht umgehen läßt.«

Sie lächelte friedlich, wedelte mit dem Brief vor seiner Nase herum und sagte: »Mich kannst net ärgern. Du net.«

»Das dacht ich mir eh.«

»Jetzt red von dem Brief. Das ist ein blöder Brief,

darüber sind wir uns einig. Andererseits, ich seh's ja ein, es ist schwierig, in so einem Fall einen Brief zu schreiben Aber was ich wissen möcht – warum hat er dir den Brief gegeben?«

»Ich kann mir das ganz leicht erklären. Er hat den Brief von Anita erhalten und sollte ihn Virginia geben. Und das hat er nicht getan.«

»Ah, so meinst du das! Und warum hat er ihn ihr nicht gegeben?«

»Du kennst den Ferdl. Du kennst das ganze Drama mit Anita. Er war nun mal nicht der Mensch, der vergibt und vergißt.«

»Und weißt, warum? Weil halt seine zweite Ehe auch unglücklich war, sag ich ja grad. Wenn er nämlich glücklich gewesen wär mit der Goaß da droben, dann hätt er die Anita vergessen können. Und wär damit fertig geworden. Ach, der arme Ferdl!«

»Es hat ihn bedrückt, daß er dem Mädchen den Brief nicht ausgehändigt hat. Drum hat er mich rufen lassen. Wahrscheinlich hätt er schon gern am Abend, als er hier war, darüber gesprochen. Nur konnt er da wieder einmal nicht über seinen Schatten springen. Muß er erst auf den Tod daliegen, bis er's kann.«

»Also er war dort«, kam Juschi zur Sache, »hat Virginia den Brief nicht gegeben, dann hat ihn das Gewissen gedrückt, und er hat ihn dir gegeben. Damit *du* ihn ihr gibst?«

»So ist es wohl gemeint. Eins kann man wohl aus dem Vorgang schließen, daß Anita nicht weiß, wo sich ihre Tochter befindet. Sonst hätte sie wohl direkt an das Kloster geschrieben. Und sie hat auch bisher nie Verbindung zu ihrer Tochter gehabt oder gesucht.«

»Gesucht vielleicht schon. Warum hätt er sonst den Brief gehabt?«

Sie waren sich beide einig darüber, daß es Unsinn sei, den Brief einfach in ein zweites Couvert zu stecken und an Virginia zu schicken. Vom Tod ihres vermeintlichen Vaters würde sie ja inzwischen erfahren haben, und nun durfte man sie nicht noch mit einem Brief überfallen, dessen Herkunft und Umweg sich so schwer erklären ließ.

»Ich mach das, ich fahr hin und red mit ihr. Sobald die Kinder weg sind. Ich wollt sowieso hinfahren. Und da seh ich gleich, wie sie auf den Brief reagiert. Sie kann ja nicht einfach dahinfahren nach...«, Juschi schob die Brille wieder auf die Nase. »Klingt nach einer feinen Adresse, nicht? Mas Maurice, Cap d'Antibes. In Antibes waren wir auch schon mal, auf der Durchfahrt, weißt noch? Wie wir mal die ganze Riviera entlanggefahren sind? Ist mindestens schon zehn Jahre her.«

Ludwig Landau machte sich nicht allzuviel aus dem Mittelmeer. Er ging am liebsten in die Berge, in die bayerischen, oder nach Österreich, die Schweiz durfte es auch sein, er war beteiligt an einem Jagdrevier in Niederbayern, und dort hielt er sich am liebsten auf. Sie hatten sich alles angesehen, was ein halbwegs gebildeter Mensch gesehen haben mußte, die Toscana, Rom, Capri, Burgund, die Riviera, und nun taten sie nur noch, was ihnen Spaß machte.

Dafür gondelten die Kinder pausenlos in der Welt herum; Clemens, der Journalist, sowieso von Berufs wegen, Angela weilte mit Mann und den beiden Kindern zur Zeit an der Adria, nur Johannes war dieses Jahr dageblieben, das Baby war noch zu klein. Außerdem war seine große Leidenschaft das Skilaufen, er ging, wenn es möglich war, meist im Winter in Urlaub.

Tochter Angela und Mann sowie die beiden Kinder, zwei und vier Jahre alt, ein Bub und ein Mädchen, sollten in der nächsten Woche aus Italien zurückkommen und dann, wie immer in diesem Fall, einige Tage bei den Eltern verbringen. Damit sie sich, wie Juschi sagte, von den Ferien erholen konnten.

Sie war absolut nicht einverstanden mit ihrer Tochter, daß sie die kleinen Kinder in den heißen Sommermonaten so weit verschleppte, die lange Autofahrt, die Hitze, die vielen Menschen an der Adria, wovon man ja immer las und hörte. Vielleicht war bis dahin auch Clemens zurück, der nach Paris geflogen war, um zu schauen, ob von Barrikaden, gefällten Bäumen und zertrümmerten Fassaden noch etwas zu finden sei. Den Höhepunkt der Unruhen, im Mai und Juni, hatte er verpaßt, da war er noch in Vietnam.

Alles in allem hoffte Juschi, ihre Kinder und – soweit vorhanden – Enkelkinder wieder einmal für ein paar Tage auf einem Fleck versammelt zu haben. Dies war der erste Grund, warum sie die geplante Reise zu Virginia erst einmal verschob.

Der zweite Grund war der, daß Angelas Sohn, der Zweijährige, heftig erkrankt war auf der Rückfahrt, irgendeine Infektion: Mit hohem Fieber kam er im Hause Landau an.

»Sixt es«, sagte Juschi erbost zu ihrer Tochter, »ich hab's dir gleich gesagt, man fährt mit so kleinen Kindern nicht in der Welt umeinand.«

Der Kleine blieb bei Landaus, bis er sich wieder erholt hatte, was bei Juschis Pflege bald geschah, aber es dauerte immerhin zwei Wochen, bis sie ihn nach Nürnberg bringen konnte. Da blieb sie dann noch ein paar Tage, und als sie zurückkam, war Clemens da und hatte eine Pariser Freundin mitgebracht, der er partout München zeigen wollte, aber gleich darauf sollte er für eine Illustrierte nach New York fliegen, also mußte Juschi den Cicerone spielen, was sie nicht ungern tat, sie sprach ganz gut französisch, ein bißchen eingerostet natürlich, eine gute Gelegenheit, es aufzupolieren.

So vergingen vier Wochen, bis sie sich endlich auf die geplante Reise zu Virginia begab. Denn vergessen hatte sie ihr Vorhaben natürlich nicht. Sie vergaß nie etwas, was sie sich vorgenommen hatte. Als sie dann dort war im Kloster und erfuhr, was mit Virginia geschehen war, bedauerte sie die Verzögerung aus tiefstem Herzen.

Juschi Landau und die Frau Oberin verstanden sich auf Anhieb. Nun wurden endlich die fehlenden Teile des Puzzles zusammengesetzt.

»Ein ganz klarer Fall«, meinte Juschi. »Virginia ist von ihrer eigenen Mutter entführt worden.«

»Aber es war ein Mann, mit dem sie fuhr.«

»Den hat sie halt geschickt.«

»Ich begreife nur eins nicht«, sagte die Oberin, »warum diese Mutter, wenn es sie also gibt, nicht selbst hergekommen ist?«

»Hätten Sie ihr denn geglaubt, wenn sie gekommen wär und gesagt hätte, sie sei Virginias Mutter?«

»Ich hätte natürlich bei Herrn Stettenburg-von Maray zurückgefragt.«

»Sehen Sie! Das hat sie sich gedacht.«

Das erschütterte Juschi am meisten: daß Virginia all ihr Leben lang im Glauben gelebt hatte, ihre Mutter sei tot. Und wieder einmal bedauerte Juschi zutiefst, daß sie mit dem toten Ferdl nicht mehr reden konnte. Sie hätte ihm gern, und zwar recht deutlich, ihre Meinung gesagt.

»Virginia muß ja total verwirrt gewesen sein, als sie hörte, sie hat auf einmal eine Mutter. Man muß sich das vorstellen, achtzehn Jahre alt, und dann bekommt man eine Mutter.«

»Angenommen, es ist so, wie Sie vermuten«, sagte die Oberin, »warum hat sie denn das nicht geschrieben in ihrem Brief?« Denn Virginias lapidare Zeilen, aus Mailand gekommen, lagen natürlich auch auf dem Tisch.

Mailand war verwirrend, denn Anitas Brief war aus Frankreich gekommen.

»Ich muß es jetzt wissen«, sagte Juschi. »Ich

seh schon, ich muß mich weiter darum kümmern.«

»Das würden Sie wirklich tun?« fragte die Oberin erleichtert. »Es paßt so gar nicht zu Virginia, was da geschehen ist. Man konnte es einfach nicht glauben.«

»Ich fahr nach Frankreich«, erklärte Juschi entschieden.

»Gott segne Sie«, sagte die Oberin.

Juschi fuhr zunächst nach München zurück. Natürlich mußte sie das alles erst mit ihrem Mann besprechen, Geld und ein wenig Gepäck brauchte sie schließlich auch.

Zu Hause war Clemens eben aus den USA zurückgekehrt und wirkte ein wenig ermüdet, harte Arbeitstage und der Rückflug zeigten ihre Wirkung.

»Hörst du mir eigentlich zu?« fuhr Juschi ihn an, als ihm während ihres ausführlichen Berichtes einige Male die Augendeckel herunterklappten.

»Jedes Wort«, sagte Clemens und gähnte. »Eine echte Räuberpistole. Wie es immer so schön heißt, das Leben schreibt die besten Romane.«

»Das ist kein Roman. Das Kind wurde entführt.«

»Na ja, so sicher ist das nicht«, widersprach ihr Mann. »Möglicherweise ist sie einfach abgehaun.«

»Mit einem wildfremden Mann? Einem Italiener dazu?«

»Von der Mutter geschickt.«

»Vielleicht. Vielleicht auch nicht. Ihr Brief kam aus Mailand.«

»Liegt, soviel ich weiß, in Italien«, sagte ihr Sohn.

»Und die Mutter, diese verdammte Anita, hat aus Frankreich geschrieben. Hier...«, Juschi schwenkte den Brief Anitas. »Hier steht die Adresse drauf. Mas... Mas Maurice, Cap d'Antibes. Was soll man sich denn darunter vorstellen?«

»Mas heißt Haus auf provençalisch. Kann sich ebensogut um ein Hotel handeln. Da war sie, und da ist sie jetzt nicht mehr.«

»Jedenfalls fahre ich morgen dahin.«

»Was?« fragten die beiden Männer wie aus einem Mund.

»Ich fahre dahin. Ich muß wissen, ob Anita dort ist oder dort war, und ich muß wissen, was aus dem armen Mädchen geworden ist.«

»Gott soll schützen«, sagte Clemens und ließ sich tiefer in seinen Sessel rutschen.

»Und wie stellst du dir das vor?« fragte ihr Mann. »Du fährst dahin, dann stehst du vor dem Tor, und weder Anita ist da, noch das Mädchen.« Er nahm jetzt auch den Brief in die Hand.

»Henriques – das klingt irgendwie spanisch.«

»Portugiesisch«, wußte Clemens. »Es kann sich nur um einen südamerikanischen Mädchenhändlerring handeln.«

»Ach verdammt«, rief Juschi und sprang wütend auf. »Ihr nehmt mich nicht ernst. Ich muß das einfach jetzt wissen. Ich habe das angefangen, und nun führe ich es auch zu Ende.«

»Erst schläfst du dich mal aus«, sagte Ludwig. »Morgen reden wir weiter darüber.«

»Da gibt es nicht mehr viel zu reden. Oder wenn, tun wir es gleich. Ich bin nicht müde.«

»Doch, Juschimama, du bist müde. Du bist heute eine weite Strecke gefahren. Du bist müde, ich bin mehr als müde, und ich mache dir einen Vorschlag. Ich schlafe mich mal so richtig aus, Datengrenze, ist ja bekannt, und dann schreibe ich meinen Bericht, einen Teil habe ich schon im Flugzeug konzipiert, und dann fahre ich mit dir in de Gaulles zur Zeit leicht ramponiertes Frankreich.«

»Du – fährst mit?«

»Klar. Paar Tage Urlaub sind gerade das, was ich brauche. Wir fahren schön gemütlich an die liebliche Côte d'Azur, zur Zeit wahrscheinlich überschwemmt von Touristen. Vielleicht aber auch nicht so sehr, Frankreich, wie gesagt, hampelt sich am Rande einer Revolution entlang.«

»Ja, es muß schlimm gewesen sein im Mai«, gab Juschi zu, »das hat deine französische Freundin uns erzählt.«

»Direkt 'ne Freundin ist sie nicht. Mehr eine Kollegin.«

»Du willst wirklich mit mir fahren?«

Clemens stand auf, umarmte seine Mutter und küßte sie zärtlich. »Wenn du mich jetzt schlafen gehen läßt, fahre ich mit dir zu Teufels Großmutter. Aber erst übermorgen. Und mit einmal übernachten unterwegs, ja? Ich bin auch nur ein Mensch, wenn auch ein besonders tüchtiger. Und dann werden wir mal sehen, ob wir diese gefährliche Dame Anita und die entführte Jungfrau irgendwo auftreiben. Vielleicht sind sie auch schon in Südamerika.«

»In Südamerika?« fragte Juschi erstaunt. »Warum denn das?«

»Ich sag dir doch, Henriques ist ein portugiesischer Name. Ich habe einen Kollegen, der so heißt. Joâo Henriques, stammt aus Rio.«

»Das klingt phantastisch, das Ganze, einfach unglaublich«, sagte Ludwig Landau und gähnte nun auch.

»Und es ist eigentlich alles auch gar nicht möglich«, sagte Juschi. »Die Oberin sagt, Virginia hat nicht einmal einen Paß.«

»Gute Nacht, Familie«, sagte Clemens. »Falls die Redaktion anruft, vor elf bin ich nicht zu sprechen.«

Zwei Tage später starteten Juschi Landau und ihr Sohn Clemens in Richtung Südfrankreich.

Im Telefonbuch von Antibes stand weder der Name Henriques noch der Name Mas Maurice. Da stand immer noch der Name d'Archaud, Maurice. Aber das konnten sie natürlich nicht wissen.

Immerhin fanden sie nach einigem Umherfragen die rosafarbene Villa.

»Nicht schlecht«, meinte Clemens und schob den weißen Strohhut ins Genick. »Wenn sie wirklich hier wohnt oder gewohnt hat – vielleicht hat sie einen Liebhaber.«

»Ich bitte dich«, sagte Juschi. »Sie muß nun auch schon...«, sie versuchte zu rechnen, gab es aber auf. »Die Jüngste kann sie auch nicht mehr sein.«

»Frauen von Format sind in jedem Alter interessant. Das siehst du doch an dir, Juschi.«

Juschi warf ihm einen Seitenblick zu.

»Wenn man bedenkt, ich habe nie einen Liebhaber gehabt.«

»Echt wahr? Das ist aber wirklich schade.«

»Na ja«, seufzte sie. »Vielleicht. Ich hatte gar keine Zeit dazu.«

Clemens lachte. »Na, wenn das der einzige Grund ist, das wird Vater aber freuen, wenn ich ihm das erzähle.«

»Rotzbub, frecher«, konterte Juschi. »Und was machen wir nun? Eine Klingel oder so was haben die hier nicht.«

»Da fummelt einer im Garten an den Rosen herum. Vielleicht fragen wir den mal.« Clemens hob den Arm und winkte lässig. »Pardon, Monsieur.«

Marcel blickte nicht einmal auf, er wußte, Rose war schon unterwegs.

Clemens lüftete seinen Strohhut, als Rose unter der Tür erschien und sagte in seinem feinsten Französisch:

»Bitte, entschuldigen Sie vielmals. Wohnt hier vielleicht Madame Anita Henriques?«

»Madame ist nicht da«, beschied Rose ihn kurz.

»Wird Madame heute abend zu sprechen sein?«

»Nein.«

»Vielleicht morgen?«

»Nein.«

»Und wann, wenn ich mir die Frage noch erlauben darf?«

»Bedauere, ich weiß es nicht, Monsieur.«

»Gestatten Sie noch eine Frage, Madame. Wohnt vielleicht Mademoiselle Virginia hier?«

Rose hob mißbilligend die Augenbrauen.

»Nein.«

»Oder war sie vor einiger Zeit hier?«

»Ich kenne keine Mademoiselle Virginia, Monsieur.«

»Aha. Vielen Dank, Madame. Ich werde nächster Tage wieder vorbeischauen. Darf ich meine Karte dalassen?«

Zögernd, als könne sie sich verbrennen, nahm Rose die Visitenkarte in Empfang, und ohne einen Blick darauf zu werfen, ging sie ins Haus zurück und schloß mit Nachdruck die Tür.

Clemens hatte ihr beeindruckt nachgesehen.

»Ein sehr feines Haus. Wenn man sich so was als Majordomus leisten kann – immerhin, es gibt eine Madame Henriques, und sie wohnt auch hier, als was und wie auch immer.«

»Und was machen wir nun?« fragte Juschi.

»Wenn es sich um einen Film handelte, müßte ich mich dort drüben hinter der Hecke verstecken und das Haus beobachten. Ob mal jemand kommt oder geht, eventuell das gesuchte Objekt. Da es sich bloß um popliges wirkliches Leben handelt, gehen wir jetzt ganz fein essen. Dann mache ich einen Mittagsschlaf. Und dann gehe ich schwimmen.«

»Und dann?«

»Darüber habe ich noch nicht nachgedacht.«

»Hoffentlich fällt dir was ein, mein Sohn.«

»Mir fällt immer etwas ein, teure Mutter.«

Abschied

In der Woche zuvor hatte Danio zum erstenmal die Erlaubnis erhalten, wieder auf die Ferme hinaufzukommen. Dido und er trafen sich wie meist in Cannes, viel Neues hatte er nicht zu berichten, Anita hatte einmal angerufen, ausgerechnet natürlich, als er gerade nicht im Haus war, also sprach Rose mit ihr und richtete Danio später aus, Madame gehe es gut und sie lasse ihn grüßen.

»Das ist alles?« fragte Dido.

»Das ist alles.«

»Und Rose weiß auch nicht, von wo sie angerufen hat?«

»Sie weiß es nicht, oder sie sagt es nicht. Ein stures Luder, diese Rose.«

»Und kein Wort, wann sie wiederkommt?«

»Kein Wort.«

Dido seufzte ungeduldig.

»Komm, wir fahren hinauf.«

»Zur Ferme?«

»Ja.«

»Wieso darf ich auf einmal?«

»Jetzt darfst du. Sicher willst du ja Virginia auch mal wiedersehen. Du wirst staunen, wie sie sich verändert hat.«

»Wieso?«

»Sie ist viel hübscher geworden. Braungebrannt,

gelöst, ein wenig zugenommen hat sie auch. Sie hat immer gut bei mir zu essen bekommen. Sogar an Ziegenmilch habe ich sie gewöhnt.«

Danio schüttelte den Kopf. »Und ich habe gedacht, du kannst sie nicht leiden.«

»Warum sollte ich sie nicht mögen? Sie kann weder was für deine Dummheit, noch für die Herzlosigkeit ihrer Mutter. Ich glaube, bei mir droben ist der erste Platz, wo sie sich ein wenig heimisch fühlt, das arme Kind.«

»Irgendwie hast du dich auch verändert«, meinte Danio nachdenklich.

»Kann schon sein. Manches ändert sich halt. Wir sprechen noch darüber.«

»Worüber?«

»Später, wenn wir oben sind.«

Schweigend legten sie den Weg zurück, Dido fuhr schnell und sicher wie immer, sie fuhr nicht durch Lassange, sondern den schmalen Weg am Berg entlang, für ein Auto kaum passierbar, und wenn einem etwas entgegenkam, konnte man ganz schön in die Bredouille geraten.

Es war ein schöner, sonniger Tag, Ende August, und da es zuvor zwei Tage geregnet hatte, war die Luft frisch und angenehm, besonders hier droben in den Bergen. Danio sah Virginia sogleich, als er ausgestiegen war. Sie saß ganz am Ende des Fermegeländes auf einem Grasbuckel, der auf der ihm abgewandten Seite von Ginsterbüschen bewachsen war. Vor dem Hintergrund des Ginsters sah man die schmale Figur ganz deutlich, die Knie hochgezogen, einen rechteckigen Gegenstand darauf gestützt, mit dem sie etwas tat, mal hielt sie inne, beugte sich zurück, dann bewegte sich ihre rechte Hand wieder.

»Was tut sie denn da?«

»Sie malt.«

»Was tut sie?«

»Sie malt. Seit ich ihr die Malsachen aus Milano mitgebracht habe, beschäftigt sie sich fast den ganzen Tag damit. Sie ist sehr glücklich dabei.«

»Was malt sie denn?«

»Alles. Die Bäume, die Blumen, die Berge, die Landschaft, den Blick von hier, den Blick nach da, die Ziegen, und am liebsten malt sie ihre Katze. Von der gibt es schon Dutzende Konterfeis.«

»Ach ja, die Katze, von der hast du mir schon erzählt.«

Auch ein Bild von Alain hatte sie gemalt, es war gar nicht mal so schlecht geraten.

Dido hatte gesagt: »Schenkst du es mir?«

»Ja, natürlich«, erwiderte Virginia. »Er ist ja dein Mann.« Und erstaunlicherweise errötete sie dabei.

Sie hatte den Kuß nicht vergessen, den Alain ihr gegeben hatte. Es war der erste Kuß ihres Lebens gewesen, und er war von solch einem Mann gekommen, einem Mann, den sie bewunderte und der ihr imponierte, und so ein Kuß vergaß sich nicht so leicht. Und da man sie sehr tugendhaft erzogen hatte, schämte sie sich, daß es Didos Mann war, von dem sie sich hatte küssen lassen, schämte sich noch mehr, weil sie wünschte, er würde sie noch einmal küssen, und war natürlich froh, daß es nicht geschehen war. Aber sie dachte oft daran. Auch wie gut er zu ihr gewesen war, als sie sich noch krank fühlte, wie er ihr kühle Kompressen machte, wenn Dido nicht da war, wie er sie behutsam stützte, als sie das erstemal aufstehen durfte. Das waren Dinge, über die sie immer nachdachte und die, neben dem Malen und der Katze, ganz wesentlich zu ihrer Unterhaltung beitrugen.

An Danio hatte sie eigentlich kaum mehr gedacht. Und als er nun, lautlos über das Gras herangekommen, plötzlich neben ihr stand, erschrak sie, als sie aufblickte und ihn erkannte. »Oh, Herr Wallstein.«

»Lassen Sie den Unsinn«, sagte er ziemlich unfreundlich. »Sie wissen ja wohl inzwischen, daß ich nicht Wallstein heiße.«

Virginia, so wie sie jetzt war, ließ sich von ihm nicht so leicht einschüchtern. Sie stand auf, legte den Zeichenblock vorsichtig zur Seite, schüttelte ihr gestreiftes Leinenröckchen, hatte aber keinerlei Hemmungen wegen ihrer nackten Schultern.

Sie warf ihr Haar, das ziemlich lang geworden war, sehr hell von der Sonne, in den Nacken und sagte kühl: »Ich weiß überhaupt nicht, wie Sie heißen. Wenn Wallstein nicht stimmt, dann haben Sie sich mir noch nicht vorgestellt. Und ich finde, einige andere Erklärungen sind Sie mir auch noch schuldig.«

Danio starrte sie verblüfft an, dann lachte er

kurz auf. Der Umgang mit Dido war der Kleinen offenbar nicht schlecht bekommen.

»Nennen Sie mich Danio«, sagte er. »Und welche Erklärungen meinen Sie?«

»Darüber dürfte es wohl keine Zweifel geben. Sie haben mir etwas von einer Mutter vorgeschwindelt, die mich erwartet. Sie haben mich hierhergebracht zu ganz fremden Leuten, und soweit ich es verstehe, befinde ich mich in Frankreich. Ohne Geld, ohne Paß, ohne irgendeine Verbindung zu den Menschen, zu denen ich gehöre. Nicht daß ich mich beklagen will. Dido und ihr Mann haben mich sehr freundlich aufgenommen, es geht mir gut bei ihnen.«

»Dido und ihr Mann?« wiederholte Danio verblüfft.

»Und kommen Sie mir jetzt nicht wieder mit der Ausrede, meine Mutter sei in Paris. Ich bin mir längst klar darüber geworden, daß es gar keine Mutter gibt. Und das, was Sie von meinem Vater gesagt haben, stimmt auch nicht.«

Sie war wirklich hübscher geworden, das Gesicht ein wenig voller, was viel weiblicher wirkte, die gebräunte Haut war seidig weich, wirkte gesund und frisch, und ihr Blick war durchaus herausfordernd, als sie mit ihm sprach. *So* mit ihm sprach.

Danio konnte das alles im Augenblick jedoch nicht recht würdigen, denn vor allem hatten ihn die Worte ›Dido und ihr Mann‹ wie ein Pfeil getroffen.

Dido hatte einen neuen Liebhaber. Darum, und nur darum, hatte sie ihm verboten, auf die Ferme zu kommen. Es ging ihr nicht um seine Sicherheit, es ging ihr nicht darum, das Mädchen so versteckt zu halten, daß keiner es fand, es war ihr darum gegangen, ihn fernzuhalten, während sie ihn betrog.

Kalte Wut stieg in Danio auf.

»So, so«, sagte er, »das ist ja eine Menge, was Sie mir da an den Kopf werfen. Ich will Ihnen etwas sagen, Signorina, es ist mir ganz egal, ob Sie mir glauben oder nicht. Eines Tages werden Sie ja sehen, daß Sie mir unrecht tun. Übrigens, Didos Mann...«, er wies mit der Hand zur Ferme hinunter. »Ist er drin?«

»O nein, er ist abgereist. Vor vier Tagen schon.« Und geziert fügte sie hinzu: »Was wir sehr bedauern.«

»So. Sie auch. Dann hat Ihnen Didos Mann also gefallen?«

»Sehr gut gefallen hat er mir.«

»Na, ich hoffe, der Herr hat seinerseits an euch beiden Gefallen gefunden«, stieß Danio zwischen zusammengebissenen Zähnen hervor, eine Anspielung, die Virginia leider gar nicht verstand.

»Ich will Sie nicht länger beim Malen stören, Signorina, Ciao.«

Womit er sich abwandte und zurück zum Haus strebte, wütend und zugleich zutiefst verunsichert, dieser arme schöne Danio.

Virginia blickte ihm nicht einmal nach. Sie

setzte sich wieder, nahm ihren Block in die Hand und lockte: »Cattie!«

Die Katze kam aus dem Busch gekrochen und schmiegte sich schnurrend an ihr Bein.

»Weißt du, Cattie, mit der Zeit lernt man ja Männer kennen. Aber eigentlich gefällt Alain mir besser als Herr Wallstein. Oder Danio, wie er jetzt heißt. So hat Dido immer zu ihm gesagt, gleich als wir kamen, das habe ich behalten. Ich dachte, er heißt Danio Wallstein. Heißt er eben anders, mir auch egal. Am liebsten von allen Männern, die wir kennen, haben wir Charlot, nicht, Cattie? Du auch. Danio gefällt dir nicht. Deswegen bist du gar nicht hervorgekommen. Mit Alain hast du gern geschmust, das habe ich sehr wohl gesehen, Miss Cattie.«

Dido hatte inzwischen ihre Einkäufe aus dem Wagen geräumt und ins Haus gebracht. Sie stand in der Küche und übersah ihre Vorräte. Viel konnte sie nicht mehr kaufen, sie mußte nun mit dem Geld vorsichtig umgehen. Alain hatte ihr Geld dagelassen für das Flugticket, aber sie mußte auch noch einiges für die Reise einkaufen.

»Du brauchst nichts«, hatte er gesagt. »Ich habe dir gesagt, ich arbeite in London in einer Druckerei, ich verdiene ganz gut. Wir können einkaufen, was du brauchst. Die erste Zeit werde ich dich in einem kleinen Hotel unterbringen, ich weiß schon, wo, es gehört einem Algerienfranzosen, und ich verstehe mich sehr gut mit ihm. Alles andere werden wir besprechen, wenn du da bist.«

»Vor allen Dingen mußt du gut wieder nach England kommen«, hatte sie gesagt.

»Das ist es.«

Frankreich wollte er diesmal vermeiden, auch nicht die Grenze nach Deutschland überschreiten, weil möglicherweise dort noch eine Fahndung nach ihm lief. Sein Plan war gewesen, mit dem Motorrad nach Italien zu fahren, es dort zu verkaufen, und ab Milano mit dem Zug in die Schweiz weiterzureisen und von Zürich aus nach London zu fliegen. Möglicherweise auch direkt von Milano aus. Das mußte sich vor Ort ergeben.

Wenn alles gutgegangen ist, dachte Dido, konnte er jetzt schon in London sein.

Sie hatten ausgemacht, daß sie genau eine Woche nach seiner Abreise in London in eben jenem Hotel, in dem sie wohnen sollte, anrufen würde. Die Nummer trug sie immer bei sich. Bekam sie dort die Auskunft, daß er angekommen war, oder sprach sie ihn gar selbst, denn abends hielt er sich oft dort auf, stand ihrer eigenen Reise nichts mehr im Wege. Das waren die Dinge, die Dido nun meist durch den Kopf gingen, nicht ohne stehende Erregung. So lange hatte sie in einer Art Verbannung gelebt, daß der Gedanke an diese große Reise sie aufregte. Zuerst aber mußte geklärt werden, was mit Virginia geschehen sollte.

Sie warf Danio nur einen flüchtigen Blick zu als er hereinkam und, die Hände in den Hosentaschen, an der Tür stehenblieb.

»Nun?« fragte sie. »Wie findest du sie?«

»Entzückend«, antwortete er. »Die Gesellschaft, die sie hier hatte, muß recht anregend gewesen sein.«

»Sure«, sagte Dido, die jetzt manchmal, auch mit Virginia, englisch sprach. Zur Übung.

»Und wo ist dein Mann jetzt?«

Sie warf ihm einen schrägen Blick zu.

»Mein Mann?«

»Der Kerl, mit dem du mich betrogen hast. Darum also durfte ich nicht herkommen.«

»Ah! Hat Virginia dir von ihm erzählt?«

»Ja. Er gefiel ihr offenbar auch sehr gut.«

»Kann sein.«

»Ist er weg?«

»Er ist weg.«

»Das geschieht dir recht. Und nun bin ich wieder gut genug wie? Ich bedanke mich für die Ehre.«

Dido lachte. Sie setzte sich.

»Setz dich auch und spiel nicht den eifersüchtigen Liebhaber, das ist eine Rolle, die dir gewiß nicht zusteht. Wir wollen auch gar nicht lange darum herumreden, ich will dir erklären, wie die Dinge liegen, und darum bat ich dich, heute mit heraufzufahren. Vielleicht kannst du hier leichter entscheiden, was du tun wirst.«

»Ich? Was soll ich tun?«

»Hör zu, Danio. Der Mann, von dem du sprichst, ist weg. Aber wir haben uns nicht getrennt. Ich fahre zu ihm, und zwar möglichst bald.«

Das verblüffte ihn so, daß er stumm stehenblieb

und sie anstarrte. Sie stand wieder auf, holte eine Flasche Cognac und füllte zwei Gläser.

»Nun setz dich und hör mir zu. Es gibt einen Mann, der mir nahesteht, zu dem ich gehen werde und bei dem ich bleiben werde. Daran ist nichts mehr zu ändern, und ich möchte gern, daß wir nicht streiten. Wir hatten vier Jahre zusammen, und es gibt vieles, wofür ich dankbar bin, immer dankbar sein werde, Danio.«

»Du liebst mich nicht mehr?« fragte er maßlos erstaunt.

»Das will ich gar nicht einmal sagen. Ich liebe dich immer noch ein wenig, aber ich...«

»Ein wenig«, rief er empört. »Schämst du dich nicht, mir so etwas ins Gesicht zu sagen?«

»Es ist so, wie ich es sage. Aber du wirst mir zugeben, daß wir nicht für immer und ewig so weiterleben konnten wie bisher.«

»Du wolltest ein Restaurant mit mir zusammen aufmachen, ›Dido et Danio‹. Das war doch deine Idee. Oder nicht?«

»Das war meine Idee, ja. Ich wollte irgendwann im Leben etwas leisten, Eigentum haben. Als normaler Mensch unter normalen Menschen leben. Es ist nichts daraus geworden, nicht hier. Und nicht mit dir. Erstens haben wir das Geld nicht, zweitens würdest du unser Restaurant binnen einiger Wochen verspielt haben. Also lassen wir das. Es war Phantasterei von mir.«

»Du willst mich verlassen«, sagte er leise, und es klang wirklich verzweifelt. Dann schrie er: »Du verdammte Hure! Deinetwegen hätte ich mich beinahe von Anita getrennt.«

»Nun, du hast es nicht getan. Und du wirst es auch nicht tun. Es sei denn, sie trennt sich von dir. Das alles geht mich nichts mehr an. Ich gehe fort, damit mußt du dich abfinden. Und es ist unnötig, darüber lange zu reden oder sich zu streiten. Worüber wir reden müssen, ist Virginia. Du mußt dir überlegen, was du mit ihr tun wirst.«

»Was soll ich denn mit ihr tun? Du siehst doch selber, wie Anita mich im Stich gelassen hat. Sie ist genauso eine Hure wie du.«

»Schon gut. Dein Geschrei bringt uns nicht weiter. Irgendwann wird sie ja zurückkommen. Sie hat das Haus behalten, das Personal behalten, sie ruft an, sie läßt dich grüßen. Es sieht so aus, als wäre eines Tages alles wieder beim alten. Du kannst in Ruhe abwarten, bis sie wiederkommt. Aber Virginia? Sie kann hier nicht allein bleiben. Dieses Haus wird abgesperrt. Vielleicht brennt es eines Tages mit, wenn der Wald brennt. Aber es wird nicht ganz verbrennen, die Mauern werden stehenbleiben. Die Confiance ist unsterblich.«

»Wie?«

»Ach, das ist nur so ein Wort hier aus der Gegend. Hör zu, ich habe mir folgendes gedacht: Das beste wäre, du nimmst Virginia mit hinunter in die Villa, sagst Rose und Marcel, daß sie die Tochter von Madame Anita ist und ihr einen Besuch machen will.«

»Du bist verrückt.«

»Denk mal darüber nach, ich finde die Idee gar nicht so schlecht. Die nächste Möglichkeit wäre, du suchst irgendwo unten an der Küste ein Zimmer für sie, wo sie bleiben kann, bis Madame zurückkommt.«

»Und wer bezahlt das?« fragte er bissig.

Sie warf ihm nur einen schrägen Blick zu, trank ihren Cognac aus und sagte: »Dann bleibt eigentlich nur noch eins übrig: Du bringst sie dahin zurück, wo du sie hergeholt hast.«

Er war so perplex, daß ihm die Worte fehlten.

»Du mußt sie ja nicht an der Klosterpforte abliefern. Dort, in dem Ort, wo sie zu dir ins Auto gestiegen ist, läßt du sie wieder aussteigen. Den restlichen Weg wird sie schon allein finden. Und du fährst schnell wieder weg. Natürlich diesmal mit einem anderen Auto. Am besten mit Anitas Wagen. Du schickst Marcel, damit er ihn volltanken läßt, falls du kein Geld mehr hast. Niemand wird dir etwas tun. Virginias Vater ist tot, und kein Mensch hat danach gefragt, was aus ihr geworden ist.«

»Er ist tot? Woher weißt du das?«

»Ich weiß es eben.«

»Ich könnte dir den Hals umdrehen.«

»Das hilft dir auch nicht weiter.«

»Aber mir – mir würde es helfen.« Er sprang auf, stürzte auf sie zu, ergriff sie bei den Armen und schüttelte sie wie ein Wahnsinniger.

Im gleichen Augenblick ging die Tür auf, Virginia kam herein, gefolgt von der Katze.

»Oh!« machte sie.

Danio ließ Dido los, strich das Haar aus der Stirn, blickte Virginia mit wilden Augen an, dann nahm er das Glas und kippte den Cognac hinunter.

»Ich wollte nur fragen, ob ich was helfen kann fürs Abendessen?« fragte Virginia.

»Ja, chérie, das kannst du«, sagte Dido. »Ich habe Artischocken mitgebracht, die ißt du doch so gern.«

»O ja, fein.«

»Du kannst die Sauce rühren, während sie kochen. Dann habe ich noch von dem Kaninchenragout, das reicht für uns drei. Anschließend gibt es Käse und Obst.«

»Wunderbar«, meinte Virginia, und sie tat so, als sei Danio überhaupt nicht vorhanden. »Ich fange gleich an. Ich geh mir bloß die Hände waschen.«

»Sie hat Hunger«, sagte Dido lachend. »Du würdest staunen, wieviel sie essen kann. Wirklich, es fällt mir direkt schwer, sie zu verlassen. Fast habe ich schon mütterliche Gefühle.«

»Und ich?« fragte Danio weinerlich. »Für mich hast du gar keine Gefühle mehr?«

»Aber ja! Das habe ich dir doch gerade erklärt. Nun sei vernünftig, wir werden friedlich zusammen essen und über alles in Ruhe sprechen.«

»Mit ihr vielleicht? Soll ich sie etwa fragen, ob ich sie ins Kloster zurückbringen soll?«

»Es wäre vielleicht nicht das Dümmste, sie zu fragen.«

Danio sank auf einen Stuhl, ein geschlagener Mann. Er griff nach der Cognacflasche und füllte sein Glas wieder. Er war in der richtigen Stimmung, sich zu besaufen. Und dann, so beschloß er, werde ich sie beide umbringen, die treulose Geliebte und die blonde Unschuld aus dem Kloster, die sich benahm, als gehöre sie hierher.

Wirklich bekam Virginia die Frage vorgelegt, nicht von Danio, sondern von Dido.

»Die Ferien müssen doch jetzt vorbei sein, hättest du keine Lust, in die Schule zurückzukehren?«

Virginia schüttelte sehr entschieden den Kopf.

»Nein. Mir gefällt es hier viel besser. Außerdem dürfte ich Cattie nicht mitnehmen, sie erlauben es dort nicht, daß ich eine Katze habe.«

»Aber du hast doch sicher Freundinnen...«

Flüchtig dachte Virginia an Teresa, aber die war ihr so ferngerückt, alles, was ihr früheres Leben betraf, war weit, weit weg.

»Und sie würden mich auch gar nicht mehr nehmen, nachdem ich ausgerückt bin.«

»Nun, du könntest erklären, warum du es getan hast.«

»Warum denn?« fragte Virginia scheinheilig.

»Um deine Mutter zu besuchen.«

»Und wo, bitte, ist meine Mutter? Im Kloster denken sie, meine Mutter ist tot. Genauso, wie ich es immer gedacht habe.«

Sorglich teilte Virginia ihren Artischockenboden mit der Gabel und tunkte jeden Bissen ausgiebig in die Sauce Mousseline, ehe sie ihn in den Mund schob. »Und ich habe keinen Grund, jetzt etwas anderes zu glauben. Nein, kein Mensch würde mir glauben, und das mit Recht.«

»Sie können dich schließlich nicht vor der Tür stehenlassen«, sagte Danio ärgerlich, der sich bisher an dem Gespräch nicht beteiligt hatte. »In einem so frommen Haus.«

»Sie würden mich nicht vor der Tür stehenlassen, ich käme in das Gastzimmer, und sie würden meinen Vater benachrichtigen, daß er mich sofort abholen solle.«

Danio öffnete schon den Mund, um ihr zu sagen, daß ihr Vater tot sei, doch ein warnender Blick Didos ließ ihn schweigen. Wußte er denn, ob es stimmte, was Dido zuvor behauptet hatte?

»Und zu meinem Vater möchte ich gar nicht«, fuhr Virginia fort, sie sprach mit dieser neuen Sicherheit, die sie sich seit neuestem zugelegt hatte. »Ob er nun mein Vater ist oder nicht, er will mich auf keinen Fall bei sich haben, das weiß ich sehr gut. Nein, wirklich«, und nun blickte sie Dido an, »wenn ich dich nicht störe, ich würde am liebsten hierbleiben.«

Dido lachte, sie war gerührt. »Ah, ma petite! Du störst mich nicht. Aber im Winter ist es sehr langweilig hier. Außerdem muß ich in nächster Zeit einmal verreisen. Du kannst doch hier nicht allein bleiben.«

»Warum nicht?«

»Du würdest dich fürchten.«

»Ich? Fürchten?« Virginia lachte. »Wovor denn? Hier ist doch niemand, der einem etwas tun könnte. Du hast gesagt, du hast lange hier allein gelebt. Du hast dich doch auch nicht gefürchtet.«

Manchmal schon, hätte Dido antworten mögen, in den dunklen Nächten, allein zwischen Wäldern und Bergen, allein mit meinen Gedanken an das, was geschehen war, mit dem Gedanken an Vater, an Alain, an Meliza, an ihr eigenes ausgestoßenes Leben, ohne Familie, ohne Freunde. Sie hatte sich einmal aus Nizza einen Hund mitgebracht, um nicht so allein zu sein, vielleicht auch, um ein wenig bewacht zu werden. Schon in der folgenden Jagdzeit hatte jemand den Hund in den Wäldern erschossen. Daraufhin kaufte sie sich nie mehr einen Hund.

»Und Charlot ist ja da«, fuhr Virginia fort. »Er kommt jeden Tag und würde mir helfen. Die Ziegen melken und so. Ich kann es noch nicht richtig, aber ich lerne es schon. Du kannst ruhig verreisen, Dido, wirklich. Ich passe schön auf alles auf, auch auf deinen Garten.«

Danio lehnte sich zurück und lachte. Das war ja kaum zu glauben. Alles war ganz, ganz anders gekommen, als er es sich vorgestellt hatte. Diese fade Klosterpflanze fand es auf einmal schön hier oben auf dem Berg, in der einsamen Ferme zu leben, noch dazu bei Dido, vor deren Temperamentsausbrüchen er sich immer gefürchtet hatte. Aber nun war Dido sanft und lieb geworden wie das Kätzchen, das da drüben zusammengerollt auf dem Sofa lag, nachdem es eine ansehnliche Portion Kaninchenragout verspeist hatte.

An Vater und Mutter, geschweige denn an ihm war Virginia nicht im geringsten interessiert.

Er war sehr schweigsam, als Dido ihn eine Stunde später wieder hinunterfuhr.

»Nun?« fragte sie.

»Ich gestehe, ich bin ratlos. Es scheint, von hier müßte ich sie wirklich mit Gewalt entführen.«

Die Ferme Confiance, dachte Dido, und ihr Herz war erfüllt von Zärtlichkeit und Abschiedsschmerz, keiner geht gern von hier weg.

»Du mußt unbedingt herausbringen, wo Anita steckt«, sagte sie energisch. »Sonst müßte ich glatt Pierre wieder einspannen.«

»Ach, dieser geheimnisvolle Pierre! Ist er dein Liebhaber?«

»Spar dir die albernen Fragen.«

Als Danio aus dem Wagen stieg, haßte er sie geradezu. Sie, und diese fade Blonde oben dazu.

Aber nun endlich meinte das Schicksal es wieder gut mit ihm. Zwei Tage später rief Anita an. Am Nachmittag, er saß gerade auf der Terrasse, rauchte eine Zigarette, trank einen Fine und überlegte, was er eigentlich mit sich anfangen sollte. Nicht einmal ins Casino konnte er fahren, er hatte kein Geld. Es sei denn, er nahm etwas von ihrem Schmuck, der zum Teil achtlos in den Schubladen des Toilettentisches herumlag. Aber das wagte er nicht, Rose kannte jedes einzelne Stück. Er traute sich nicht einmal, vor ihren Augen Anitas Schlafzimmer oder auch nur ihr Boudoir zu betreten.

Er hörte, daß im Haus das Telefon klingelte, und kurz darauf erschien Rose auf der Terrasse, um ihm mitzuteilen, daß Madame ihn zu sprechen wünsche.

Finalmente!

Er erhob sich mit Würde und schritt betont langsam zum Telefon, darauf gefaßt, furchtbare Dinge zu erfahren.

Aber es war alles ganz einfach und ganz wunderbar.

»Oh, mein Liebling«, gurrte Anita durch das Telefon, »sei mir bitte nicht böse, daß ich so lange nichts habe hören lassen. Ich hatte meine Gründe. Aber nun ist alles wieder gut.«

»Ist alles wieder gut«, wiederholte er dümmlich. »Kannst du mir vielleicht erklären...«

»Ja, ich werde dir alles erklären, und dann wirst du mich verstehen. Ich mußte operiert werden, weißt du. Und ich wußte ja nicht, wie es ausgehen wird. Aber es ist alles gutgegangen, ich bin wieder gesund. Wir werden...«

»Kein Grund zur Besorgnis«, hatte Dr. Goldstein gesagt, »ein kleiner Tumor, noch ohne jede Wucherung. Wir haben alles entfernt. Ihr Leib ist leer, Anita, und sauber wie der eines Kindes.«

»Sie belügen mich nicht?«

»Nein, ich belüge Sie nicht. Sie werden in Kürze merken, wie gut Sie sich erholen. Sie bleiben hier bei mir, bis alles gut verheilt ist, und dann möchte ich, daß Sie zur Erholung in ein hübsches Sanatorium gehen, nicht an der Küste, dort ist es zu heiß, irgendwohin, wo Sie gute frische Luft haben. Ich denke an Savoyen.«

»Savoyen?«

»Ja, Savoyen. Ich kenne da einige bezaubernde Hotels, es muß nicht unbedingt ein Sanatorium sein. Sie sollen nur ruhen, lesen, spazierengehen, ein bißchen schwimmen und sich freuen, daß sie noch eine gute Weile zu leben haben. Jedenfalls, soweit ich es übersehen kann.«

»Ich bin hier in einem Hotel in der Nähe von Aix-les-Bains, ganz exquisit. Ich habe mir gedacht, ob du nicht herkommen möchtest, Danio.«

»Ach, Anita! Warum hast du mir das nicht gesagt? Ich habe mir solche Sorgen gemacht.«

»Verzeih mir, Liebling. Aber ich hatte Angst, weißt du, es könnte etwas Schlimmes sein. Dann wollte ich dich nie wiedersehen. Aber nun will ich dich sehen. Ganz, ganz schnell. Nimm den Wagen und komm, ganz schnell, ja? Morgen.«

»Morgen?«

»Ja, warum nicht? Warte, ich beschreibe dir, wie du fährst.«

»Das finde ich schon, ich habe schließlich eine Karte. Nur ...«

Sie begriff sofort. »Ach, du hast kein Geld, Liebling? Hast du wieder alles verspielt? Ich rufe sofort meine Bank an, dann kannst du dir dort holen, was du brauchst.«

»Anita, ich verstehe dich nicht. Wie konntest du mir das antun? Einfach wegfahren, keiner weiß, wo du bist. Es ist so rücksichtslos von dir.«

»Ich weiß. Ich werde dich von nun an täglich um Verzeihung bitten. Gleich morgen fange ich an. Und ich werde dich nie mehr verlassen. Sag mal, diese Sache mit Virginia? Ist da je eine Antwort gekommen auf meinen Brief?«

»Nein«, sagte Danio, und das war nicht einmal eine Lüge.

»Nun ja, wir werden uns überlegen, was wir tun in dieser Angelegenheit. Und nun gib mir Rose, sie soll mir verschiedene Sachen einpacken, die du mir mitbringen mußt. Es ist hier abends manchmal recht kühl. Und ich brauche ein paar hübsche Kleider. Ich bin ja mit wenig Gepäck nach Paris gefahren. Ciao, Liebling, ich küsse dich. Ich freue mich auf morgen.«

Er brachte es noch fertig, Rose mit Gelassenheit gegenüberzutreten. »Rose, bitte, Madame möchte Sie noch einmal sprechen.« Aber als er dann auf der Terrasse saß und sich eine neue Zigarette anzündete, zitterten seine Hände. Vor Freude, vor Genugtuung, vor Triumph. Da war sie, Anita, sie liebte ihn, sie verließ ihn nicht, sie gehörte ihm, und alles, was ihr gehörte, gehörte ihm auch. Er brauchte weder Dido noch die Tochter. Mochten sie beide zum Teufel gehen. Am besten, er brachte sie wirklich zurück und setzte sie da wieder aus, wo er sie eingeladen hatte. Anita würde sich damit abfinden, daß es keine Tochter gab. Basta!

Wenn der Vater wirklich tot war...

Er mußte mit Dido sprechen. Er würde ihr sagen – nun, das würde sich finden.

Morgen jedenfalls fuhr er zu Anita, und kein Wort von der Tochter, kein einziges.

In der Diele traf er Rose.

»Rose, ich verreise morgen. Sie haben es gehört, Madame war sehr krank, aber nun geht es ihr wieder gut.«

»Ja«, und diesmal lächelte Rose, sie freute sich auch.

»Sie wissen, was Sie alles einpacken sollen, ja? Gut, ich fahre morgen und bringe es Madame. Und wenn sie sich erholt hat, kommen wir wieder.«

Rose nickte. Sie hatte sich ähnliches gedacht, denn Madames Unruhe, ihre Nervosität, ihr schlechtes Aussehen waren ihr nicht verborgen geblieben. Sie war nicht sehr darauf erpicht, Monsieur Carone zu behalten, aber irgendeiner mußte es ja wohl sein. Hauptsache, Madame war wieder gesund. Eine so angenehme Stellung wie in diesem Haus würden Marcel und sie nie wieder bekommen.

An der Tankstelle, wo sie immer tankten, ließ Danio den Wagen auftanken, auf Kredit, und fuhr schnurstracks zu Dido; die Fahrt, die anderthalb Stunden dauerte, kam ihm endlos vor. Nun konnte sie reisen, wohin sie wollte. Er war sie los, das war ihm gerade recht. Und er würde es ihr sagen.

Er traf sie nicht allein. Ein mittelgroßer, etwas bullig wirkender Mann, mit schwarzem Haar und dunklen Augen, war bei ihr. Der sah wirklich aus wie ein Algerier, fand Danio. Ob das der neue Liebhaber war? Na, über Geschmack ließ sich nicht streiten.

»Dies ist Danio«, sagte Dido lässig. »Pierre.« Mehr an Vorstellung war überflüssig.

Pierre nickte kurz, Danio setzte eine arrogante Miene auf.

»Tut mir leid, wenn ich störe. Ich wollte dich nur kurz sprechen, weil ich morgen verreise.«

»Gleich«, sagte Dido. »Pierre wollte sowieso gerade gehen.«

Sie begleitete Pierre vor die Tür, umarmte ihn.

»Ich danke dir. Ich werde an alles denken, was du mir gesagt hast.«

Hatte sie noch vor kurzem gedacht, Pierre sei ein Verräter? Seit Alain zu ihr von ihm gesprochen hatte, als sie beide Männer hier erlebt hatte, war jedes Mißtrauen geschwunden. Und heute war Pierre extra den weiten Weg von Marseille gekommen, um ihr zu sagen, daß Alain aus London angerufen hatte. Er war gut angekommen, arbeitete schon wieder, das Zimmer im Hotel für Dido war bereit.

»Er hat gesagt, du sollst nun nicht mehr lange überlegen, du sollst kommen. Darum habe ich dir das Flugticket gleich mitgebracht. Alain sagt, es sei Zeit, euer neues Leben zu beginnen. Man wird nicht jünger, hein? Und wenn ihr wirklich nach Südafrika geht, und wenn es euch gefällt, dann laßt es mich wissen. Kann sein, ich komme auch.«

Jetzt, vor der Tür, sagte er: »Dein Danio macht einen sehr zufriedenen Eindruck, wie es scheint.«

»Kam mir auch so vor. Ich nehme an, Anita ist wieder aufgetaucht«, meinte Dido freundlich. »Ich wäre nur froh, denn dann wäre ich die Verantwortung für das Mädchen los.«

»Fühlst du dich verantwortlich?«

»Nun, ich brauchte es nicht. Aber ein wenig tue ich es doch. Er hat sie nun einmal zu mir gebracht.«

»Nun kann er sie mitnehmen und der Mama präsentieren, und dann sind hoffentlich alle zufrieden.«

Er küßte Dido auf beide Wangen.

»Au revoir, Dido. Ich wünsche dir viel Glück. Dir und Alain.«

»War das dieser Pierre, der ab und zu für dich ... eh, Geschäfte erledigt?« fragte Danio, als Dido wieder hereinkam.

»Das war er.«

»Ist er dein neuer Freund?«

Dido seufzte nur.

»Laß uns nicht mehr über meine Angelegenheiten sprechen. Warum bist du gekommen?«

»Anita hat angerufen. Ich habe lange mit ihr gesprochen. Es war sehr dumm von mir, nicht zu begreifen, was mit ihr los war.«

»Und was war los?«

Er berichtete kurz, und Dido nickte.

»Ja, das war wirklich dumm. Auch von mir. Sie war seltsam in letzter Zeit, sie sah schlecht aus, du hast es immer gesagt, sie fuhr nach Paris, um einen

Arzt zu konsultieren. Wie schön, daß es ihr besser geht.«

Kein Neid mehr, kein Haß, keine Eifersucht – wie anders sah Didos Leben aus, jetzt, da sie kurz vor dem Aufbruch stand. Sie kam gleich zur Sache.

»Und Virginia?«

»Ich muß Anita erst darauf vorbereiten, das verstehst du. Ich fahre morgen zu ihr und werde sehen, wie es ihr geht. Ich kann ihr erst einmal von Virginia erzählen.«

»Sie wird auch nicht wissen, daß ihr früherer Mann tot ist. Willst du es ihr sagen?«

»Nein, ich weiß es ja auch nicht gewiß.«

»Und wann wirst du Virginia hier abholen?«

»Sobald ich zurück bin.«

»Wann wird das sein?«

»Ich weiß es nicht. Ich bleibe sicher ein paar Tage bei Anita. Es hörte sich an, als freue sie sich auf mich. Vielleicht kommen wir auch gemeinsam zurück.«

»Ich reise nächsten Dienstag ab, Danio. Ich bin dann nicht mehr hier.«

»Ich werde dich vermissen, Dido«, sagte er höflich.

»Das kann schon sein. Aber was wird mit Virginia, falls du bis dahin nicht wieder zurück bist?«

»Sie hat selbst gesagt es mache ihr nichts aus, hier ein paar Tage allein zu bleiben.«

»Das möchte ich aber nicht gern.«

»Hör zu, sie fühlt sich wohl hier. Ich kann sie nicht in die Villa bringen, ehe Anita zurück ist, das mußt du einsehen. Falls Anita sie gleich sehen will, hole ich sie einfach. Und sonst geht es ihr doch gut hier. Dieser Charlot ist ja auch noch da und kümmert sich um sie. Wo ist sie denn eigentlich?«

»Oben auf dem Berg. Bei der Ruine. Eine alte Römerburg soll es sein, sagt Charlot. Seit er ihr die gezeigt hat, ist sie ganz versessen darauf. Sie malt da oben. Es wäre ein wunderbarer Ausblick, sagt sie. Man sieht ganz neue Berge, und überhaupt sei es das Schönste, was sie je gesehen hat.« Dido lachte. »Ich bin selber noch nie droben gewesen. Danio!«

»Ja, meine Teure?«

»Ich habe eine Bitte.«

»Alles, was in meiner Macht steht, tue ich für dich«, sagte er großspurig.

»Hör zu, sollte ich schon fort sein, wenn du sie abholst, verbinde ihr die Augen, wenn du runterfährst.«

»Ich soll ihr die Augen verbinden?«

Dido stampfte ärgerlich mit dem Fuß auf.

»Ja doch! Verstehst du das nicht? Dies ist ein verborgener Ort. Keiner darf ihn kennen. Ich möchte nicht, daß Virginia den Weg hierher zurückfindet. Verstehst du das?«

»Wenn du es so willst...«

»Es hat ihr gut hier gefallen, und darum könnte es sein, daß sie eines Tages wieder herkommen will. Das geht nicht. Dies ist ein Ort des Vertrauens. Er gehört mir. Keiner darf hierher kommen.«

»Aber ich bin auch hierher gekommen.«

»Weil ich dich liebte«, sagte Dido ruhig. »Aber

ich bin sicher, daß du von dir aus nie herkommen wirst.«

»Und die Leute im Dorf?«

»Nur Charlot kommt hier vorbei. Er wird von mir einen Schlüssel bekommen und die Ferme abschließen. Er allein weiß, wo der Schlüssel versteckt wird. Er nimmt die Tiere mit. Alle im Dorf sind alt, sie werden sterben, einer nach dem anderen. Irgendwann wird der Weg hier herauf zugewachsen sein. Keiner wird ihn finden. Nur ich.«

»Willst du denn wiederkommen?«

»Vielleicht. Man kann das nie wissen. Die Ferme war einmal meine Zuflucht. Sie kann es wieder sein. Keiner weiß, wohin sein Weg führt.«

Danio schloß Dido in die Arme.

»Ich wünsche dir, daß es ein glücklicher Weg sein wird.« Sie küßten sich, zum letztenmal.

»Du wirst tun, was ich dir sagte?«

»Ich werde alles so machen, wie du es willst. Wenn ich Virginia erst abhole nach deiner Abreise, setze ich sie ins Auto oder besser noch auf den Boden des Wagens und verbinde ihr die Augen. Meinst du, sie läßt sich das gefallen? Ich finde, sie ist sehr selbstbewußt geworden.«

»Ich werde ihr sagen, daß sie mich in Gefahr bringt, falls jemand den Weg hier herauf findet. Sie wird dir gehorchen.«

»Werden wir uns wiedersehen?«

Dido schüttelte den Kopf. »Nein. Selbst wenn ich eines Tages wieder zurückkäme, will ich dich nicht wiedersehen. Was vorbei ist, ist vorbei.«

Danio schüttelte den Kopf.

»Seltsam bist du schon, Dido. Ich glaube, du bist wie Afrika.«

Dido mußte lachen.

»Was weißt du schon von Afrika? Ciao, Danio.«

Sie sah ihm nach, als sein Wagen den steinigen Weg langsam hinunterrollte. Was vorbei ist, ist vorbei.

Hoffentlich holte er Virginia, solange sie noch da war. Sie blickte hinüber zum Wald, in den der Weg hineinführte, auf dem es zur Ruine ging. Wie lange blieb die Kleine heute eigentlich? Es dämmerte schon, das war doch kein Licht mehr zum Malen. Nun, vielleicht war es oben noch heller. Aber der Abstieg dauerte ja über eine halbe Stunde, hatte Virginia gesagt.

Die Katze umschmeichelte ihre Beine, auf den Berg nahm Virginia sie nie mit. Das sei zu anstrengend für Cattie, sagte sie. Und sie könne auch nicht immer auf sie aufpassen, wenn sie male.

»Stell dir vor, sie verläuft sich da oben, sie findet ja nie zurück.«

Dido bückte sich und hob die Katze auf, die sich schnurrend in ihren Arm schmiegte.

»Du findest den Weg schon zurück, Cattie, nicht wahr? Du bist klüger als die Menschen. Hoffentlich mag Anita Katzen leiden...«

Clemens

Drei Tage bevor Juschi und Clemens Landau in Antibes eingetroffen waren, hatte sich Danio auf den Weg nach Aix-les-Bains gemacht, Geld in der Tasche und bester Laune. Und hätte sich Clemens Landau wirklich hinter den Oleander gesetzt, um den Mas Maurice zu beobachten, so hätte er nichts, absolut nichts Interessantes zu sehen bekommen. Keiner kam und keiner ging von den Personen, die er zu sehen gehofft hätte. Nur Rose und Marcel bestiegen am Nachmittag ihr kleines Auto, um nach Nizza zu fahren und Roses Schwester einen Besuch zu machen. Marguerite war mit einem Postbeamten verheiratet, eine so gute Ehe wie die zwischen Rose und Marcel, nur daß sie zwei Kinder besaß, Gilbert, der bei der Marine diente, und die bildhübsche Denise, glücklich verheiratet in Lyon und ebenfalls schon mit zwei Kindern gesegnet.

Rose und Marcel, die selbst keine Kinder hatten, nahmen regen Anteil am Familienleben von Marguerite, wollten hören, was die Kinder geschrieben hatten, und die neuesten Fotos der Enkelkinder ansehen.

Sie fuhren schon am frühen Nachmittag, denn sie würden auf jeden Fall vor Anbruch der Dunkelheit zurück sein. Marcel ließ das Haus nie am Abend unbewacht. Ausläufer der Pariser Unruhen hatten sich auch in ihrer Gegend bemerkbar gemacht, und überhaupt gab es immer mehr Gesindel, das sich an der Côte breitmachte, Leute, die man früher hier nicht gesehen hätte. Marcel war sehr befriedigt, daß de Gaulle die Wahlen am 23. und 30. Juni so überzeugend gewonnen hatte und daß die Kommunisten die Hälfte der Sitze im Parlament verloren hatten. Marcel liebte und verehrte den General, ihm allein war es zu verdanken, daß Frankreich den Krieg auf seiten der Sieger beendet hatte. In dem kurzen Krieg von 1940 hatte Marcel mitgekämpft, war von Verwundung und Gefangenschaft verschont geblieben, aber die darauffolgende jahrelange Schmach Frankreichs hatte ihn tief getroffen. Und General de Gaulle war der Retter und Befreier Frankreichs, das würde für Marcel immer so bleiben.

An diesem Nachmittag schloß und verriegelte Marcel sorgfältig alle Fenster und Türen der Villa, ehe er sich hinter das Steuer seines kleinen Renault setzte.

Während der Fahrt sprachen sie über den seltsamen Besuch, der am späten Vormittag gekommen war und von dem Rose ihrem Mann natürlich schon berichtet hatte.

»Es waren Deutsche, meinst du?«

»Bestimmt. Der Mann sprach zwar sehr gut französisch, die Dame hat nichts gesagt. Warum sie wohl nach einer Mademoiselle Virginia gefragt haben?«

Marcel hob die Schultern.

»Vielleicht waren es Bekannte von Madame?«

»Oder Verwandte?« fiel Rose plötzlich ein.

»Bis jetzt hat sie nie Besuch von Verwandten gehabt. Und nie von Verwandten gesprochen, nicht wahr?«

»Nein.«

Obwohl sie traditionsgemäß keine Deutschen mochten, hatte sie an Madame nicht allzuviel auszusetzen. Sie hatte ja auch lange genug im Ausland gelebt, so richtig deutsch war sie wohl nicht mehr. Rose und Marcel kamen gut mit ihr zurecht, sie war großzügig, freundlich, beanspruchte ihre Dienste nicht über die Maßen, es blieb ihnen genug freie Zeit, und bei Rose hatte sie sich zusätzlich beliebt gemacht, weil sie immer ausführlich genoß und auch lobte, was Rose kochte. Rose war eine vorzügliche Köchin, und wie jeder Meister dieses Faches dürstete sie nach Anerkennung. Die wurde ihr bei Madame in ausreichendem Maße zuteil.

Den Italiener an ihrer Seite mochten sie weniger, aber man mußte ihn ertragen. Sie waren Franzosen genug, um Madame einen Liebhaber zuzugestehen, sie war noch jung genug, sie war attraktiv, und Geld hatte sie auch. Ein Mann gehörte wohl dazu.

Natürlich – so wie bei Monsieur d'Archaud würde es nie wieder sein, da war der Mas Maurice ein *wirklich* vornehmes Haus gewesen, auch ein lebendiges Haus, solange Madame d'Archaud noch lebte.

Daß er nun lieber in der Nähe seiner Kinder und

Enkelkinder leben wollte, verstanden sie sehr gut, mit Tatsachen mußte man sich abfinden, und so gesehen, war Madame Henriques eine erträgliche Alternative.

»Hoffentlich ist sie wieder ganz gesund«, meinte Rose, und Marcel sagte: »Ihre Stimme klang sehr fröhlich am Telefon, hast du erzählt.«

Dann mußte er sich damit befassen, einen Parkplatz nicht allzuweit von Marguerites Wohnung zu entdecken. Aber der Renault war ein vernünftiges Auto. Mit Madames Bentley war das immer viel schwieriger.

Wie gesagt, an diesem Tag, am nächsten und auch am übernächsten hätte Clemens absolut nichts Besonderes in und um den Mas Maurice entdecken können. So stellte er auf seine Art einige Recherchen an.

Juschi und er wohnten in einem hübschen kleinen Hotel in Juan-les-Pins, und Juschi war dazu verdonnert, dort zu bleiben, geruhsam spazierenzugehen, aufs Meer zu blicken, irgendwo Kaffee zu trinken oder auch mal einen kleinen Aperitif, und so zu tun, als mache sie Urlaub.

»Aber dazu sind wir nicht hergekommen, Clemens«, wehrte sie sich.

»Ergibt sich nebenbei. Tut dir genausogut wie mir.«

»Aber du? Was willst du denn tun?«

»Sag ich ja gerade, Urlaub machen. Und nebenbei ein bißchen herumhören. Ich werde immer sehen, bei den Mahlzeiten wieder hier zu sein, auf jeden Fall am Abend. Mittags kannst du schlimmstenfalls auch einmal allein essen, nicht?«

»Ich will überhaupt nicht soviel essen.«

»Doch, das mußt du, wenn du nun schon in Frankreich bist.«

Clemens trieb sich also in Antibes und am Cap herum und schloß hier und da ein paar Bekanntschaften. Er ging, wie immer, die Sache ganz logisch an.

Vorausgesetzt, daß Anita Henriques die ehemalige Anita von Onkel Ferdinand war, was man ja mehr oder weniger nur vermuten konnte, denn man wußte ja nicht, welche Verbindung zwischen ihr und dem kürzlich Verstorbenen bestanden hatte, dann war sie auch die Mutter von Virginia. Als einziges Beweismittel besaßen sie den Brief aus Onkel Ferdinands Jackettasche und, als höchst verdächtiges Indiz, die Tatsache, daß Virginia verschwunden war. Spurlos, und das nun seit fünf Wochen. Ein Mann stand mit ihrem Verschwinden im Zusammenhang, der nach Aussage der beiden Mädchen im Kloster, die ihn kennengelernt hatten, ein Italiener war. Hatte der Mann Virginia entführt, um eine Erpressung damit zu verbinden, konnte das Ziel nur Anita sein. Glaubhafter war die Vermutung, daß er von Anita geschickt war, das Mädchen zu holen.

An diesem Punkt hakte Clemens sich immer wieder fest. Warum eigentlich sollte Anita ihre Tochter entführen lassen? Als sie den Brief an Virginia schrieb, wußte sie möglicherweise noch nicht, wo sich das Mädchen befand. Kurz darauf mußte sie es erfahren haben. Wodurch? Von wem?

Clemens fand es höchst ungeschickt, daß Juschi und sein Vater nicht doch einmal mit Mechthild Stettenburg über den Fall gesprochen hatten. Anita konnte es ganz simpel von der zweiten Frau ihres verflossenen Mannes erfahren haben, die ja bekanntlich von ihrer Stieftochter nichts wissen wollte, sich stets geweigert hatte, sie überhaupt kennenzulernen. Um das Mädchen ein für allemal los zu sein, konnte sie ja nach dem Tod ihres Mannes Anita schlicht und einfach mitgeteilt haben, wo sich das Mädchen befand.

Nur paßte das nicht. Das Mädchen war verschwunden, ehe Ferdinand starb. Und warum hätte Anita, bei solch geklärten Verhältnissen, nicht selbst zu ihrer Tochter fahren können, wozu mußte sie dann einen unbekannten Italiener damit beauftragen?

Von Virginia besaß Clemens leider kein Bild, von Anita nur ein paar Schnappschüsse aus den ersten Jahren ihrer Ehe mit Ferdinand.

Er selbst, fand Clemens, würde sie dennoch danach erkennen. Er hatte einen guten Blick für Menschengesichter, auch wenn die Zeit sie verändert hatte.

Mit all diesen Informationen im Kopf begann Clemens seine Nachforschungen. Man mußte mit Leuten ins Gespräch kommen, die Madame Henriques kannten, möglichst auch den gutaussehenden Italiener, der bestimmt nicht Wallstein hieß, und am schönsten wäre es natürlich, jemanden zu finden, der ein junges Mädchen in Begleitung von Madame Henriques gesehen hatte. In letzterem Fall wäre ja alles in schönster Ordnung, Anita hatte ihre Tochter und war mit ihr verschwunden. Und das, so folgerte Clemens, geht uns einen feuchten Kehricht an.

Sie konnten sich beispielsweise in Mailand aufhalten. Das Auto hatte eine Mailänder Nummer gehabt, der kleine Brief Virginias war von dort gekommen, es war also denkbar, der Italiener wohnte dort, und sie hielten sich bei ihm auf. Möglich war auch, da Anita nun einen portugiesischen Namen führte, daß sie in Portugal oder, was Clemens instinktiv für näherliegend hielt, in Brasilien waren.

Clemens räkelte sich in der Sonne, nicht von allzu großem Jagdeifer beseelt, aber dann ging er doch daran, hier und da herumzufragen. Läden und Boutiquen, in denen Anita vielleicht gekauft hatte. Tankstellen, Bars, Bistros. Gleich bei der nächstgelegenen Tankstelle hatte er Glück. Er gab sich gesprächig, erzählte, an den Kühler seines Porsche gelehnt, daß er verdammtes Pech habe, er sei hergekommen, um seine Tante zu besuchen, und nun sei sie nicht da. Offenbar verreist.

Ob er sich denn nicht angemeldet habe, wollte der junge Tankwart wissen.

»Eben nicht, ich Kamel. Es handelt sich um

Madame Henriques, drunten im Mas Maurice, wissen Sie, ich bin Joâo Henriques.«

»Ah!« staunte der Mann bereitwillig. »Dann kommen Sie wohl auch aus Rio de Janeiro, genau wie Madame.« Die erste Spur.

Ja, versicherte Clemens eifrig, da komme er her. Er sei das erstemal in Frankreich, und nun so ein Malheur.

»Ich habe Madame auch seit längerer Zeit nicht gesehen. Sie muß verreist sein. Monsieur hat allerdings vor einigen Tagen hier getankt. Er wolle für einige Zeit verreisen, sagte er.«

»Na, so ein Pech«, wiederholte Clemens und verkniff sich die Frage, ob es sich bei Monsieur um Monsieur Henriques handle. »Meine Tante wohnt ja wohl schon eine ganze Weile hier«, sagte er nebenhin. »Es gefällt ihr offenbar sehr gut.«

Seit zwei, drei Jahren etwa, erfuhr er. Und sie bewohne ja auch eines der schönsten Häuser am Cap.

»Meine Cousine wollte übrigens auch herkommen. Sie haben nicht zufällig ein junges Mädchen in Begleitung von Madame oder Monsieur gesehen?«

Der Tankwart schüttelte den Kopf, und sein Blick wurde abweisend.

Genug gefragt, erkannte Clemens, zahlte und entrauschte. Immerhin, die Ausbeute ließ sich sehen. Sie wohnte in dem Haus, mußte also vermögend sein. Sie kam aus Rio, und es gab einen Monsieur. Kein junges Mädchen.

Herauszufinden, wer Monsieur war, dürfte die nächste Aufgabe sein.

Clemens versuchte es in verschiedenen Bars, an diesem und am nächsten Tag, wobei er nichts oder nichts Neues erfuhr. Fündig wurde er dann dank dem Eden Roc, dem feinsten Laden am Cap. An einem der nächsten Tage versetzte er Juschi zum Essen und speiste ausgewählt und ausführlich auf der Terrasse des Luxushotels. Es war ein Hochgenuß, und er versäumte nicht, den gutaussehenden jungen Kellner, der ihn aufmerksam bediente, davon in Kenntnis zu setzen.

»Das freut uns, Monsieur«, sagte der schlanke Dunkelhaarige mit einem höflichen Lächeln.

»Sie sind Spanier? Oder Portugiese?« fragte er.

»Ich bin Italiener, Monsieur.«

»Ah so! Wissen Sie, ich hatte die Hoffnung – ich kam unter anderem hierher zum Essen, weil ich hoffte, Madame Henriques hier zu treffen. Sie speist öfter hier, wie man mir sagte.«

Das war ein Schuß ins Dunkle. »Und da Madame ja aus Rio kommt«, er lachte leicht, »ich dachte, Sie kennen sie vielleicht.«

Die Vermutung war richtig. Er erfuhr, daß Madame Henriques wirklich öfter dem Haus die Ehre gebe. Aber nun hätte man sie seit einiger Zeit nicht gesehen. Sie müsse wohl verreist sein.

»Wie schade! Ich habe Madame vor einiger Zeit in Paris kennengelernt und hätte sie gern einmal wiedergesehen.« Die Geschichte von dem Neffen ließ er diesmal weg.

»Im Mas Maurice erfuhr ich auch schon, daß sie zur Zeit nicht da ist. Sie gab mir die Adresse und lud mich ein, sie zu besuchen, wenn ich in die Gegend käme. Aber nun habe ich es offenbar schlecht getroffen.«

»Sehr bedauerlich, Monsieur«, meinte der Kellner und wollte sich entfernen.

»Und Monsieur Henriques ist auch nicht da«, schoß Clemens einen weiteren Versuchspfeil ab.

Der Kellner stutzte, verhielt einen Augenblick, seine Augen wurden schmal.

»Das dürfte auch kaum möglich sein, Monsieur«, sagte er dann. »Madame ist Witwe.«

»Ah so! Aber ich habe doch ...«, sagte Clemens sehr langsam und knüllte sorgfältig seine Serviette zusammen.

Leider kam nichts mehr. Der Kellner verneigte sich leicht. »Sie entschuldigen mich, Monsieur?« und entschwand.

Später faßte er vor Juschi zusammen, was er ermittelt hatte. »Viel ist es nicht. Immerhin wissen wir jetzt, Anita muß zuletzt mit einem reichen Brasilianer verheiratet gewesen sein, da kommen die Kopeken her. Sie scheint wirklich nicht da zu sein, und wenn sie sich Virginia geholt hat oder hat holen lassen, dann sind sie vermutlich jetzt wirklich in Rio. Möglicherweise hat sie dort auch so eine bescheidene Bleibe.«

»Dann vertrödeln wir hier nur unsere Zeit«, sagte Juschi energisch. »Laß uns nach Hause fahren.«

»Gefällt es dir hier nicht?«

»Doch, schon. Aber es ärgert mich, so nutzlos herumzusitzen.«

»Und mich ärgert es, so ergebnislos nach Hause zu kommen. Und ich verstehe nicht, daß keiner hier das Mädchen gesehen hat.«

»Na, vielleicht war sie gar nicht hier. Wenn sie sich in Mailand getroffen haben, können sie ja von dort aus nach Rio oder sonstwohin geflogen sein.«

»Ich gehe morgen noch einmal in den Mas Maurice und frage diese stolze Gouvernante zum zweitenmal nach ihrer Chefin. Zu dumm, daß ich ihr meine Karte gegeben habe. Sonst hätte ich mich dort auch als Neffe vorstellen können.«

»Du wirst es so lange machen, bis du auf der Polizei landest.«

»Könnte sein, ich hätte denen auch etwas zu erzählen. Die Geschichte von einem verschwundenen Mädchen nämlich.«

Das zweite Gespräch mit Rose, an der Tür, verlief ähnlich wie das erste. Nur daß plötzlich ein Lieferwagen vorfuhr, während Clemens noch versuchte, Rose ein weiteres Wort zu entlocken.

Aus dem Lieferwagen sprang ein junger Mann, kam eilig angelaufen, grüßte kurz und überreichte Rose ein dünnes, rechteckiges, sorgfältig verpacktes Gebilde.

»Schönen Gruß von Monsieur Castellone. Das Bild ist endlich fertig, das Madame Henriques bestellt hat.«

»Was für ein Bild? Wo kommt es denn her?«

»Na, von dem Maler Castellone. Er war krank, darum hat es so lange gedauert. Madame Henriques hat erst kürzlich aus Paris angerufen, ob das Bild denn nicht endlich fertig sei. Ich muß weiter, ich hab's eilig. Au revoir.«

Er drückte Rose das Paket in die Hand und lief zurück zu seinem Auto.

Rose runzelte die Stirn und blickte Clemens tadelnd an, als hätte er das Bild gebracht.

Clemens hatte es auf einmal eilig.

»Sicher ein schönes Bild. Grüßen Sie Madame von mir«, er zog seinen Hut, sprintete zu seinem Auto und versuchte, den Lieferwagen einzuholen.

Das gelang bei der übernächsten Ampel. Er winkte, kurbelte das Fenster herunter, der junge Mann lächelte fragend. »Pardon, Monsieur, Sie brachten gerade ein Bild für Madame Henriques. Von Castellone, wie ich zufällig hörte. Ich bin schon lange scharf auf ein Bild von Castellone. Wo finde ich ihn denn?«

»Na, wo Sie ihn immer finden. In St. Paul de Vence.«

Damit brauste er davon, denn hinter ihnen hupte es schon.

Von St. Paul de Vence war Juschi entzückt. Clemens ließ sie allein durch die malerischen Gassen streifen und machte sich auf die Suche nach dem Maler Castellone. Das war nicht schwer, Leone Castellone schien hier gut bekannt zu sein, man wies Clemens schon nach der ersten Frage den Weg zu seinem Atelier. Der Maler war noch jung, ein kleiner dicklicher Mann mit kurzen Beinen, dafür mit einem abnorm großen Kopf, der dazu noch mit einem struppigen Bart geschmückt war. Nicht gerade eine Schönheit, aber glücklicherweise kein verschlossener Typ.

»Ich war gerade im Mas Maurice, als Ihr Bild für Madame Henriques kam. Wunderbar! Ganz herrlich!«

Der Maler lächelte geschmeichelt.

»Ist Madame zurück?«

»Noch nicht. Aber sie kommt wohl in den nächsten Tagen.«

»Ah, sie rief an, aus Paris. Vor einer Woche, zwei Wochen. September, sie wird sein wieder da. Und dann sie möchte, daß Bild hängen an die Platz, wir haben ausgesucht. Habe ich nur gemalt ganze Woche Bild für bella Signora. Et voilà, è finito. Tutto perfetto.«

»Das Bild ist herrlich«, wiederholte Clemens und hoffte, der Künstler würde ihn nicht nach näheren Eindrücken fragen. »Darf ich mich ein wenig umsehen, Signore?«

»Prego. Naturalmente.«

Das Gespräch über die bella Signora entwickelte sich dabei ganz mühelos. Der Maler schwärmte von ihren grünen Augen und ihrem so vollkommen geschwungenen Mund. Er würde gar zu gern einmal ein Porträt von ihr machen. Vier Bilder habe er nun schon für die Signora gemalt, eine wirklich gute Kundin. »Sie sind Italiener«, stellte Clemens fest, denn Castellone sprach nicht besonders gut französisch und mischte ständig italienische Worte in seine Rede. Und weiterhin, ohne viele Fragen stellen zu müssen, erfuhr Clemens, daß Castellone die bezaubernde Signora durch seinen Freund Danio kennengelernt hatte.

»Sie kam schon früher herauf nach St. Paul«, erzählte der Maler. »Und sie hat gekauft zwei Bilder von Margaux. Oh, Madonna!« Er bekreuzigte sich, was sich wohl auf Margaux' Malweise beziehen sollte. »Ma poi, Danio sie bringen zu mir.«

»Ach ja, Danio«, sagte Clemens in schwärmerischem Ton.

»Wir sind Freunde. Amici, Danio et moi. Als ich hatte gar kein Geld, keinen Erfolg, Danio hat mich durchgefüttert. Das war, als er noch im ›Negresco‹ arbeitete. Heute, er braucht nicht arbeiten mehr. War sein Glück, er lernte kennen Signora Anita. So schön und so reich.«

»Ah ja, ich weiß. Dann verließ er das ›Negresco‹.«

»Das tat er vorher. Er war ein guter Kellner, aber immer spielen, immer wollen in Casino. Er nicht dürfen als Kellner. Heute er kann spielen, soviel er will.«

»Ein gutaussehender Mensch, Danio.«

»Si, si. Er hat, was Frauen gefällt. Was mir fehlt.«

»Dafür können Sie wunderbare Bilder malen. Ein Mensch kann nicht alles haben.«

»E vero. Chi troppo abbraccia, nulle stringe.«

Nach dieser Weisheit schieden sie als gute Freunde. Der Rest war ein Kinderspiel, nämlich im

›Negresco‹ zu erfahren, daß dort ein Jahr lang ein italienischer Kellner namens Danio Carone gearbeitet hatte. Von seinem weiteren Verbleib wisse man nichts, sagte der Hotelmanager hochnäsig, was Clemens ihm nicht glaubte. Sicher wußten viele hier, zumindest aus den gastronomischen Betrieben, was aus dem schönen Danio geworden war, wie er jetzt lebte.

»Na gut, na schön«, sagte Juschi und blickte auf ihren Sohn, der, nur mit einer Badehose bekleidet, neben ihr im spärlichen Sand lag. »Ich gebe zu, du bist tüchtig. Fabelhaft, was du alles herausgebracht hast. Aber was nützt uns das?«

»Dieser Carone war es, der Virginia eingesammelt hat. Und ich vermute, ohne Wissen von Anita. Wir hören immer nur, daß sie seit Wochen verreist ist. Warum hat Danio Anitas Tochter geholt? Kommt dir das nicht merkwürdig vor?«

»Wie meinst du das?«

»Er ist ein ausgehaltener Liebhaber. Es kann ihm eigentlich gar nicht so viel daran liegen, daß plötzlich eine Tochter auftaucht?«

»Wie meinst du das?« wiederholte Juschi, diesmal klang ihre Stimme hoch und erschrocken.

»Na, überleg mal. Ich frage mich, ob man nicht doch zur Polizei gehen sollte.«

»Was willst du denen denn sagen?«

»Ich fürchte nur, daß es hier gar nichts nützt. Wenn Virginia überhaupt noch lebt, ist sie nicht in Frankreich, sondern in Italien.«

»Wenn sie noch lebt! Du bist ja verrückt!«

»Ich muß noch mehr über Danio Carone wissen. Zum Beispiel, wo er herstammt. Wo seine Familie lebt. Vielleicht hat er Virginia dort untergebracht. So eine italienische Sippe hält ja zusammen. Und dann *müssen* wir einfach herausbringen, wo Anita sich aufhält. Es muß doch noch ein paar Leute geben, die sie kennen. Wenn sie so eine auffallende Frau ist, wie ich immer höre. Friseur, Kosmetik, Modegeschäfte. Ein paar Bekannte müßte sie hier doch auch haben. Danio ist ein Spieler. Kann sein, sie spielt auch.«

»Was dir alles so einfällt«, sagte Juschi bewundernd.

Was Clemens nicht einfallen *konnte,* war Dido. War die Existenz einer Frau, die nicht weit von hier, doch verborgen und unauffindbar in den Bergen lebte. Auf Dido hatte ihn keiner hingewiesen, was bewies, wie sorgfältig Danio dieses Geheimnis gewahrt hatte. Zumindest seit er Anita kannte. Der Maler Castellone zum Beispiel, der hätte Clemens von Dido erzählen können, er hatte sie früher oft mit Danio gesehen. Früher. Daß sie in den letzten Jahren in Danios Leben noch eine Rolle gespielt hatte, wußte Castellone nicht.

»Weißt du was, wir essen morgen mal zusammen im Eden Roc. Ein italienischer Kellner dürfte einen anderen italienischen Kellner kennen, zumal wenn der so eine phantastische Karriere gemacht hat.«

»Was, mein Sohn, nennst du eine phantastische Karriere? Der ausgehaltene Liebhaber einer reichen Frau zu sein?«

»Geliebte Mutter, das kommt immer auf den Ausgangspunkt an. Sei nicht so schrecklich bürgerlich. Und nun werde ich mich bekleiden. Wir fahren heute mal nach Cannes zum Essen. In irgendein hübsches Bistro in der Altstadt.«

»Ich habe gar keine Lust, schon wieder zu essen.«

»Doch, das hast du. Wenn du erst siehst, was es dort alles gibt.«

»Ich verstehe dich nicht, Clemens. Essen! Ich habe überhaupt keine Ruhe, ehe ich nicht weiß, was aus Virginia geworden ist. Mein Gott, wäre ich doch früher in dieses verdammte Kloster gefahren!«

Clemens schüttelte tadelnd den Kopf.

»Aber! Aber! Verdammtes Kloster! So etwas darf man nun wirklich nicht sagen, als anständige Katholikin. Am besten gehst du morgen mal zur Beichte.«

Danio

Danio kam ungefähr zum gleichen Zeitpunkt wie der ihm unbekannte Clemens Landau auf die Idee mit seiner Familie. Sie lagen nebeneinander auf dem breiten Bett, Anitas weiches, goldblondes Haar floß über seine Hand, die er um ihre Schulter gelegt hatte. Sie war so zärtlich, so anschmiegsam wie nie zuvor; eine Frau, die Liebe, Trost, Kraft und Stütze bei einem Mann suchte. Das gefiel ihm. Bisher war sie nie so gewesen, sondern sehr selbständig, dominierend, und außer im Bett hatte er nie das Gefühl gehabt, daß er ihr wirklich etwas bedeutete. Die Krankheit, wohl mehr noch die Angst vor einer bösartigen Krankheit, hatte sie verändert. Sie war nie im Leben krank gewesen, sondern gesund, vital, egoistisch, und abgesehen von jenen Jahren, in denen es ihr finanziell schlecht ging, hatte sie ihr Leben ohne Bedenken, ja, ohne Skrupel gelebt. Sie war weder ein besonders sensibler noch ein kontemplativer Mensch, und seit sie über Sicherheit, das heißt über Geld verfügte, hatte sie wirklich nur noch dem Genuß gelebt. Aber nun hatte sie erstmals erfahren, wie fragwürdig das Leben an sich war. Geld zu haben, war gut, aber es schützte nicht vor Krankheit, Verlassenheit und Tod. Eine Binsenwahrheit, die sie aber für sich jetzt neu entdeckt hatte. Auch, was für ein einsamer

Mensch sie im Grunde war. Ein paar Bekannte zum Ausgehen, für den Spielsaal, für einen Drink, aber keine echten Freunde. Da war nur Danio, ein hübscher Junge fürs Bett und zum Amüsement. Konnte es nicht mehr sein?

Konnte es nicht etwas wirklich Eigenes sein, ein Mensch, der zu ihr gehörte?

Vielleicht war das, unbewußt, der Grund gewesen, daß sie plötzlich begann, nach der unbekannten Tochter zu fragen, als sie erstmals Angst vor einer ernsthaften Krankheit bekam. Aber nun hatte sie diese Angst nicht mehr, nicht für heute und morgen. Sie glaubte Dr. Goldstein. Aber sie würde nie mehr so unbeschwert in den Tag hineinleben können wie zuvor. Das Wissen um die drohende Macht im Dunkel würde ihr Leben nun begleiten.

Danio fand sie attraktiver denn je. Schlank war sie immer gewesen, aber nun wirkte sie fragil, hilflos, die Augen noch größer in dem schmalen Gesicht, sie küßte ihn so zärtlich wie nie zuvor mit diesem weichen sinnlichen Mund.

»Weißt du«, sagte sie und schmiegte sich noch enger an ihn, »wir werden nicht mehr lange hierbleiben. Ist ja sehr hübsch hier, aber ich möchte wieder nach Hause. September und Oktober sind besonders schön bei uns, die Rosen blühen wieder, das Meer ist sanft und friedlich. Rose wird uns gute Sachen kochen, und manchmal gehen wir hübsch aus. Ich möchte wieder einmal vor einem Spieltisch sitzen. Und wir werden Castellone besuchen, diesen Spitzbuben, ob er endlich mein Bild fertig hat.

Vorschuß hat er genug bekommen. Es ist ein Pendant zu dem blauen Bild, das über dem weißen Sofa hängt. Das rücken wir dann nach links, und das neue Bild kommt auf die rechte Seite. Es ist auch blau, aber eher ein nachtschwarzes Blau. Ich hab's ihm genau beschrieben, ich bin gespannt, ob er den Ton richtig getroffen hat.«

Es war seltsam, aber seit einiger Zeit interessierte sie sich wirklich für Bilder, es war nicht nur eine Marotte von ihr. Senhor Henriques war der erste, der dieses Interesse in ihr geweckt hatte, und nun, seit sie an der Côte lebte, wo so viele Künstler zu finden waren, hatte sich ihr Geschmack wie auch ihr Verständnis weiterentwickelt.

»Im Winter können wir dann mal nach Paris fahren und in die Oper gehen, wenn du magst«, fuhr sie fort. »Oder wir machen eine Schiffsreise.«

»Nur wenn du versprichst, nie mehr Geheimnisse vor mir zu haben. Nie mehr so etwas zu tun: einfach fortgehen, und ich weiß nicht, wo du bist.«

Es war Danio ernst mit dem, was er sagte. Er liebte sie, wie er sie nie geliebt hatte, in ihrer neuen sanften Schönheit, ihrer ein wenig morbiden Hilflosigkeit. Natürlich spielte auch der abrupte Abschied, den Dido ihm gegeben hatte, eine Rolle dabei. Ihr Verhalten hatte ihn verletzt und gedemütigt, er kam sich verstoßen vor, für eine Zeitlang mußte er annehmen, auch Anita habe ihn verlassen. Aber nun war alles wieder gut.

»Wenn du willst«, sagte sie, »können wir heiraten. Es macht manches leichter.« In Gedanken fügte sie hinzu: Falls ich doch wieder krank werde, wenn wieder so etwas geschieht, schlimmer vielleicht, dann ist für ihn gesorgt. Ich bin ja glücklich mit ihm, er ist mir treu, und ich will eigentlich gar nicht mit einem neuen Mann etwas beginnen. Noch einmal beginnen. Noch einmal den Tanz auf dem Seil, denn das ist es doch für eine Frau in meinem Alter. Im Oktober werde ich zweiundfünfzig. Ich will ihn behalten. Er ist Italiener, und eine Ehe wird ihn binden.

Danio, den Mund an ihrer Schläfe, flüsterte: »Bellissima, du machst mich sehr glücklich. Wir heiraten bald. Endlich.«

Und dabei dachte er: Was mache ich nur mit dem Mädchen? Das Mädchen muß weg. Ich war der größte Narr, es zu holen, was habe ich mir bloß dabei gedacht? Sie muß verschwinden, Anita wird nicht mehr nach ihr fragen, wird sie vergessen. Ich werde sie so glücklich machen, daß sie nie mehr an diese Tochter denkt.

Vom offenen Fenster kam kühl die Nachtluft herein, feucht vom Lac du Bourget, der unter ihnen lag. Danio zog sorglich die Decke über Anitas Schulter. Nach einer Weile schlief sie ein.

Er stand vorsichtig auf, schloß das Fenster, ging ins Wohnzimmer der Suite, die sie bewohnte, setzte sich in einen Sessel und zündete sich eine Zigarette an. Er mußte nachdenken.

Es war gut, wenn sie heirateten. Es störte ihn nicht, daß sie älter war. Sie war dennoch schöner als die meisten Frauen, und sie war reich. Er würde ein Leben führen können, wie es ihm behagte. Und er würde sie nie verletzen und vermutlich nicht einmal betrügen. Es hatte genug Frauen in seinem Leben gegeben, und wenn er eine davon geliebt hatte, war es Dido gewesen. Ihr Verhalten genügte ihm für alle Zeit. Verließ ihn von heute auf morgen wegen eines anderen Mannes. Basta! Er würde nicht mehr an sie denken.

Seine etwas zweifelhafte Stellung als Liebhaber von Madame Henriques würde sich jäh verändern, wenn sie Anita Carone hieß. Am wichtigsten war es jetzt, darüber nachzudenken, was mit Virginia geschehen sollte. Offenbar wußte Anita noch nichts von dem Tod ihres früheren Mannes. Kann sein, sie erfuhr es, kann sein, auch nicht. Keinen ihrer Briefe hatte dieser Mann beantwortet. Angenommen, sie schrieb wieder einmal, so geschah nichts Neues. Teilte man ihr seinen Tod mit, die zweite Frau Stettenburg, dann war es möglich, daß sie an jene schrieb und nach dem Verbleib ihrer Tochter fragte. Aber vermutlich bekam sie so wenig Antwort wie bisher.

Er mußte verhindern, beschloß Danio, daß sie überhaupt noch einmal schrieb. Übrigens wußte er ja gar nicht gewiß, ob der Stettenburg wirklich tot war, das hatte nur wieder einmal Dido aus ihrer geheimnisvollen Quelle erfahren. Dieser Pierre. Irgendwer. Er hatte nie erfahren, wer dieser Mann war, was er tat, wo er lebte, woher er seine Informationen bezog. Jedenfalls alles, was er über Virginia ermittelte, hatte gestimmt.

Und da war er wieder bei seinem Hauptproblem: Was tun mit dem Mädchen?

Didos Idee war vielleicht nicht die schlechteste, sie einfach zurückzufahren, in jene Gegend, aus der er sie geholt hatte. Dann konnte sie zurückgehen ins Kloster oder konnte es bleiben lassen, das war dann ihre Sache. Ziemlich selbständig war sie geworden in letzter Zeit. Und Dido hatte auch genau recht gehabt mit ihren Vorsichtsmaßnahmen. Man mußte ihr die Augen verbinden, wenn sie die Ferme verließen, sie durfte nie erfahren, wo sie sich aufgehalten hatte.

Zunächst einmal mußte er Anitas Wunsch unterstützen, möglichst bald nach Hause zu fahren. Er würde ihr gleich morgen sagen, daß es in keinem Hotel so schön sein könne wie in ihrem Haus. So heiß war es nicht mehr. Und dann mußte er sofort hinauffahren zur Ferme – aber wie zum Teufel sollte er den Rücktransport mit dem Mädchen veranstalten? Selbst wenn er so eine irre Parforcetour machte wie das letztemal, zwei bis drei Tage war er mindestens unterwegs, wie sollte er Anita erklären, daß er fortfuhr, kaum daß sie zurückgekommen waren?

Und da kam er, genau wie Clemens, auf die Idee, Virginia erst einmal zu seinen Leuten zu bringen. An ein einfaches Leben war sie ja nun gewöhnt, und es gefiel ihr offensichtlich. Seine Mutter würde, ohne viel zu fragen, für sie sorgen, Geld konnte er ihr genug geben, sie bekam immer Geld von ihm, seit er Anita kannte. Sein Vater stellte sowieso keine Fragen. Er mußte nur den Paß seiner Schwester Lucia wieder holen, das ließ sich leicht an einem Nachmittag machen, am nächsten Tag dann mit Virginia hinüberfahren. Einen ganzen Tag würde das schon dauern. Also am übernächsten Tag. Nun, er konnte Anita sagen, er wolle seine Eltern besuchen, das hatte er manchmal getan. Aber er konnte kaum Virginia mit verbundenen Augen über die Grenze fahren. Sie würde dann auf jeden Fall wissen, wo sie sich aufhielt. Und sich auch ungefähr vorstellen können, in welcher Gegend sie sich zuvor befunden hatte. Nein, auf keinen Fall. Höchstens die Entfernung konnte sie schätzen, das war alles.

Ach, zum Teufel, wie kam er bloß heil aus dieser Sache mit dem Mädchen heraus? Wenn Dido noch da wäre, die würde es bestimmt schaffen.

Warum machte er sich unnütze Gedanken? Vielleicht war sie ja noch da.

Und wenn er Virginia einfach an der Hand nahm und in die Villa mitbrachte?

Hier, Anita, ist deine Tochter. Ich habe sie für dich geholt. Das wäre natürlich auch eine tolle Pointe. Schließlich konnten sie alle drei von dem Geld leben.

Aber es ging nicht. Virginia würde von der Ferme erzählen, von Dido. Und wenn sie auch zehnmal glaubte, Dido sei seine Schwester, Anita wußte, daß er keine Schwester auf einer einsamen Ferme in den Bergen hatte. Nun, es konnte sonst eine Verwandte sein. Danios Kopf arbeitete fieberhaft, soviel gedacht hatte er in seinem Leben noch nicht. Er machte einen Plan nach dem anderen, verwarf ihn wieder. Und einmal auch huschte der Gedanke durch seinen Kopf: ich töte sie.

Er erschrak, schob den Gedanken beiseite. Er kehrte wieder. Die Ferme war einsam. Hinter dem Maquis ging es steil eine Wand hinab, keiner würde sie je dort finden.

Madonna mia! Wie konnte er nur so etwas denken. Er bekreuzigte sich rasch, schenkte sich einen Whisky ein und nahm eine neue Zigarette.

Das Beste war wohl doch, sie zu seinen Leuten zu bringen. Dort würde er sie fragen, ob sie wieder ins Kloster zurück wolle, oder wohin sonst. Er mußte sie nicht einmal fahren, wozu gab es eine Eisenbahn. Er kaufte ihr eine Fahrkarte, wohin immer sie wollte, und dann ab mit ihr.

Anita kam ins Zimmer, sie war aufgewacht, ihr Schlaf war noch immer dünn.

»Was machst du denn hier? Warum bist du nicht im Bett?«

Er stand auf und nahm sie in die Arme.

»Ich kann nicht schlafen, mi amore, ich bin so glücklich.«

Er hob sie auf und trug sie zurück in ihr Bett.

Mas Maurice

Nach einigem Hin und Her hatten Juschi und Clemens sich nun doch entschlossen, nach Hause zu fahren; erstens hatte Clemens zu arbeiten, zweitens drängte auch Ludwig Landau am Telefon auf ihre Rückkehr.

»Es hat Clemens sicher Spaß gemacht, ein bißchen Detektiv zu spielen, ich frage mich nur, was damit gewonnen ist. Ich finde, ihr habt genug Zeit und Geld verplempert, und es kommt nichts dabei heraus. Schließlich haben wir die Adresse der Dame, und daß es die richtige ist, daran ist wohl nicht zu zweifeln, also werde ich ihr von einem Anwalt einen Brief schreiben lassen, in dem ihr mitgeteilt wird, was geschehen ist. Sollte darauf keine Antwort kommen, lasse ich einen zweiten Brief schreiben, und zwar gleichlautend, an die Polizei in Frankreich, in Italien und in Österreich. Ich möchte doch wissen, ob sich dann etwas rührt. Ein Mädchen ist verschwunden, das ist eine Tatsache, und es müßte doch mit dem Teufel zugehen, wenn sich dafür keiner interessiert. Also kommt zurück.«

Wenn der Oberlandesgerichtspräsident a. D. in diesem Ton sprach, pflegte auch sein Sohn Clemens zu gehorchen.

Für den nächsten Morgen hatten sie also ihre Abreise beschlossen, Juschi war mißgestimmt, packte ihren Koffer und fand nun auch, daß die ganze Reise ein Schmarrn gewesen sei. Clemens fuhr gegen Abend noch einmal zum Cap hinaus, ließ den Wagen in einer Seitenstraße stehen, schlenderte zum Leuchtturm, blickte aufs Meer hinaus, das heute bewegt und unruhig war, ein starker Wind blies von Süden, ein warmer Wind, der ihm Kopfschmerzen verursachte.

Clemens war auch verärgert. Er wußte nun, wo Carone herstammte, und hatte eigentlich die Absicht gehabt, am nächsten Tag nach Italien zu fahren und in Finale Ligure weiterzuforschen. Aber seine Mutter hatte unwirsch erklärt: »Ach, hör auf, weiter James Bond zu spielen. Ludwig hat ganz recht, wir machen uns ja lächerlich. Was er vorgeschlagen hat, ist vernünftig. Ich jedenfalls reise morgen. Wenn du nicht mitkommst, dann fahre ich eben mit dem Zug.«

Damit war die Sache entschieden.

Und dann sah er sie.

Clemens ging langsam, die Hände in den Hosentaschen, den Boulevard du Cap entlang, der silbergraue Bentley rollte ihm entgegen, in langsamem Tempo, gerade vor ihm bog er in eine Seitenstraße ein, die Straße, die zum Mas Maurice führte. Clemens sah sie genau, die schöne blonde Frau, und er wußte sofort, daß es Anita war. Am Steuer saß ein gutaussehender dunkelhaariger Mann.

Also kehren sie endlich zurück. Sein ersten Impuls war, dem Wagen sofort zu folgen. Ein wenig später kam er am Mas Maurice vorbei. Die Tür stand weit offen, im Haus waren alle Fenster erleuchtet, denn es dämmerte nun schon, es wurde früher dunkel.

Wenn er einfach hineinging?

Doch gerade wurde die Tür geschlossen, von dem Mann, den Clemens schon im Garten gesehen hatte.

Also besser erst einmal telefonieren. Denn die Nummer vom Mas Maurice kannte er inzwischen.

Er fuhr nach Juan-les-Pins zurück, um Juschi zu berichten.

»Morgen können wir auf keinen Fall fahren«, sagte er.

»Ich hab keine Lust mehr«, sagte Juschi gereizt.

»Aber ich bitte dich! Sie sind jetzt da. Ich telefoniere jetzt. Warte erst mal ab.«

Am Telefon war die Stimme, die Clemens schon kannte, der Zerberus von der Tür. Auch sie schien seine Stimme zu erkennen.

»Madame ist nicht zu sprechen. Madame ist ermüdet von der Reise.«

»Sagen Sie Madame, daß ich Virginia suche.«

»Comment?«

Clemens wiederholte langsam den gleichen Satz.

»Ich werde es ausrichten«, lautete die Antwort.

»Ich rufe morgen wieder an.«

»Nicht vor elf Uhr, bitte«, kam es zurück, dann wurde eingehängt, er kam nicht mehr dazu, sein Hotel zu nennen, seine Telefonnummer zu geben.

»Morgen wird sie mich empfangen, die Dame«, sagte Clemens wütend, »und wenn nicht, erscheine ich dort mit der Polizei.«

»Das wirst du bleibenlassen«, sagte Juschi energisch. »Vielleicht hat sie wirklich keine Ahnung. Du wirst erst mit ihr sprechen, und ich werde mitkommen. Ich denke nicht, daß sie mich vor der Tür stehen läßt, wenn sie mich sieht.«

»Ja, wenn!«

»Wir telefonieren vorher.«

Nach dem Abendessen, das Rose mit Liebe und Sorgfalt zubereitet hatte, berichtete sie von dem Besucher, der schon zweimal dagewesen sei und von dem Anruf an diesem Abend.

»Er fragte nach einer Mademoiselle Virginia. Und heute sagte er: Ich suche Virginia.«

Anita sah sie erstaunt an.

»Er sprach von – Virginia?«

»Genau die Worte, die ich eben sagte.«

Anita blickte Danio an.

»Verstehst du das?«

Danio hob die Schultern.

»Nein. Wer soll das verstehen?«

Sein Blick war starr. Was bedeutet das? Wer fragte nach Virginia? Die Polizei? Der Vater, der angeblich tot war? Befragt, berichtete Rose weiter, es sei ein junger Mann gewesen, beim erstenmal habe er eine ältere Dame bei sich gehabt. Dann holte sie die Visitenkarte, die Clemens ihr gegeben hatte. Anita betrachtete sie eine Weile, dann machte sie erstaunt:

»Ach!«

»Kennst du den?« fragte Danio nervös.

»Nein. Clemens Landau, den kenne ich nicht. Aber ich kenne einen, der hieß – warte mal, ja, Ludwig hieß er. Ludwig Landau. Das war ein Freund von Ferdinand. Er war Anwalt, irgendwo in Bayern. Und er war dabei, als wir heirateten, er und seine Frau. Er war sogar unser Trauzeuge. Ludwig Landau, natürlich. Später hat er uns dann noch mal in Berlin besucht. Im Krieg, nachdem Ferdinand so schwer verwundet war und eine Zeitlang Urlaub hatte. Da war er noch mal da. Ohne seine Frau. Aber was hat das alles mit Virginia zu tun?«

Und dann sagte sie etwas Fürchterliches. Sie sagte zu Rose, die immer noch am Tisch stand, die Hände über der Schürze gefaltet:

»Virginia ist meine Tochter.«

Selbst Rose verlor die Fassung.

»Ihre Tochter, Madame? Sie haben eine Tochter?«

»Ja, Rose, stellen Sie sich vor, ich habe eine Tochter. Und sie heißt Virginia. Sie ist bei meinem ersten Mann aufgewachsen, ich habe sie lange nicht gesehen. Und ich...«

Sie war ganz blaß. Danio griff nach ihrer Hand.

»Es wird schwierig sein, die ganze Geschichte jetzt zu erklären«, er sprach deutsch. Und dann zu Rose, auf französisch: »Wir nehmen den Kaffee im Terrassenzimmer.

Komm, Anita«, er zog sie sanft vom Stuhl hoch.

»Da kannst du gleich dein neues Bild noch einmal in Ruhe betrachten. Und was diese Sache betrifft, warten wir doch erst einmal ab, was dieser Herr morgen zu sagen hat. Falls er wieder anruft. Komm!«

»Ich verstehe das alles nicht. Warum sucht irgend jemand Virginia bei mir? Ob Ferdinand dahintersteckt? Aber er hat mir nie geantwortet.«

»Ich verstehe es auch nicht. Aber mach dir jetzt keine Sorgen. Unser erster Abend zu Hause. Morgen wird sich alles aufklären.«

Zu spät, verdammt, zu spät. Morgen wird sich alles aufklären! Warum hatte er das Mädchen nicht entfernt, ehe er zu Anita fuhr. Was war zu tun? Am liebsten wäre er noch am gleichen Abend hinaufgefahren zur Ferme. Vielleicht war ein Wunder geschehen, und Virginia war fort, auf und davon, hatte sich in Luft aufgelöst, war von selbst in den Abgrund gestürzt. Morgen früh mußte er gleich hinauf. Anita frühstückte im Bett, er würde ihr ein paar Minuten Gesellschaft leisten, dann sagen – sagen... na, irgend etwas würde ihm schon einfallen, was er sofort erledigen mußte. Den Paß holen bei Lucia? Nein, dazu war keine Zeit mehr, erst hinauf zur Ferme.

»Sie hat eine Tochter«, erzählte Rose in der Küche. »Und diese Leute, die hier waren, denken, sie ist bei uns.«

»Wer?«

»Die Tochter. Kannst du das verstehen? Madame war ganz überrascht, sie sagt, sie hat ihre

Tochter lange nicht gesehen. Sie heißt Virginia. Verstehst du das?«

»Wie kann ich das verstehen? Wenn Madame nichts davon weiß – schmal ist sie geworden, nicht?«

»Ja. Ich werde gut, sehr gut für sie kochen. Na so was! Eine Tochter!«

»Hör auf, dich um Sachen zu kümmern, die dich nichts angehen.«

»Aber natürlich geht es mich an. Sie hat es selbst gesagt. Ich habe eine Tochter. Sie heißt Virginia.« Und mit einem Lächeln fügte Rose hinzu: »Das wäre doch schön, wenn wir eine Tochter im Haus hätten.«

Der Berg

Danios Aufbruch am nächsten Morgen verzögerte sich, Anita fand es höchst gemütlich, wieder im eigenen Bett zu frühstücken, sie plauderte, wollte, daß er bei ihr blieb.

»Warum mußt du überhaupt so eilig wegfahren? Was kann denn schon so wichtig sein?«

Er müsse nach Cannes, er erzählte etwas von einem Schneider, einer Anprobe, die er sowieso schon hinausgezögert habe.

»Dann hat es auch noch weiter einen Tag Zeit. Ich bin so neugierig, ob dieser Mann anrufen wird. Und was er mir sagen wird über Virginia. Bist du nicht neugierig? Du siehst mich so komisch an. Was hast du denn?«

Verzweifelt sah er sie an. In seinem Kopf rasten die Gedanken. Wenn er sie einfach in die Arme nahm und ihr alles erzählte? Es sollte eine Überraschung werden für dich, Anita. Aber dann warst du nicht da.

Und wie sollte er erklären – Dio mio, es ließ sich nicht erklären.

Dann hörten sie das Telefon klingeln, und Rose stellte das Gespräch durch auf den Apparat, der sich neben Anitas Bett befand.

Zu spät. Vorbei.

Es war nicht der Mann namens Landau, es waren Bekannte, die in der Nähe ein Haus hatten, ein amerikanisches Ehepaar, mit denen sie manchmal ausgingen oder sich gegenseitig zu einem Drink besuchten. »Wo haben Sie nur so lange gesteckt, wir haben Sie vermißt...«, so begann das Gespräch, und Anita unterhielt sich angeregt mit der Anruferin. Sie habe einen Unfall gehabt in Paris, ach nein, nicht weiter schlimm, eine kleine Gehirnerschütterung und eine Rippe gebrochen. Ja, eine Weile sei sie in einem Krankenhaus gewesen, und dann zur Erholung in den Bergen. Ja, danke, es ging ihr viel besser. Sicher, es wäre nett, sich bald zu sehen. Vielleicht morgen. Ja, gern.

Während des Telefonats entfernte sich Danio, um weiteren Fragen und Lügen aus dem Weg zu gehen. Er raste aus dem Haus, holte den Bentley aus der Garage und fuhr los, so schnell es nur möglich war.

Die Sprachregelung mit dem Unfall hatten sie so abgesprochen. Anita meinte, sie fände es albern, jedermann von ihrer Operation zu erzählen. Das gehe ja niemand etwas an. Es sei überhaupt schrecklich, wenn man die Umwelt mit Krankheitsgeschichten langweile. Eine gebrochene Rippe und ein wenig Gehirnerschütterung, das sei gerade noch erträglich.

In Cannes hielt Danio kurz an, um ein seidenes Tuch zu kaufen. Didos Gebot, dem Mädchen die Augen zu verbinden, war ihm eingefallen.

Er war kaum aus dem Haus, als Anita den

zweiten Anruf des Tages erhielt. Diesmal war Juschi am Apparat.

»Hier ist Juliane Landau«, sagte sie. »Sie werden sich kaum an mich erinnern, Anita.«

Sie sprach sie einfach mit Anita an. Madame zu sagen oder Frau Henriques, wäre ihr zu läppisch vorgekommen.

»Aber natürlich erinnere ich mich«, sagte Anita liebenswürdig.

»Nur Juliane kommt mir fremd vor, nannte man Sie nicht Juschi?«

Das war ein guter Anfang, fand Juschi und lachte erleichtert.

»Ja, das stimmt. Ich dachte nur, Sie wüßten überhaupt nicht mehr, wer ich bin.«

»Aber ich bitte Sie! Es ist zwar viel Zeit vergangen, Juschi, wir sind älter geworden, aber mein Gedächtnis ist noch intakt. Auch wenn ich gerade einen kleinen Unfall hinter mir habe.« Folgte die Geschichte von Rippe und Gehirnerschütterung, so war das gleich erledigt.

»Ach, darum waren Sie so lange nicht da. Wenn wir das gewußt hätten! Ihre Haushälterin, oder wer das ist, war nicht zu bewegen, irgendeine Auskunft zu geben.«

»Ja, Rose ist sehr diskret. Sie sagten ›wir‹, Juschi. Ich nehme an, das bezieht sich auf Clemens Landau. Ich habe gestern abend noch darüber nachgedacht, es handelt sich um Ihren Sohn, nicht wahr?«

Das war ihr zwar eben erst eingefallen, daß es da

ein paar Kinder gegeben hatte, und eines davon hieß Clemens.

»Das finde ich großartig, daß Sie das noch wissen.«

»Aber ich weiß doch genau, was für gute Freunde die beiden waren, Ihr Mann und Ferdinand. Ich nehme an, das ist so geblieben.«

»Ja, das ist so geblieben.«

Eine kleine Pause entstand, in der Juschi überlegte, ob sie gleich von Ferdinands Tod berichten sollte. »Anita«, begann sie dann vorsichtig, »es ist so. Ich würde Sie gern sprechen. Nicht nur am Telefon. Es gibt einige seltsame Vorkommnisse...« Juschi stockte, sie drückte sich so geziert aus, wie es sonst gar nicht ihre Art war.

Energisch fuhr sie fort: »Ich muß Sie sprechen, und zwar noch heute. Es handelt sich um Virginia.«

»Das sagte Rose bereits gestern. Was ist mit ihr?«

»Sie ist verschwunden. Und wir dachten, sie müßte bei Ihnen sein.«

»Bei mir? Aber ich weiß ja gar nicht, wo sie ist. Ich weiß nicht einmal, ob sie noch lebt. Ferdinand hat mir auf meine Briefe nicht geantwortet.«

»Sie haben ihm öfter geschrieben?«

»Dreimal. Und meinem letzten Brief lag ein Brief an Virginia bei.«

»Ja, den kennen wir. Wann können wir uns sehen?«

»Sie rufen aus München an?«

»Nein, nein, keine Rede davon. Wir sind in Juan-les-Pins, Clemens und ich.«

»Ja, dann ist es ja überhaupt kein Problem. Sie kommen heute nachmittag zum Tee. Um fünf, oder auch schon um vier, ganz wie Sie wollen.«

Juschi hätte am liebsten gesagt: Nein. Jetzt sofort. Doch sie beherrschte sich. Zeit war genug vergangen seit Virginias Verschwinden, es würde also noch Zeit haben bis zum Nachmittag.

Sie konnte nicht ahnen, wie entscheidend der Faktor Zeit mittlerweile geworden war. Aber auch wenn sie sofort zu Anita gekommen wären, Danio hätten sie nicht mehr einholen können, sie kannten ja nicht einmal Weg und Ziel.

Sein Ziel erreichte Danio um die Mittagszeit. Heute hatte er sogar die einsame Straße am Berg entlangfahren wollen, aber die schmale Straße war gesperrt. Attention – danger! stand da. War also wieder ein Steinschlag niedergegangen. Er mußte durch Lassange fahren, und er dachte, daß es besser gewesen wäre, einen unauffälligen Wagen zu mieten. Dem Bentley sah hier oben jeder nach. Aber in Lassange waren die Straßen leer, es war Mittagszeit. Auf der Rückfahrt mußte er aufpassen.

Die Ferme lag still und verlassen im Sonnenlicht. Es war kühl hier oben in den Bergen, windig. Die Ziegen waren nicht zu sehen, auch keine Hühner.

Dido war also wirklich fort. Und das Mädchen?

Die Tür war unverschlossen, er trat ein und sah sich um. Auf dem Sofa lag die Katze, stand auf, als er kam, und streckte sich, machte einen Buckel. Auf dem Tisch stand ein leeres Glas, Reste von Milch darin. In der Küche fand er ein frisches Baguette, ein großes Stück Käse, eine ungeöffnete Flasche Wein. Er ging von Raum zu Raum, von Virginia keine Spur. Aber sie mußte wohl da sein. Hauste sie wirklich ganz allein auf der Ferme? Und wo war sie?

Die Zeichnungen, die Bilder, die überall herumlagen, brachten ihn darauf, daß sie irgendwo draußen sein mußte. Sie malte, tagein, tagaus, das hatte Dido ja gesagt. Er ging um das Haus herum, über die Wiese bis zum maquis, zum Waldrand, er blickte in alle Richtungen, Virginia war nicht zu sehen.

Der schmale, steinige Pfad, der in den Wald führte, das blieb die einzige Möglichkeit. Langsam, dann immer schneller, folgte er ihm. Bald ging es steil bergauf, er kam außer Atem, blieb stehen, überlegte. Sollte er lieber umkehren? Sie konnte hier und dort sein in der Umgebung des Hauses. Aber dann ging er weiter, angstvoll, gejagt, tausend wirre Gedanken im Kopf. Der Wald war sehr dicht, es wurde dunkel um ihn, seine eleganten Slipper bekamen Kratzer von den Steinen. Dann hörte er Schüsse in der Ferne. Es war Jagdzeit. Für alles, was sich jetzt bewegte, war es gefährlich in den Bergen. Die Provençalen schossen, was sie kriegen konnten, das wußte er.

Dann wurde der Wald lichter, der Himmel war zu sehen, und dann die Mauern der Ruine. Die Römerburg, von der Dido ihm erzählt hatte. Der Ausblick war überwältigend. Gegenüber ein riesiger Berg, der steil in den Himmel ragte, ein jäher Abhang, dann der nächste Berg. Was für ein erbarmungsloses Land! Doch zwischen den Mauerresten der Ruine dicke, blaue Büschel von Lavendel.

Und dann sah er sie.

Ganz am Ende des Plateaus, auf einem Mäuerchen der Ruine, saß sie, genau, wie er sie das letztemal gesehen hatte, einen Zeichenblock auf den Knien.

Was malte sie? Den harten Berg ihr gegenüber, den Abhang, den nächsten Berg, das kalte Blau des Himmels, die Weite, die unendliche Einsamkeit?

Er ging langsam und lautlos auf sie zu, und als er nahe genug herangekommen war, sah er, daß sie zwei Schritte entfernt von einem nahezu senkrechten Absturz saß. Eine tiefe, nie ergründbare Schlucht mußte es sein.

Danio dachte: Ich gebe ihr einen Stoß, sie stürzt da hinunter, keiner wird sie jemals finden, keine Spur wird es von ihr geben. Tiere wird es geben, die ihre Leiche fressen. Sie wird vom Erdboden verschwunden sein. Kalter Schweiß trat auf seine Stirn, vor Entsetzen verhielt er den Schritt. Aber dies war die Lösung, keine andere konnte es geben.

Hatte ein Stein unter seinem Fuß geknirscht, war es Instinkt? Virginia wandte sich um. Erblickte ihn.

»Danio!« rief sie.

Sie drehte sich auf ihrem luftigen Sitz, den Abgrund nun in ihrem Rücken.

Er trat langsam näher.

»Hier bist du! Ich habe dich überall gesucht.«

»Und ich dachte schon, kein Mensch wird jemals wieder nach mir fragen.«

Sie lachte ein wenig, sie war sehr froh, ihn zu sehen. Denn ihr Leben auf der Ferme, seit Dido fort war, hatte sie das Fürchten gelehrt. Weniger am Tage, wenn die Sonne schien. Aber einmal war der Mistral über die Berge hergefallen, sie konnte nicht vor die Tür, so heftig packte er sie. Und am Abend, in der Nacht war das Alleinsein kaum zu ertragen. Sie hielt Cattie im Arm, wärmte sich an ihrem Fell – und sie betete.

Es war töricht, sich zu fürchten. Gott war bei ihr, und der Herr Jesus beschützte sie. Und irgendwann würde jemand sie hier abholen.

Der einzige, der treulich kam, war Charlot. Wenn er in Lassange gewesen war, brachte er frisches Brot, auch Fleisch, er brachte Milch und Käse von den Ziegen, er brachte Eier. Hungern mußte sie nicht, außerdem waren genügend Konserven im Haus. Und die Verständigung mit Charlot ging nun auch etwas besser. Er bewunderte ihre Bilder, nahm sie in die Hand, schnalzte anerkennend mit der Zunge. Aber wenn er gegangen war, blieb sie allein. Bücher gab es nicht im Haus, es gab ein Transistorradio, dessen Batterien längst verbraucht waren. Wenn das Malen und Zeichnen nicht gewesen wäre, so hätte nackte Verzweiflung Virginia gepackt. Aber nun war ja alles gut. Ein Mensch war da, Danio war da.

Er stand jetzt dicht bei ihr, sie lachte, sie sagte: »Ich dachte schon, Sie hätten mich ganz vergessen.«

Er lächelte verzerrt. So wie er jetzt neben ihr stand würde es schwer sein, sie zu stoßen.

Da stand sie auf.

»Haben Sie von Dido etwas gehört?«

Er schüttelte den Kopf.

»Dido müssen Sie vergessen, so wie ich sie vergessen habe.«

»Ich werde sie nie vergessen«, sagte Virginia schwärmerisch. »Dido ist gut.«

Danio zuckte die Achseln, schwieg. So wie sie jetzt stand, würde es besser gehen. Wenn er einen Schritt zurücktrat, dann gegen sie prallte – nein, dann konnte er selbst mit abstürzen. Sie konnte sich an ihm festhalten, dann stürzten sie beide.

»Dido ist Ihre Schwester, wie können Sie sagen, daß Sie sie vergessen haben?«

»Dido ist nicht meine Schwester«, sagte er grob. »Sind Sie immer noch so dumm, Virginia, daß Sie nichts begreifen?«

Sie sah ihn mit großen, erschrockenen Augen an, schwieg. Und nun wußte er, wie er es machen mußte. Wenn sie einen Schritt zurücktrat, war sie nahe genug am Abgrund. Und er mußte sie erst halten und dann stoßen. Und selbst sofort zurückspringen. »Es war sicher sehr einsam in letzter Zeit«, sagte er, und ein mühsames Lächeln verzerrte seinen Mund. »Aber ich bin froh, Sie gesund wiederzufinden.«

»Ich bin auch sehr froh, daß Sie gekommen sind. Ja, es war einsam.«

Sie lächelte scheu zurück, er streckte die Arme aus und zog sie vorsichtig an sich und machte dabei den kleinen entscheidenden Schritt nach vorn.

Virginia wehrte sich nicht gegen diese Umarmung, sah ihn stumm an, ein wenig erschrocken vielleicht, und als er sein Gesicht neigte, um sie zu küssen, wehrte sie sich auch nicht.

Ich küsse sie, dachte Danio, und dann lasse ich sie ganz plötzlich los, und dann ... warum wehrt sie sich nicht, es ginge viel besser, wenn sie sich wehren würde.

Ich kann es nicht. Madonna, ich kann es nicht. Ich kann sie nicht dort hinunterstoßen.

Kalter Schweiß rann über seine Stirn, sein Herz klopfte wie ein Hammer, seine Hände waren eiskalt, er hielt sie immer noch an sich gepreßt, sein Mund verbiß sich in ihren Mund, denn wenn er aufhörte, sie zu küssen, mußte er es tun.

Ich kann es nicht. Ich kann es nicht. Ich muß es tun. Es bleibt mir keine andere Wahl. Ich muß es tun.

Endlich versuchte Virginia, sich von seinem wütenden Kuß zu befreien, sie stemmte die Hände gegen seine Brust, sie bog den Kopf zurück.

Jetzt, dachte er, jetzt!

Ich kann es nicht.

Von rechts, aus dem Wald her, tönte eine Stimme.

Danio ließ sie so plötzlich los, daß sie beinahe

von selbst gestürzt wäre. Er riß sie am Arm zu sich her, trat, sie festhaltend, vom Abgrund zurück.

»Dio mio, paß doch auf!«

Virginia starrte ihn in sprachlosem Entsetzen an. Auch sie sah, wie nahe sie dem Abgrund gewesen waren, sie hatte ihn ja schließlich von ihrem Mäuerchen aus ständig vor Augen gehabt. Und dann dieser Kuß! Es war der zweite ihres Lebens, und er war fürchterlich gewesen. Über die Mauern der Ruine kam Charlot herangestiefelt, in den Händen einen Korb, den er triumphierend vorwies. Pilze, nichts als Pilze. Das würde ein Festmahl geben!

Danios plötzliches Vorhandensein erstaunte ihn nicht im geringsten. Er hatte ihn früher schon gelegentlich bei Dido gesehen, und er fand es ganz normal, daß jemand sich um das einsame Mädchen kümmerte.

Er zeigte ihnen wieder die Pilze, nahm einzelne heraus, nannte sie beim Namen. Ob er Monsieur einladen dürfe zum Essen!

Danio lachte. Er nahm sein Taschentuch und wischte sich den Schweiß von der Stirn. Er fühlte sich so befreit, er war so glücklich wie nie zuvor in seinem Leben.

Was für ein Alptraum war das gewesen! Einen Mord hatte er begehen wollen, einen Mord.

Er schloß Charlot in die Arme, küßte ihn auf beide Wangen. »Grazie«, sagte er dabei, »grazie, Signore.« Und mit einem Blick zum Himmel: »Grazie, Madonna.«

Charlot war auch darüber nicht erstaunt, er war

ein Mann der Kirche, er fand es ganz normal, daß man der Madonna und den Heiligen dankte, für was auch immer. Waren die Pilze gemeint? Nun, warum nicht, auch sie waren ein Geschenk des Himmels.

Danio legte den Arm um Virginia, zog sie fest an sich. Dann erklärte er dem Alten, daß er gekommen sei, um Virginia abzuholen. Nein, sie könnten leider diese wunderschönen Pilze nicht mit ihm essen. Aber alle im Dorf würden sich bestimmt darüber freuen. Und dies hier, dabei griff er in die Tasche und drückte Charlot einen großen Schein in die Hand, sei für den passenden Wein zum Pilzgericht. Aber nun müßten sie sich verabschieden.

»Schließen Sie die Ferme gut ab«, sagte er. »Lassen Sie keinen Fremden herein.«

Charlot nickte und nickte. Dann streichelte er Virginias Hand und wünschte ihr Gottes Segen für ihr weiteres Leben. Er war sich klar darüber, daß sie nie zurückkehren würde. Die andere, die Dunkelhaarige, die würde vielleicht eines Tages wieder da sein. Das konnte man nicht wissen.

Solange er lebe, sagte er, würde er die Ferme behüten. Später müsse man sie Gottes Schutz anvertrauen.

Danio nickte, ganz ernsthaft nun. Ja, das sei der beste Schutz für die Ferme Confiance.

Auch er würde nie wieder herkommen.

Dann ergriff er Virginias Hand, und so schnell es ging, liefen sie bergab.

Er ließ Virginia keine Zeit, von der Ferme Abschied zu nehmen, auch sonst durfte sie nichts mitnehmen, nicht das weiße Kleid mit den blauen Blümchen, nicht die einst so heißersehnten geflochtenen Sandaletten. So wie sie war, im bunten Leinenrock, mit einer von Didos weißen Blusen, Sandalen an den Füßen, so war sie gerade recht. Nur die Katze durfte sie mitnehmen. Aber nicht die Bilder.

»Meine Bilder?« fragte Virginia betrübt.

»Du wirst andere Bilder malen. Es darf kein Zeugnis geben von der Ferme Confiance, verstehst du?«

Wie sollte sie das verstehen?

Ebensowenig verstand sie, warum sie sich auf den Boden im Fond des Wagens setzen mußte, warum er ihr die Augen verband. »Dido will es so«, sagte er kurz. »Du hast gesagt, sie war gut zu dir. Nun kannst du es ihr danken. Es gibt keinen Weg zur Ferme, du darfst ihn nie wieder finden. Wenn du dir die Binde von den Augen nimmst, setze ich dich hinaus, und du wirst nie wissen, wohin du gehörst.«

Er verknotete sanft das Tuch an ihrem Hinterkopf, küßte sie dann auf die Wange.

Er war so glücklich.

Gott hatte ihn bewahrt, die Madonna hatte ihn bewahrt, Charlot hatte ihn bewahrt, etwas Furchtbares zu tun.

Wenn er das nächstemal zu seinen Eltern kam, würde er eine Messe lesen lassen, für alle verlorenen Seelen.

Ich danke dir, Gott! ich danke dir, Madonna! ich danke dir, meine Mutter, daß du bei mir warst und meine Hand festgehalten hast.

»Wo fahren wir denn hin?« fragte Virginia eingeschüchtert, als sie hinten auf dem Boden des Wagens saß, die Augen verbunden, die Katze an sich gedrückt.

»Wo wir immer hinfahren wollten. Ich bringe dich jetzt zu deiner Mutter.«

Virginia hatte die Augen geschlossen hinter dem weichen seidenen Tuch. Sie hätte gern geweint. Sie senkte den Kopf und schwieg.

Teestunde

Juschi und Clemens kamen um halb fünf. Rose öffnete ihnen die Tür und geleitete sie nach höflichem Gruß zum Terrassenzimmer, in dieses schöne große Zimmer mit den weißen Möbeln und den hellrosa getönten Wänden. Alles war licht und hell, überall im Zimmer standen Blumen, draußen sah man den gleißend blauen Himmel über dem Grün der Bäume.

Anita trat von der Terrasse ins Zimmer herein, kam auf sie zu. Sie trug ein Kleid aus zartgrüner Seide, die das Grün ihrer Augen unterstrich. Ihr Anblick war atemberaubend.

Clemens dachte: Donnerwetter! Was für eine Frau! Der arme alte Ferdinand, wie ist er bloß an so was gekommen?

Und Juschi wurde sich der Pfunde bewußt, die sie zuviel hatte, es waren nicht allzu viele, aber immerhin, für ein paar Polster sorgten sie doch.

Die Begrüßung Anitas war freundlich, ja herzlich. Sie sagte, wie sehr es sie freue, endlich eine Verbindung zu Ferdinand erreicht zu haben, wenn auch auf Umwegen, aber da dieser Umweg ihr Juschi ins Haus bringe und dazu einen so wohlanzusehenden jungen Mann, könne sie sich wirklich nicht beklagen. Das brachte sie alles gewandt, sicher und mit größter Liebenswürdigkeit hervor, so daß den Besuchern nichts anderes übrigblieb, sich diesem Ton anzupassen. Also tauschten sie eine Weile Höflichkeiten aus, sie saßen auf dem weißen Sofa um den niedrigen Glastisch, unter den blauen Bildern des Malers Castellone.

Der Tisch war nahe der Tür gedeckt, doch innerhalb des Zimmers, Anita meinte, es sei ein wenig windig draußen, der Blick sei der gleiche, und sie könnten ungestört plaudern.

Rose brachte eine Kanne mit Tee, eine Kanne mit Kaffee zur Auswahl, Gebäck und Kuchen.

Plaudern war das richtige Stichwort gewesen.

Dies sei kein Teebesuch herkömmlicher Art, sagte Juschi, und zum Plaudern seien sie auch nicht gekommen, es gebe, ganz im Gegenteil, einige ernsthafte und auch unangenehme Dinge zu besprechen. Anita zog unbehaglich die Schultern hoch. »Davon sprachen Sie schon am Telefon. Hoffentlich ist es nichts Schlimmes.«

Du Luder, dachte Juschi da wieder zum erstenmal, du richtest dir das Leben nach deinem Geschmack. Unangenehmes willst du weder hören noch sehen und auf jeden Fall von deinem Leben fernhalten. Du bist geblieben, wie du immer warst, schön und herzlos, charmant, doch eiskalt.

Kein Grund, die Dame zu schonen. Juschi ging zum Angriff über, denn Clemens schwieg, bereits dem Zauber dieser Frau verfallen.

»Die Verbindung zu Ihnen, freilich, in gewisser Weise hat Ferdinand sie hergestellt. Es war der Brief, den Sie an Ihre Tochter geschrieben haben und den er bei sich trug. Kurz bevor Ferdinand starb, bekam mein Mann den Brief von ihm. Von den anderen Briefen haben wir nichts gewußt.«

»Er ist tot?« fragte Anita mit großen Augen, aber auch nicht ein Schatten von Trauer flog über ihr Gesicht.

»Er starb in einem Krankenhaus in Frankfurt«, berichtete Juschi, »Ende Juli. Am Tag zuvor war er noch bei uns gewesen. Da kam er von Virginia.«

»Ach!« machte Anita verständnislos. »Virginia geht es also gut. Er war bei ihr. Wo eigentlich? Er hat mir nie mitgeteilt, wo das Kind sich befindet. Und warum vermuten Sie eigentlich, daß sie hier ist?«

»Ich glaube, Mutter, du müßtest das richtig der Reihe nach erzählen«, sagte Clemens ungeduldig.

»Ja schon«, sagte Juschi, »aber wo soll ich anfangen?«

»Nun, nicht gerade bei Virginias Geburt, die kennt Madame ja«, ein wenig Sarkasmus klang in seiner Stimme mit, doch den Blick, den Anita ihm zuwarf, erwiderte er mit einem Lächeln.

»Rose wird erst eingießen«, Anita wies auf den gedeckten Tisch, »sagen Sie ihr, was Sie mögen, Kaffee oder Tee.«

Nachdem auch dies vollbracht war, Rose den Kuchen angeboten hatte, den alle ablehnten, Anitas Lächeln etwas Starres bekam, fiel Juschi immer noch nicht ein, wie sie das Thema behandeln sollte. Diese Frau schien so unangreifbar, so sternenweit von jeder Wirklichkeit entfernt, geschützt durch ihre Schönheit und ihren Reichtum.

Was sie nicht wissen konnte: Anita kochte innerlich vor Wut. Seit dem Vormittag war Danio verschwunden, sie hatte keine Ahnung, wo er war, das Mittagessen mußte sie allein einnehmen, kein Anruf, keine Erklärung.

Wenn er zurückkommt, werde ich ihn rauswerfen. Im hohen Bogen werde ich ihn hinausschmeißen, und diesmal für immer. Das ging ihr durch den Kopf während sie lächelnd ihren Tee trank.

»Also«, sagte Juschi.

»Du fängst am besten mit Virginias Geburtstag an« kam ihr Clemens zu Hilfe. »Dank Onkel Ferdinand, dank der Oberin und den beiden Mädchen haben wir ja einen ziemlich lückenlosen Bericht über den Geburtstag und die beiden darauffolgenden Tage. Erst danach wird's nebulos.«

»Das klingt alles sehr geheimnisvoll«, sagte Anita, wünschte die Besucher zum Teufel und lauschte, ob nicht endlich Danios Schritt zu hören war.

Juschi hatte sich soweit gefaßt, daß sie ohne Stocken und ganz sachlich über die Geschehnisse berichten konnte.

Anita hörte zu, machte kleine Zwischenrufe.

»Er hat das Kind glauben lassen, ich sei tot. Das ist ja unerhört.« – »In ein Kloster hat er sie gesteckt Wie entsetzlich!« – »Sie ist einfach durchgebrannt mit einem Mann? Das finde ich fabelhaft. Ein wenig von meinem Temperament hat sie dann wohl geerbt.«

Und am Ende: »Gott, der arme Ferdinand! Wie schrecklich!« Sie langte nach einem petit four, teilte es mit der Kuchengabel in drei Teile und aß es mit Genuß.

Juschi und Clemens tauschten einen Blick.

Clemens nahm sich nun auch ein Gebäck, mehr um sich zu beschäftigen, dann sagte er sachlich: »Ich denke, Sie haben jetzt einen genauen Überblick gewonnen, was sich in den letzten sechs Wochen ereignet hat. Was ist Ihre Meinung dazu?«

»Sie erwarten, daß ich eine Meinung dazu haben soll?« sagte Anita und erwiderte kühl seinen Blick. »Wie kann ich das denn? Gut, ich habe Ferdinand verlassen und mich um das Kind nie gekümmert. Sicher werden Sie mir das zum Vorwurf machen. Ich widerspreche auch nicht. Erstmals im vergangenen Jahr, dann in diesem Jahr habe ich versucht, Kontakt zu Ferdinand zu bekommen. Ich gebe zu, ich habe mich nicht besonders angestrengt. Ich wußte, daß er wieder verheiratet ist, ich wußte, wo er lebt, das war Detektivarbeit. Und ich hatte den Wunsch, endlich meine Tochter kennenzulernen. Wenn Sie finden«, sie zuckte hochmütig die Achseln, »daß mir das reichlich spät eingefallen ist, nun gut, diesen Vorwurf muß ich hinnehmen. Nun ist sie mir zuvorgekommen und hat sich offensichtlich für ein freies Leben entschieden. Sie hat einen Freund und ist mit dem auf und davon. So etwas gibt es ja. Wie Sie selbst sagen, ist sie ohne

Liebe aufgewachsen. Ferdinand hat sich kaum um sie gekümmert. Ihre Mutter war angeblich tot. Wer kann sie dafür tadeln, daß sie Liebe da nahm, wo sie ihr geboten wurde?«

»Es war ein Italiener, mit dem sie auf und davon ist, wie Sie es nannten, Madame«, sagte Clemens.

»Das vermuten die beiden Mädchen da im Kloster, die ihn kurz gesehen haben. Und wenn auch! Italiener können sehr gute Liebhaber sein.«

Juschi schob mit einem Klirren ihre Tasse zurück.

»Ich glaube, Anita, Sie verstehen gar nicht, worum es hier geht. Virginia ist entführt worden.«

»Davon war bis jetzt nicht die Rede. Kein Mensch hat irgendeine Gewaltanwendung beobachtet. Warum denn so dramatische Gedanken? Warum kann es nicht einfach eine Liebesaffäre sein? Bei einer Entführung steckt doch meist ein Zweck dahinter, nicht wahr? Es geht um Geld. Der Entführer meldet sich mit seinen Ansprüchen.«

»Geld verlangen könnte er nur von Ihnen«, sagte Clemens. »Und Sie waren wochenlang nicht aufzufinden.«

Anita wurde auf einmal ernst. Keine Falte erschien auf ihrer glatten Stirn, doch sie hob die Hand in einer abwehrenden Geste.

»Sie meinen... Sie meinen, es könnte jemand Lösegeld von mir verlangen? Weil er meine Tochter entführt hat?«

»Das wäre eine denkbare Möglichkeit.«

»Aber ich bitte Sie, wer auf der weiten Welt

wußte denn, daß Virginia meine Tochter ist? Sie sagen selbst, Ferdinand hatte mich für tot erklärt. Wie sollte irgendein Italiener auf die Idee kommen, Virginia hätte eine Mutter, die in der Lage ist, Geld für diese Tochter zu bezahlen? Wenn er wirklich wußte, daß ich die Mutter bin, dann wußte er auch, daß ich mich nie um dieses Kind gekümmert habe. Warum sollte ich auf einmal Geld dafür bezahlen?«

»Es klingt schrecklich, wie Sie das sagen, Anita«, sagte Juschi leise.

»Bitte, lassen Sie uns nicht sentimental sein. Wir sprechen jetzt ganz sachlich über die Möglichkeiten. Natürlich würde ich Geld für Virginia bezahlt haben, wenn es jemand von mir verlangt hätte. Und so aus der Welt war ich ja nicht. Ich befand mich in Paris. Mein Personal hier kannte meine Adresse. Ein Brief an mich war immer weiterzuleiten.«

»Sie sprachen von irgendeinem Italiener, Madame«, sagte Clemens. »Ich denke an einen ganz bestimmten.«

»So?« machte Anita hochmütig, denn sie wußte, was nun kam.

»Sie selbst, Madame, sind doch mit einem Italiener gut befreundet.«

»Ich bin mit einigen Leuten befreundet, mit Engländern, Amerikanern, auch Italiener sind dabei, es sind die verschiedensten Völker vertreten in dieser Gegend.«

»Ich spreche von Danio Carone«, sagte Clemens

knallhart. »Wo ist er eigentlich? Ich dachte, wir würden ihn heute hier sehen.«

»Finden Sie nicht, daß Sie ein wenig zu weit gehen, Herr Landau? Woher kennen Sie Monsieur Carone?«

»Ich kenne ihn nicht. Ich habe nur das eine oder andere über ihn gehört. Es ist doch wohl eine Tatsache, daß er – eh, mit Ihnen zusammenlebt.«

»Sie haben also herumspioniert«, sagte Anita und lächelte spöttisch.

»Ich bin Journalist, Madame, und ein guter Rechercheur. Und viel hatte ich ja hier nicht zu tun. Bedenken Sie bitte, daß wir Ihretwegen hergekommen sind. Erstens. Und zweitens, um herauszufinden, was aus Virginia geworden ist. Der Gedanke war doch naheliegend, daß Sie Ihre Tochter entführen ließen. Oder, um es weniger dramatisch zu sagen, sie holen ließen, nachdem ihr früherer Mann sich weigerte, eine Verbindung zwischen Ihnen und Virginia herzustellen.«

»Ja, das klingt ganz logisch«, sagte Anita. »Aber ich wußte ja gar nicht, wo Virginia sich befindet. Ich wußte gar nichts. Sie hielt mich für tot. Es wäre auch denkbar gewesen, daß sie nicht mehr am Leben ist. Ferdinand ist tot, aber ich finde, er hat unrecht getan.«

»Nun gut, lassen wir das zunächst. Unrecht an dem Mädchen hat so ziemlich jeder getan, der eigentlich in sein Leben gehört hätte. Ich nehme auch Ferdinands zweite Frau nicht aus. Ein Kind so ganz ohne Liebe, ohne Halt, ohne das geringste bißchen Familie aufwachsen zu lassen, nachdem ja Angehörige da waren, ist in meinen Augen ein großes Unrecht.«

»Die Gräfin Maray war eine eiskalte, hochnäsige Person«, sagte Anita. »Sie konnte mich nie ausstehen. Ich kann mir nicht vorstellen, daß ein Kind von ihr viel Liebe bekommen hat.«

»Wir schweifen ab«, kam Clemens zu dem Thema zurück, das ihn interessierte. »Wir sprachen von Carone.«

»Sie wollen andeuten, ich hätte Danio beauftragt, Virginia zu holen, wie Sie es nannten. Ich schwöre Ihnen, ich wußte bis zu unserem Gespräch nicht, wo Virginia steckt.«

»Carone kann das Mädchen auf eigene Faust geholt haben.«

»Und warum sollte Monsieur Carone so etwas tun? Um Lösegeld von mir zu erpressen? Ich bitte Sie«, sie lachte kurz auf, ihre Stimme klang amüsiert. »Monsieur Carone kann von mir haben, was er will. Außerdem haben wir die Absicht zu heiraten. Und woher sollte *er* gewußt haben, wo Virginia sich aufhält?«

Schweigen entstand um den Tisch. Der Lösung des Rätsels waren sie nicht nähergekommen.

Wir machen uns bloß lächerlich, dachte Clemens. Vermutlich ist die Kleine wirklich nur mit einem Kerl abgehauen und würde sich totlachen, wenn sie uns zuhören könnte.

»Es gibt natürlich eine Möglichkeit, jeden Zweifel zu beseitigen«, sagte er. »Diese Mädchen da im

Kloster, die Zwillinge, haben den Italiener gesehen, mit dem Virginia vermutlich – vermutlich! – fortgefahren ist, entführt oder nicht. Man könnte eine Gegenüberstellung veranlassen.«

»Eine großartige Idee«, sagte Anita. »Fahren Sie hin und holen Sie die beiden Mädchen aus dem Kloster.«

»Und wenn ich die Mädchen hierherbringe, was würde es nützen? Monsieur Carone ist nicht da, wie ich sehe.«

»Doch«, sagte Anita, sie lächelte, stand auf, wies mit einer graziösen Geste zur Tür. »Ich höre seine Stimme. Er kommt soeben.«

Die Tür ging auf, herein kam Danio, und an der Hand führte er ein junges Mädchen in einem bunten Rock, in einer weißen Bluse, die nicht mehr ganz sauber war, ebensowenig die Füße in den offenen Sandalen. Das blonde Haar war verwirrt und strähnig, das Gesicht vollkommen ungeschminkt, zeigte aber eine gesunde Bräune. Sie sah aus wie ein Mädchen vom Land.

»Ecco!« sagte Danio und breitete mit großer Geste beide Arme aus.

»Anita! Amore mio, hier bringe ich dir deine Tochter. Der Madonna sei Dank, daß diese Stunde endlich gekommen ist.«

Wie ein Schauspieler, der eine große Szene abgeliefert hat, stand er da, schön wie ein junger Gott, die Hände immer noch erhoben, segnend, bittend, dankend, wie man es betrachten wollte.

Anita stand wie versteinert. Clemens war aufgesprungen, auch Juschi stand auf. Hinter Virginia im Türrahmen erschien das fassungslose Gesicht von Rose.

Der Katze auf Virginias Arm wurde es zuviel, ewig herumgetragen zu werden. Sie befreite sich mit einem Ruck und sprang in großem Bogen herab und begann mit vorsichtigen Tigerschritten das unbekannte Zimmer zu erforschen.

Das beendete Danios großen Auftritt. Er nahm Virginia bei der Hand und führte sie ins Zimmer.

»Komm, Bambina, begrüß deine Mutter.«

Unwillkürlich fiel Virginias Blick auf Juschi. Sie entsprach dem Typ nach mehr dem, was sie sich unter einer Mutter vorstellte. Plötzlich lachte Anita, sie warf den Kopf zurück und lachte.

»Merde alors, Danio, du Satansbraten, was hast du da wieder angestellt?«

»Oh, bellissima, in was für eine Verlegenheit du mich gebracht hast! Ich wollte sie dir präsentieren, wenn du aus Paris zurückkommst. Und du bist nicht gekommen und nicht gekommen.«

Lächelnd, ganz Herrin der Situation, ging Anita auf Virginia zu.

»Ich bin Anita. Deine Mutter. Fein, daß wir uns endlich kennenlernen.« Sie bog den Kopf prüfend zurück. »Ein wenig sieht sie mir ähnlich, nicht? Magst du eine Tasse Tee? Er steht warm. Und dann wird Rose ein wunderschönes Bad für dich einlassen und ein Zimmer für dich bereit machen. Rose!«

»Madame!« hauchte Rose, noch immer fassungslos.

»Dies ist meine Tochter Virginia. Wenn sie Tee getrunken hat, werden Sie sich bitte um sie kümmern. Und dann, Rose, müssen wir ein herrliches Abendessen haben, für – eins, zwei, drei, vier, fünf Personen.« Zu Juschi und Clemens gewandt: »Denn ich hoffe, Sie machen mir die Freude, mit uns zu essen. Und dann werden wir ja hoffentlich die ganze Geschichte erfahren. Ich bin schon sehr gespannt darauf.«

Sie lächelte reihum alle an, legte die Hand um Virginias Schulter und führte sie zum Teetisch, sagte: »Rose, und für die Katze brauchen wir ein Schälchen Milch zur Begrüßung. Und sagen Sie Marcel, wenn er zum Einkaufen fährt, denn Sie werden ja noch einiges brauchen für das Abendessen, soll er nicht vergessen, für die Katze Leber mitzubringen. Das mag sie doch sicher, nicht, Virginia? Danio, auch Tee? Lieber Kaffee, ja. Oder soll Rose dir schnell einen Espresso machen?«

Sie war ganz Herrin der Situation, ganz sie selbst. Und wie sie die Situation meisterte, konnte man nur bewundern.

Juschi las die Bewunderung im Gesicht ihres Sohnes, in den Augen dieses Italieners, der, das erkannte Juschi auch, erzählen konnte, was er wollte, Anita würde ihn nicht bloßstellen und würde nicht dulden, daß jemand an seinen Worten zweifelte.

»Nein, nein«, sagte Danio, »keinen Espresso. Ich nehme eine Tasse Kaffee. Rose hat ja gerade genug zu tun.«

Er stand jetzt hinter Anita, seine Hand glitt leicht über ihren Unterarm. Er war immer noch so glücklich. Hatte doch alles bestens geklappt. Diese beiden Deutschen da fürchtete er nicht. Anita hielt zu ihm. Und wenn in der Geschichte, die er erzählen mußte, manches nicht stimmte, würde Anita schon aus Selbstachtung so tun, als glaube sie ihm jedes Wort. Und konnte Virginia irgend etwas gegen ihn sagen? Nichts. Er hatte von Anfang an zu ihr gesagt: Ich bringe dich zu deiner Mutter. Und da war sie nun.

Dido hatte er in eine entfernte Cousine verwandelt, die mit ihrem Mann auf einem einsamen Hof in den Bergen wohnte. Dort hatte es Virginia sehr gut gefallen. Keiner hatte ihr ein Haar gekrümmt. Auf dem Weg hierher, als er Virginia die Augenbinde abgenommen hatte und sie neben ihm saß, hatte er ihr das beigebracht.

»Wir müssen Dido schützen«, sagte er. »Du darfst niemals von ihr sprechen.«

Virginia nickte. Es war so vieles geschehen, was sie nicht verstand. Auch dies nicht.

Das Telefongespräch, das Juschi noch spät am Abend mit ihrem Mann führte, verstimmte diesen hörbar.

»Ich verstehe kein Wort. Die Geschichte stimmt doch vorn und hinten nicht. Wo war Virginia denn die ganze Zeit über?«

»Habe ich doch gerade gesagt. Irgendwo auf einem einsamen Bauernhof. Er sagt, bei einer Cousine von ihm.«

»So. Cousine. Und was sagt Virginia dazu?«

»Sie spricht kaum ein Wort. Sie ist noch ganz verwirrt, was man ja verstehen kann.«

»Ich möchte wissen, was sie mit ihr die ganze Zeit gemacht haben. Drogen oder so was?«

»So sieht sie nicht aus. Zum Abendessen erschien sie frisch gebadet, das Haar gewaschen, Anita hatte ihr ein Kleid angezogen, ein blaues, eins, das ihr gehört. Virginia sah ganz reizend aus. Und Anitas Kleider passen ihr ohne weiteres. Das Miststück hat immer noch eine fabelhafte Figur.«

»Na, wenigstens etwas. Sie hat eine fabelhafte Figur, die Kleine sah reizend aus, dann ist ja alles in bester Ordnung. Der Italiener hat sie geholt, um sie seiner Freundin zum Geschenk zu machen. Eine Art Hochzeitsgeschenk, wie du sagst.

Wie gesagt, alles in bester Ordnung, und es wird Zeit, daß du nach Hause kommst.«

»Ein, zwei Tage muß ich schon noch hierbleiben. Ich muß doch schließlich erfahren, wie das weitergehen soll. Ich nehme an, daß Virginia ins Kloster zurückgeht, sie muß ja ihre Schulzeit beenden, wenn sie studieren soll.«

»Warum soll sie denn studieren, wenn sie jetzt so eine reiche Mutter hat? Ich weiß gar nicht, wieso du dich noch hineinhängst.«

»Na, ich tu's halt«, sagte Juschi friedlich. »Wenn sie in die Klosterschule zurück will, wird sie ja eine Art Unterstützung dabei brauchen.«

»Die sie von dir bekommt.«

»So ist es.«

»Aha. Sie gefällt dir offenbar?«

»Ja, sie gefällt mir. Und irgendeine große Unsicherheit und Angst steckt in ihr. Ich finde, das darf nicht unausgesprochen bleiben. Und komm mir nicht damit, daß sie ja jetzt eine Mutter hat. Anita ist nicht die Frau, auch heute nicht, dem Mädchen eine Mutter zu sein. Und dieser Danio – also ich bin nicht kleinlich, aber richtig finde ich es nicht.«

»Was findest du nicht richtig?«

»Daß Anita den heiraten will. Er ist mindestens zwanzig Jahre jünger, wenn nicht mehr.«

»So etwas gibt es. Erst recht, wenn eine Frau Geld hat. Ich finde, es geht dich nichts an.«

»Sicher, es geht mich nichts an. Aber Virginia paßt da nicht dazu.«

»Und mein Herr Sohn? Hat der seinen Beruf an den Nagel gehängt?«

»Ganz im Gegenteil. Er bleibt noch ein paar Tage hier. Er will eine Reportage machen über die Auswirkungen der Mairevolte auf die Côte d'Azur.«

»Aha. Da haben sie gerade auf ihn gewartet.«

»Und dann hat er so eine Art Befragung vor. Kreuz und quer durch die Bevölkerung. Ihre Einstellung zu de Gaulle, jetzt und heute.«

»Wann ist er denn auf diese glorreiche Idee gekommen?«

»Heute abend. Als wir gegessen haben, hat er davon gesprochen, ganz begeistert. Ich komme mit dem Flugzeug zurück, von Nizza aus.«

»So. Von Nizza aus. Kann ja gar nicht genug kosten.«

Diesen Einwurf überging Juschi großzügig.

»Ich kann über Zürich fliegen oder über Paris. Mir macht das Spaß, verstehst? Die Autofahrt in Clemens seinem albernen Wagen dauert mir viel zu lang.«

»Na, dann komm«, brummte Ludwig aus München. »Ich will nämlich 'naus ins Revier.«

»Aber das paßt ja wunderbar«, rief Juschi. »Da sind wir schon auf halbem Weg.«

»Halben Weg wohin?«

»Zum Kloster. Da kann ich gleich alles regeln. Außerdem muß die Oberin schließlich erfahren, wie das gegangen ist. Und besser, ich erzähl's ihr, als ich schreib einen Brief.«

»Und warum kann Virginia diesen Brief nicht schreiben? Oder noch besser die Frau Mutter?«

»Geh, die Mutter! Sei doch stad, ich kann das halt besser.«

Virginia wollte nicht zurück ins Kloster, das erfuhr Juschi bei einem Gespräch, das sie am nächsten Tag führten, nachmittags im Garten bei Anita.

»Aber du mußt doch einen Schulabschluß haben.«

»Ich will nicht zurück«, sagte Virginia leise, aber hartnäckig. »Ich glaube auch gar nicht, daß sie mich nehmen würden. Und sie würden mich sehr streng behandeln, und ich müßte ewig beichten und Buße tun. Ich will nicht.«

Das freie Leben, das sie kennengelernt hatte, war der Grund, daß sie vor der Strenge und Ordnung des Klosterlebens zurückschreckte. »Außerdem müßte ich alles erzählen, und das kann ich nicht. Ich will auch nicht. Und die anderen Mädchen wären neugierig und würden auch alles wissen wollen.«

Nicht einmal der Gedanke an Teresa konnte ihr eine Rückkehr in die Schule schmackhaft machen. Teresa würde sowieso alles ganz, ganz genau wissen wollen. Aber auch Teresa durfte nicht alles erfahren. Da war das Geheimnis der Ferme, da war das Geheimnis Dido. Wie sie es versprochen hatte, so würde sie darüber schweigen. Dido war nicht Danios Schwester, und sie ahnte nun, wie Dido zu Danio stand. Oder was einmal zwischen ihnen war. Vieles begriff sie jetzt. Als der andere Mann da war, durfte Danio nicht auf die Ferme kommen. Er kam, als Alain fort war. Und auch da nur, um von Dido zu erfahren, daß sie ihn für immer verlassen wolle. Nach und nach würde Virginia vielleicht alles ein wenig besser verstehen.

Immerhin hatte sie begriffen, daß auch Anita, ihre Mutter, nichts von Dido erfahren durfte.

Dido war ihr Geheimnis.

Mit schwärmerischer Liebe dachte sie an Dido. Eigentlich war sie der erste Mensch in Virginias Leben, den sie liebgewonnen hatte. Sehr seltsam war das. Sie bedeutete ihr mehr als die neue Mutter, mehr als die ferngerückte Teresa.

Und sie dachte leidenschaftlich: Ich möchte Dido wiedersehen. Und Alain auch. Sie sind anders als alle anderen Menschen.

»Warum sagtst du, du kannst nicht alles erzählen. Und du willst es auch nicht beichten?« fragte Juschi eindringlich. »Was haben sie mit dir gemacht, dort, wo du warst?«

Virginia blickte sie ängstlich und gleichzeitig verständnislos an.

»Kannst du es mir auch nicht sagen?«

Virginia schüttelte den Kopf.

»Clemens, vielleicht verschwindest du mal für eine Weile«, sagte Juschi zu ihrem Sohn, der in einer Hollywoodschaukel sacht hin und her schwankte, Zigarette in der Hand, Whiskyglas auf einem Tischchen. »Ich denke, du willst was arbeiten.«

»Juschi, spiel nicht den Inquisitor«, sagte Clemens. »Wenn es Dinge gibt, über die Virginia nicht sprechen will, dann braucht sie auch nicht darüber zu sprechen.«

»Weil man ihr verboten hat, darüber zu sprechen?« Juschi kam der Sache nahe. »Vielleicht weil man Druck auf sie ausübt? Meinst du nicht, daß man ihr da helfen sollte? Und wenn sie so entschieden sagt, sie kann und will nicht in die Klosterschule zurück, was könnte das denn für Gründe haben?«

Clemens grinste. Er gab sich einen letzten Schwung, dann stand er auf und trat vor Virginia, sah mit einem liebevollen Lächeln auf sie herab, sie saß im Gras, die Beine gekreuzt, die Katze im Schoß. Übrigens trug sie wieder ihren geliebten Leinenrock, den Rock von Dido. Nur eine saubere Bluse hatte Rose ihr verpaßt.

»Wollen wir mal Klartext reden, nicht? Was meine Mutter gern wissen möchte, Virginia, ist folgende weltbewegende Tatsache: Hast du an jenem unbekannten Ort, in immerhin mehreren Wochen, deine kostbare Unschuld verloren?«

»Clemens!« rief Juschi empört.

»Ist das der Grund, warum du nicht zu den braven Nonnen zurück willst?«

»Clemens, du bist unverschämt.«

»Aber Juschi! Das meinst du doch.«

Das meinte sie. Auch. Aber Ludwig hatte von Drogen gesprochen. Oder was konnte es sonst noch gewesen sein, was Virginia erlebt und gesehen hatte. Juschi erging sich in wilden Vermutungen. Virginia war rot geworden, jetzt blickte sie zu Clemens auf, der in voller Größe vor ihr stand. Er lächelte. Sie hatte Zutrauen zu ihm.

»Nein, so etwas ist nicht geschehen«, sagte sie. »Es gibt keinen Grund, daß ich nicht ins Kloster zurück könnte. Ich will nur nicht. Niemand hat mir etwas getan. Ich habe Güte und Liebe erfahren. Die nur mir, mir allein galt. Von ganz fremden Menschen, die ich nichts anging.« Jetzt traten Tränen in ihre Augen. »Und das war das erste Mal in meinem Leben, daß mir so etwas geschehen ist. Ja, es war auch ein Mann da. Er hat mich geküßt. Einmal. Ein einziges Mal. Sonst war nichts. Und es ist mir egal, ob ihr mir das glaubt oder nicht.«

Sie sprach nun laut und heftig.

Juschi schwieg beschämt, Clemens reichte Virginia die Hand, und als sie sie ergriff, zog er sie hoch. Die Katze hatte schon das Weite gesucht, als Virginias Stimme lauter wurde.

»Wir glauben dir«, sagte Clemens ruhig. »Wie jeder Mensch hast du das Recht, über Dinge zu schweigen, über die du schweigen willst. Ich war zwar nicht dabei in Paris bei der Schlacht im Mai, aber das wäre eine Sache, für die ich auf die Barrikaden klettern würde: das Recht eines jeden Menschen auf seine eigene Meinung, auf sein eigenes Ja oder Nein zu was auch immer, das Recht zu reden und das Recht zu schweigen.«

Sie standen dicht voreinander, sie sah ihn eigentlich zum erstenmal richtig an, er sah das Vertrauen in ihrem Blick.

»Ein Kuß, Virginia? War er wenigstens schön?«

Sie nickte. Über Danios Kuß sprach sie nicht. Das war etwas anderes gewesen. Nicht schön. Nicht gut und zärtlich, wie Alains Kuß. Vor diesem Kuß fürchtete sie sich noch immer.

»So weit, so gut«, sprach Clemens weiter. »Sprechen wir nun vernünftig. Du willst nicht zurück in die Klosterschule, und du hast deine Gründe dafür, die man respektieren sollte. Aufklären muß man sie natürlich dort, das ist klar. Fragt sich, wie es mit dir weitergehen soll. Du kannst hier bei deiner Mutter bleiben, es ist ja ein fabelhaftes Luxusleben, das sie dir bieten kann – übrigens, wo ist sie eigentlich?«

»Beim Friseur«, murmelte Virginia.

»Auch gut«, fuhr Clemens fort. »Ich hatte an ihrer Frisur zwar gestern nichts auszusetzen, aber das muß sie besser wissen. Du kannst also hierbleiben, und es ginge dir nicht schlecht. Sie wird diesen Danio heiraten, hat sie gesagt. Das ist ihre Sache. Deine Sache ist es, zu entscheiden, ob du zum Beispiel weiter in die Schule gehen willst. Da war irgendwann von der Akademie die Rede. Dazu brauchst du einen Abschluß. Malen kannst du sicher auch hier lernen, es wimmelt nur so von Künstlern an der Côte. Falls es dir ernst ist, mit einem Beruf, meine ich. Eine Tochter aus reichem Haus kann auch ohne Beruf leben.«

Virginia schüttelte den Kopf. »Ich möchte gern etwas lernen. Ich war gut in der Schule. Und ich glaube nicht, daß ich hier bleiben möchte.

Meine... meine Mutter«, sie stockte, es war sehr ungewohnt, dieses Wort auszusprechen.

»Hm, ich verstehe«, sagte Clemens. »Hast du eigentlich heute mal so in Ruhe mit ihr gesprochen? Beim Frühstück oder so?«

»Sie hat im Bett gefrühstückt. Aber sie wird morgen mit mir einkaufen gehen, hat sie gesagt.«

»Das ist fein. Und sonst? Sonst hat sie nichts gesagt?«

»Doch, sie freut sich, daß sie mich nun kennt. Und ich kann bei ihr bleiben, wenn ich will.«

»Willst du?«

»Ich weiß nicht.«

»Ich kann mir nicht vorstellen«, mischte Juschi sich ins Gespräch der beiden, nun wieder ganz gelassen, »daß Anita sich mit der Mutterrolle abfinden wird. Aber du kannst es ja mal versuchen, Virginia, wie es dir hier auf Dauer gefällt. Du kannst aber auch zu uns kommen nach München. Wir haben dort auch ein ganz hübsches Haus. Natürlich nicht so ein Prachtbau wie das hier, aber ich denke, daß wir in München eine Schule finden würden, in die du gehen kannst bis zum Abitur. Und sollte es Schwierigkeiten machen mit dem Wechsel der Schule, na, dann hängst du halt noch ein Jahr dran, das ist ja Wurscht. Bis dahin kannst du dir überlegen, ob du einen Beruf willst und welchen. Ich erkläre dir hiermit, daß ich dich sehr gern bei uns haben würde. Dein Vater, Ferdinand meine ich, war ein guter Freund von meinem Mann und mir, und ich habe daheim eine nette Familie. Den Burschen hier kennst du nun schon. Ich habe noch einen Sohn, der ist verheiratet und hat ein Baby, ein ganz kleines. Ich habe eine Tochter, die ist ebenfalls verheiratet und hat zwei Kinder. Weihnachten zum Beispiel sind sie immer alle bei uns. Das Baby ist noch ein bißchen klein, das wird dieses Jahr nichts davon haben. Aber die beiden anderen, die freuen sich wahrscheinlich jetzt schon auf Weihnachten.«

»Was meine Mutter dir erklären will«, sagte Clemens, »heißt, wieder im Klartext gesprochen: Du könntest bei uns bekommen, was du nie gehabt hast, eine Familie. Und ich glaube, Liebe und Güte können wir dir auch offerieren. Aber natürlich will kein Mensch dich deiner neugefundenen Mutter wegnehmen. Du mußt das wirklich, so schwer es ist, allein entscheiden.«

Eine Pause entstand. Virginia blickte Clemens an, der immer noch vor ihr stand, Hilflosigkeit, Unsicherheit lagen in ihrem Blick. Er legte den Arm um sie.

»Na komm, reden wir mal einige Zeit nicht mehr darüber. Juschi reist morgen heimwärts. Ich bleibe noch eine Weile hier. Ich denke, wir sehen uns ab und zu, und du merkst dann auch, wie es dir hier im Hause so gefällt. Ehe ich dann abfahre, in einer Woche oder so, reden wir noch einmal in aller Ruhe darüber. Ja?«

»Ich fliege morgen nach München«, sagte Juschi. »Dann fahr ich mit Ludwig nach Niederbayern und von dort in dein Kloster, um alles zu erklären, soweit es erklärbar ist. Vielleicht schreibst du auch noch mal einen Brief, ein bißchen ausführlicher als der erste. Kann ja auch sein, sie nehmen dich gar nicht mehr auf.«

Womit Juschi, klarköpfig, wie sie war, den Nagel auf den Kopf getroffen hatte. Bei ihrem zweiten Gespräch mit der Oberin erfuhr sie, daß man eine Wiederaufnahme in die Klosterschule ablehne. Es würde doch zu viel Unruhe unter den anderen Schülerinnen verursachen, außerdem könne man Virginias Handlungsweise nach wie vor nicht billigen.

Dafür brachte Juschi ein gutes Zeugnis für Virginia mit, die Nachricht, daß auch Teresa nicht mehr in die Schule kommen würde, sie hatte sich während der Ferien verlobt und würde noch in diesem Jahr heiraten, viele Grüße von den Zwillingen, die fragten, ob sie Virginia einmal besuchen dürften, wenn sie wieder daheim in Regensburg sein würden.

Und die Kette mit den Opalen brachte Juschi auch mit nach München. Davon hatte Virginia noch gesprochen, an jenem Nachmittag im Garten des Mas Maurice.

»Meine Kette... ich meine, die Kette, die mein... mein...«, sie stockte, »die er mir zum Geburtstag geschenkt hat, ob ich die wohl wieder haben darf? Sie stammt von seiner Mutter, hat er gesagt.«

»Weißt du, Virginia«, sagte Juschi, »du kannst ruhig weiterhin sagen: mein Vater. Er war es doch für dich dein Leben lang. Gelegentlich werde ich dir einmal von ihm erzählen. Er hat wenig Glück in seinem Leben erfahren. Man sollte ihm nun nach seinem Tod nicht etwas wegnehmen. Du trägst seinen Namen, also kannst du ihn auch ruhig Vater nennen.«

An diesem Punkt des Gesprächs war Anita gekommen, das Haar fiel schimmernd, etwas gekürzt, aber ganz natürlich, kein Mensch wäre auf die Idee gekommen, sie sei beim Friseur gewesen. Sie trug ein weißes Seidenkostüm und sah wieder einmal umwerfend aus. Danio kam mit ihr, er küßte Juschi die Hand, lächelte Virginia flüchtig zu, sagte »Hallo« zu Clemens.

»Heute abend«, verkündete Anita, »gehen wir ganz groß zum Essen aus.«

»Da ich morgen abreise«, sagte Juschi freundlich, »wäre das ganz nett.«

»Oh! Sie wollen schon abreisen, Juschi? Das ist aber schade«, und zu Clemens gewandt: »Aber Sie bleiben noch eine Weile.«

»Eine Woche oder noch ein bißchen mehr. Ich will nebenbei was arbeiten. Bei der Gelegenheit, Madame: Wie stehen Sie eigentlich zu General de Gaulle?«

»Ich? Ach, mir gefällt er ganz gut. Er macht doch alles großartig.«

»Und Sie, Signor Carone?«

Danio hob abwehrend die Hände.

»Ich bin Ausländer. Ich brauche keine Meinung zu französischer Politik zu haben.«

Clemens nickte. Wenn er darüber schreiben

wollte, mußte er sich unters Volk begeben. Vor allen Dingen mußte er Algerienfranzosen kennenlernen. Was die zu sagen hatten, würde besonders interessant sein.

»Aber ich hoffe, wir werden Sie öfter sehen, solange Sie hier sind«, sagte Anita.

»Ganz gewiß. Ich lasse keine Gelegenheit vorbeigehen, mich in der Gesellschaft einer schönen Frau aufzuhalten.«

Anita lächelte, Juschi schlug die Augen zum blauen Rivierahimmel auf, Danio verzog keine Miene. Kurz zuvor hatte es eine kleine Auseinandersetzung zwischen ihm und Anita gegeben. Er hatte sie beim Friseur abgeholt, und sie waren noch auf einen Drink in eine kleine Bar gegangen.

Er hatte gefragt: »Und wie soll das nun weitergehen?«

»Was?«

»Mit diesen Leuten. Wie lange bleiben die eigentlich noch hier?«

»Wie kommst du mir denn vor? Wir haben sie gestern das erstemal getroffen.«

»Ja, aber du hast ja gemerkt, daß sie schon länger in der Gegend herumgeschnüffelt haben.«

»Mein Gott, sie haben sich Sorgen um Virginia gemacht. Und haben nach ihr gesucht...«

»Und was geht die das an, bitte?«

Ungeduldig erwiderte Anita: »Du hast doch kapiert, daß es Freunde von Ferdinand sind. Sie haben das alles miterlebt, seinen Tod, und er hat ihnen meinen Brief noch gegeben, und dann war Virginia auf einmal verschwunden.«

»Woher haben sie das eigentlich gewußt?«

»Ach, so genau habe ich das alles auch noch nicht verstanden. Sie können es uns ja heute abend noch einmal genau erklären.«

»Heute abend«, sagte er grollend. »Wir haben gestern erst mit ihnen gegessen. Warum müssen wir denn heute schon wieder? Ich möchte mit dir allein sein.«

»Du bist sowieso nicht mehr mit mir allein. Meine Tochter ist da. Und du bist derjenige, der sie mir gebracht hat.«

»Ich dachte, du freust dich darüber.«

»Das tue ich ja auch. Aber sei mir nicht böse, mein Lieber, wie du das gemacht hast, finde ich einfach idiotisch. Wenn du herausgebracht hast, wo sie sich befindet, dann hätte es doch genügt, daß du es mir sagst. Wer hat sie denn aufgespürt?«

»Das habe ich ja schon gesagt: ein Detektiv.«

»Den müssen wir sicher auch noch bezahlen.«

»Er ist schon bezahlt.«

»Mit meinem Geld.« Und als sie den Zorn in seinen Augen sah, legte sie die Hand auf seinen Arm: »Entschuldige. Ist ja klar.«

Er zog den Arm weg, sagte zornig: »Ich habe alles falsch gemacht, bene. Du wolltest deine Tochter gar nicht.«

»Ich wollte wissen, ob sie lebt und wo sie ist. Und natürlich kann sie auch bei mir bleiben. Wenn sie nun schon mal da ist.«

»Ich lege keinen Wert darauf, daß sie hier bleibt.«

»Ja, zum Teufel.« Anita stellte ihr Glas hart auf den Tisch und stand auf. »Komm, wir gehen.«

Auf der Straße fragte sie hart, und er kannte diesen Ton in ihrer Stimme nur allzu gut: »Kannst du mir sagen, warum du sie herbringst, wenn du sie nicht hier haben willst?«

»Ich wollte dir eine Freude machen. Daß sie da ist, wenn du zurückkommst.«

»Ach, halt den Mund! Du redest nichts als Unsinn. Für wie dumm hältst du mich eigentlich? Irgendwas ist doch faul an dieser Sache. Denkst du, ich weiß nicht, daß du mich belügst? Ich brauche dich ja nur anzusehen.«

»Wenn dir meine Gesellschaft nicht paßt...«, fuhr er auf.

»Kannst du gehen, also geh!« vollendete sie den Satz. Sie wandte sich ab und ging zum Wagen. Wie nicht anders erwartet, folgte er ihr.

»Ich wollte dir eine Freude machen«, wiederholte er in weinerlichem Ton, als er einstieg.

»Na gut, das ist dir ja gelungen.«

»Aber ich finde, sie sollte wieder zurückkehren in ihre Schule. Wir müssen ja nicht unbedingt eine Ehe mit Kind führen.«

»Wenn wir überhaupt eine führen«, sagte Anita giftig.

Darauf schwiegen sie, bis sie angelangt waren.

Die Verabredung zum Abendessen war getroffen, und Anita sagte zu Virginia: »Wir gehen jetzt hinauf und suchen für dich ein besonders hübsches Kleid aus. Ich habe da so etwas mit Spitzen, das ist sowieso nichts mehr für mich, das ist eher etwas für ein junges Mädchen.« Und mit einem Lächeln zu Juschi: »Manchmal läßt man sich von einer geschickten Verkäuferin überreden, nicht?«

»Mit Ihrer Figur«, sagte Juschi, sich selbst übertreffend, »können Sie alles tragen.«

Anita lachte. »Danke, Juschi. Und wir beide, Virginia, wir gehen morgen einkaufen. Ich werde dich ganz chic einkleiden.«

»Aber Jeans nicht vergessen«, mischte Clemens sich ein, »in dem Alter ist sie nämlich noch.«

»Ja, selbstverständlich. Und du sollst dir auch alles selbst aussuchen, Virginia, ich will dich gar nicht beeinflussen. Warst du schon mal auf einem richtigen Einkaufsbummel?«

Unwillkürlich mußte Virginia lachen. Sie schüttelte den Kopf. »Nein. Nie.«

»Na, da freue ich mich direkt drauf. Du auch, Virginia?«

»Ja, Mutter«, sagte Virginia nach einem kleinen Anlauf. Das Wort Mutter war immer noch schwer über die Zunge zu bringen.

»Bitte Schatz, nenn mich nicht Mutter. Sag einfach Anita.«

»Ja, Anita. Irgendwie fällt es mir leichter.«

Danio hatte kein Wort gesprochen, seit sie den Garten betreten hatten, sein Gesichtsausdruck war abweisend. Als Juschi und Clemens das Haus verließen, um in ihr Hotel zu fahren, um sich umzuziehen, sagte Clemens: »Heute hat sie dem hübschen Danio irgendwie kräftig auf die Zehen getreten.«

»Daran wird er wohl gewöhnt sein«, sagte Juschi gleichmütig. »Das gehört zu dem Job, den er sich da angetan hat. Hör mal, was soll ich denn da anziehen heute abend?«

»Wir können ja was einkaufen gehen. Die Läden haben noch auf.«

»Ja, mir gangst. Geld ausgeben auch noch. Ich zieh das Grünblaue an, ist immerhin reine Seide. Du hast mich zwar schon darin gesehen, aber ich bin ja bloß deine Mutter. Die kennen es jedenfalls noch nicht.«

»Bloß meine Mutter! Wie sich das anhört! Ich finde, wenn man so einen wohlgeratenen Sohn hat wie mich, kann man auch für den ein neues Kleid anziehen.«

Nach dem Abendessen trennte man sich gleich, Juschi und Clemens fuhren nach Juan-les-Pins zurück, denn Juschi würde ja am nächsten Tag abreisen, und packen mußte sie auch noch. Anita, Danio und Virginia fuhren gemeinsam in den Mas Maurice. Zu weiteren Gesprächen schien Anita nicht aufgelegt. Sie verabschiedete Virginia gleich in der Diele.

»Gute Nacht, Schätzchen, schlaf schön.«

Sie küßte Virginia auf die Wange. Danio machte keine Anstalten, ähnliches zu tun, er sah die Abwehr in Virginias Blick.

Er war immer noch verdrossen, war es den ganzen Abend über gewesen. Jetzt ging er zur Hausbar.

»Whisky?« fragte er über die Schulter.

»Ach, laß doch«, sagte Anita ungeduldig. »Meinst du nicht, wir sollten...«

Wie elektrisiert wandte er sich um.

»Nach Nizza?«

»Ach nein, laß uns ein Stück weiterfahren, es ist ja noch nicht spät. Fahren wir nach Monte Carlo. Ich spüre, daß ich heute eine Glückssträhne habe.«

Sehnsucht

Das Zimmer, das Virginia bewohnte, lag im ersten Stock, es war das Gastzimmer des Hauses, nicht so weiträumig wie Anitas apfelgrünes Schlafzimmer und das anschließende Boudoir, die direkt über dem Terrassenzimmer lagen und von denen aus man einen wunderbaren Blick aufs Meer genießen konnte. Das Schlafzimmer Danios schloß sich an das Boudoir an, daneben, an der Seitenfront des Hauses, war sein Badezimmer. Das Gastzimmer befand sich an der anderen Seitenfront des Hauses, es war luftig, hell möbliert wie alles in diesem Haus, hatte selbstverständlich auch ein eigenes Bad. Solch ein Zimmer hatte Virginia noch nie bewohnt, und der Gedanke, hier zu bleiben, besaß schon etwas Verführerisches nach dem doch recht spartanischen Leben im Kloster.

Eine Weile legte sie sich zu Cattie aufs Bett, die sich schläfrig räkelte und dann unter Virginias streichelnder Hand zu schnurren begann.

Schön war es hier schon, auch ganz anders wieder als das einfache Leben auf der Ferme. Und doch hatte es ihr dort am besten gefallen.

Sie versuchte sich vorzustellen, wie es sein würde, immer hier zu leben. Mutter? Es war ein fremdes Wort gewesen, würde es bleiben. Aber das sollte sie ja auch gar nicht sagen. Anita also.

Ihre Mutter, die Anita hieß. Sie war tot gewesen. Aber nun lebte sie.

Wie konnte Juschi nur denken, sie könne in die Klosterschule zurückkehren, mit diesem ganzen Ballast ungeklärter und nicht erklärbarer Vergangenheit? Es begann damit, daß sie den Mann, den sie Vater genannt hatte, als Lügner hinstellen mußte. Bisher wußte sie noch gar nicht, warum er ihre Mutter, seine Frau, einfach für tot erklärt hatte. Weil er sie so gehaßt hatte? Weil sie ihm Böses angetan hatte? Sie hatte ein Kind zur Welt gebracht, dessen Vater ein anderer Mann war. Und dann hatte sie den Mann, der ihr Mann war, verlassen, und das Kind ließ sie einfach bei ihm zurück. Das Kind, das nicht sein Kind war. Das war doch alles nicht zu verstehen, und irgendwann würde Anita ihr das vielleicht ein wenig genauer erklären. Soweit es eben erklärbar war.

Ich werde das von ihr verlangen, dachte Virginia. Es ist mein Recht, daß ich es weiß.

Und sie war sich gleichzeitig klar darüber, daß sie es gar nicht wagen würde, dieser schönen Unbekannten so intime Fragen zu stellen. Und ob die Antworten, falls sie welche bekam, der Wahrheit entsprachen, war auch höchst ungewiß.

Aber sie muß mir sagen, wer mein Vater ist. Das kann ich verlangen.

Aber es war einfach unmöglich, mit diesem wirren Leben in die geregelte Ordnung des Klosters zurückzukehren. Sie würde bockig alle Fragen zurückweisen und nicht beantworten, weil sie sie gar nicht beantworten konnte.

Das Kloster also nicht.

Anita. Vielleicht würde es möglich sein, ihr näherzukommen, mit ihr leben zu können. Sie kannte sie nun gerade seit einem Tag. Aber da war Danio. Den wollte sie heiraten. Und er war ständig sehr liebevoll um sie bemüht. Das war doch nun wieder etwas, was nicht zu verstehen und zu erklären war. Liebte Danio Anita? Es sah so aus. Aber welche Rolle hatte Dido in Danios Leben gespielt?

»Du darfst nie über Dido sprechen. Ihren Namen niemals nennen«, hatte Danio ihr eingeschärft, als sie die Ferme verlassen hatten. »Du darfst die Ferme nie gesehen haben, und du wirst nicht erfahren, wo sie sich befindet.«

Wer sollte das denn verstehen? Und wer konnte ihr das erklären? Dabei war es gerade Danio, der sich nicht als Lügner herausgestellt hatte. Er hatte getan, was er von Anfang an gesagt hatte: Ich bringe dich zu deiner Mutter.

Aber warum hatte sie sich gestern auf einmal vor ihm gefürchtet? Und warum fürchtete sie sich immer noch vor ihm? Ja, das war es, sie fürchtete sich vor ihm. Nur wegen dieses Kusses? Er war mit keinem Wort darauf zurückgekommen, kein Blick und keine Geste ließen auch nur die Spur von Zuneigung erkennen. Er war viel freundlicher gewesen auf der langen Autofahrt damals, und in der Nacht, als sie in der Ferme ankamen.

Mia poveretta, so hatte er sie genannt, und das klang zärtlich. Seit sie hier in diesem Haus angekommen waren, beachtete er sie kaum. Was war zwischen sie getreten, daß er so fremd geworden war? Fragen, nichts als Fragen.

Aber sich vorzustellen, daß sie hier in diesem Haus leben sollte, tagaus, tagein, und Danio würde dann gewissermaßen ihr Stiefvater sein, also das war eine geradezu lächerliche Vorstellung. War sie denn in Danio verliebt?

Virginia fuhr so heftig auf, daß Cattie zur Seite kugelte und fauchte.

Mit wilden Augen starrte Virginia vor sich hin.

Liebe? Es hatte sich nicht das geringste geändert. Da war niemand, der sie liebhatte. Und da war keiner, den sie lieben konnte. Sie griff nach Cattie, nahm sie fest in die Arme.

»Dich hab ich lieb«, flüsterte sie

Doch es stimmte gar nicht, was sie dachte. Sie belog sich selbst. Es gab Menschen, die sie liebte.

Virginia stand auf, ging zum Schrank und öffnete ihn, viel hing nicht darin, aber Didos weiße Bluse, frisch gewaschen, das hatte Rose besorgt. Und daneben Didos bunter Leinenrock, sie hatte ihn den ganzen Tag getragen, obwohl Rose meinte, der gehöre nun auch schleunigst in die Waschmaschine.

»Morgen«, hatte Anita gesagt, »morgen, Rose, gehen wir stundenlang einkaufen.«

Virginia nahm den Rock heraus und legte ihn an ihr Gesicht.

»Dido«, flüsterte sie.

Würde sie Dido niemals wiedersehen? Auch Alain nicht? Wo sie wohl waren? Wie es ihnen gehen mochte? Und die Ferme, einsam und verlassen lag sie irgendwo in den Bergen, kein Mensch darin, keine Ziegen, keine Hühner. Nur Charlot würde manchmal vorbeischauen. Sicher würde er traurig sein, dort keinen mehr zu treffen.

Ob er wohl meine Bilder manchmal ansieht? Warum wollte Danio nicht, daß ich sie mitnehme?

Weil keiner sehen sollte, sehen durfte, wie es auf der Ferme und in der Gegend rundherum aussieht.

Als Virginia im Bett lag, weinte sie. Sie war von Luxus umgeben, sie hatte eine Mutter, sie hatte Juschi und Clemens kennengelernt, die so nett zu ihr waren, Cattie war bei ihr.

Warum weine ich denn?

Einmal in meinem Leben möchte ich den Weg zur Ferme wiederfinden. Dido sollte dort sein. Und Alain. Und alles sollte wieder so sein, wie es war, als wir zusammen dort lebten.

Clemens

Die nächsten zwei Wochen waren abwechslungsreich, erfüllt von vielen neuen Eindrücken, und sie halfen Virginia, ihre Traurigkeit und ihre Sehnsucht zurückzudrängen.

Ihr Verhältnis zu Anita war ausgesprochen harmonisch und ohne jede Schwierigkeit, auch Danio wurde zugänglicher, als er merkte, daß sie wirklich über Dido und die Ferme schwieg. Anita stellte nicht allzu viele Fragen, sie war ein Mensch, der hauptsächlich an sich selbst, an seinem eigenen Leben interessiert war.

Einmal nur sagte sie: »Was hast du bloß gemacht, Kind, in den ganzen Wochen da in Italien?« Und gleich darauf, ohne ihre Antwort abzuwarten: »Ich habe gar nicht gewußt, Danio, daß du dort irgendwo eine Cousine hast.«

Danio hob abwehrend die Hände.

»Du hast keine Ahnung, Anita, wieviel Familie ich habe.«

Er hatte die Geschichte sehr geschickt erzählt, so zum Beispiel die Sache mit Lucias Paß, und daß er Virginia, die sehr ermüdet und verängstigt war, zunächst einmal zu seiner Cousine Maria gebracht habe, auch weil er es nicht wagen wollte, mit dem falschen Paß noch eine Grenze zu passieren.

»Sie sind ganz einfache Leute, sie haben einen

kleinen Hof auf dem Weg nach Calizzano, ein bißchen Vieh, aber einen Hang mit wunderschönen Olivenbäumen. Nicht, Virginia?«

»Ja«, bestätigte Virginia. »Sehr schöne Olivenbäume.«

»Maria hat selbst Kinder, sie ist eine freundliche Frau, und ich dachte, Virginia ist dort erst einmal gut untergebracht, bis ich dich verständigt habe. Ich ahnte ja nicht, daß es so lange dauern würde, bis du wiederkommst.«

Und so weiter in dem Stil, er log geschickt, und Virginia nickte dazu oder sagte ja.

Allzusehr interessierte es Anita sowieso nicht, sie sagte nur: »Müßten wir uns bei deiner Cousine nicht irgendwie erkenntlich zeigen? Sie hat doch Kosten gehabt?«

»Aber Cara, das habe ich längst erledigt. Wenn du willst, besuchen wir sie mal.«

Er konnte sicher sein, daß sie darauf nicht zurückkommen würde.

Clemens, dem vielleicht einige Widersprüche aufgefallen wären, war bei diesem Gespräch nicht dabei. Er war viel unterwegs in diesen Tagen, an der Küste hin und her, ins Hinterland, in die Provinzstädte, seine Notizen häuften sich. Oft nahm er Virginia mit auf diesen Fahrten, auf diese Weise bekam das Mädchen viel zu sehen. Wenn sie Spaß an der Gegend fand, in die Clemens fuhr, kam auch Anita mit, einmal sogar Danio, das war, als sie nach St. Paul de Vence fuhren.

Clemens grinste vor sich hin, als sie zu viert den

Maler Castellone besuchten. Er war gespannt, was nun wohl passieren würde; nichts passierte. Castellone begrüßte alle vier, als hätten sie sich ein Leben lang gekannt, er kam mit keinem Wort auf den Besuch zurück, den Clemens ihm gemacht hatte, das erschien ihm ganz unwichtig. Wichtig waren nur seine Bilder, und über die sprachen sie denn auch.

Virginia staunte ihn mit großen Augen an, das war nun der erste wirkliche Maler, den sie zu sehen bekam.

Clemens flüsterte ihr zu: »Bei dem könntest du auch in die Schule gehen. Was meinst du?«

Virginia lachte und stieß mit der Schulter leicht an seine. Zu Clemens hatte sie einen kameradschaftlichen, leichten Ton gefunden, sie hatte ihn gern, er brachte ihr Mut und Selbständigkeit bei, ganz von selbst, durch sein Verhalten.

Die Fahrten mit ihm waren unterhaltsam, er bedrängte sie weder mit Fragen noch mit Ratschlägen. Er war jung, unbeschwert, von heiterem Wesen, doch dabei sehr genau und fleißig, was seine Arbeit betraf. Seine Notizen stapelten sich, er fotografierte auch viel, und Virginia, die manchmal etwas für ihn aufschreiben oder nach bestimmten Motiven Ausschau halten mußte, wurde so etwas wie seine Assistentin.

Der Umgang mit ihm machte sie frei, löste die Spannung in ihr und machte sie gleichzeitig erwachsener, weil sie nicht immerzu Angst hatte, etwas falsch zu machen oder Dinge zu sagen, von denen nicht gesprochen werden sollte. Sie konnte mit ihm zusammen lachen, sie war fasziniert von seinem manchmal recht schnoddrigen Wortschatz, und sie selber redete soviel wie nie zuvor in ihrem Leben.

Ohne gefragt zu werden, erzählte sie vom Leben im Kloster, sie sprach über ihren Vater, und sie tat es liebevoll wie nie zuvor; einmal, sie fuhren an diesem Tag bis Aix-en-Provence, erzählte sie ausführlich, wie das vor sich gegangen war mit Danio. Der erste Blickwechsel auf der Terrasse, die Begegnung vor dem Schuhladen, und wie sie dann, am Tag darauf, wie verhext in seinen Wagen gestiegen war, die mörderische Fahrt, die folgte. Clemens sagte nicht viel dazu, er ließ sie sprechen. In Aix dann spazierten sie durch die Stadt, Virginia entzückte sich an den Brunnen, die silbern im Sonnenlicht glitzerten, sie gingen in die Kathedrale, und Clemens war gespannt, ob ihre klösterliche Erziehung an diesem Ort irgendeine besondere Verhaltensweise hervorbringen würde, aber keine Rede davon, sie tauchte den Finger in das Weihwasserbecken, sie knickste, aber sie dachte nicht daran, zu beten.

Später, sie schlenderten durch die Stadt, nachdem sie gut gegessen hatten, erzählte Clemens: »Hier hat der gute König René regiert, als die Provence noch sein Königreich war. Zu jener Zeit war Aix eine Hauptstadt, verstehst du?«

Virginia nickte. »Von dem guten König René hat mir Charlot schon erzählt.«

»Wer?«

Sie zögerte, das war ihr so herausgerutscht.

»Ach, jemand, den ich kennenlernte. Da draußen. Ich konnte ihn anfangs sehr schwer verstehen.«

»Warum?«

»Na, sein Dialekt.«

»Sprach der provençalisch?«

»Ja.«

»Das war alles Schwindel mit Italien, nicht? Danio hat dich gleich nach Frankreich gebracht.«

»Ja.«

»Und warum dann der Schwindel mit der Cousine?«

»Es ist ein Geheimnis, und man darf nicht darüber sprechen. Es war eine Frau dort, auch ein Mann. Danio brachte mich zu ihr. Ich weiß nicht, wer sie war. Aber sie ist – sie ist wunderbar. Und ich denke, sie hat mich gerettet.«

»Gerettet? Was heißt das? Wovor gerettet?«

»Vor Danio. Ich weiß es nicht, aber ich glaube, er hat mich nicht in Gollingen in seinen Wagen geladen, um mich zu Anita zu bringen.«

»Sondern?«

»Er wollte mich weghaben. Aus dem Weg räumen, verstehst du? Nein, er hat es nicht gut gemeint mit mir. Er wußte nur nicht, wie er es tun sollte. Er war zu feige. Und er dachte, Dido würde ihm helfen. Aber das tat sie nicht. Als sie dann fort war, und als er gar nicht mehr wußte, was er mit mir anfangen sollte, brachte er mich halt zu Anita.

Er saß in der Klemme und wußte nicht, wie er da herauskommen sollte.«

Clemens schwieg lange. Dann sagte er: »Das sind ungeheuerliche Dinge, die du da erzählst. Woher weißt du das?«

»Ich weiß es nicht. Es ist nur so, daß ich nach und nach alles ein wenig besser verstehe. Danio will Anita und ihr Geld. Ich störe da nur. Ich denke immerzu darüber nach, wie das alles gekommen ist und warum es so war.«

»Du könntest Danio danach fragen.«

»Nein. Ich will überhaupt nichts mehr mit ihm zu tun haben. Darum werde ich auch nicht bei ihnen bleiben. Ich fahre mit dir nach München.«

Er schob seine Hand unter ihren Arm.

»Fein. Ich habe ja von vornherein gesagt du selbst mußt entscheiden. Ich werde gleich heute abend Juschi anrufen und ihr erzählen, daß du kommst. Fahren wir dann irgendwann nächste Woche? Du kannst ja ruhig ein wenig merken lassen, daß Danio der Grund ist, warum du dich von deiner lieben Mami trennst.«

»Ach, wozu?« sagte Virginia, und es klang resigniert. »Es ist ihr sowieso egal.«

Auf der Rückfahrt sagte Clemens plötzlich: »Sie hieß Dido?«

Virginia nickte. »Danio sagte aber: Das darfst du nie, nie jemand sagen. Das mußt du mir versprechen. Niemand darf diesen Namen jemals hören.«

»Und warum?«

»Ich weiß es nicht. Es ist eben so. Aber ich wünsche mir so sehr, sie einmal wiederzusehen.«

»Hm«, machte Clemens, die Augen geradeaus auf die Straße gerichtet, während seine Hand zärtlich über Virginias Knie strich.

»Soviel Geheimnis in deinem jungen Leben. Aber warte nur, ich werde dafür sorgen, daß du ein ganz normales junges Mädchen wirst. Wollen wir heute abend tanzen gehen?«

Virginia lachte. »Aber das kann ich ja gar nicht.«

»Das wollen wir erst einmal sehen. So wie man heutzutage tanzt, das kann jeder.«

Und wieder nach längerem Schweigen sagte Clemens: »Dido.«

»Du sollst den Namen nicht nennen.«

»Ich sprach nicht von ihr. Ich dachte an die erste Dido. Die sagenhafte Gründerin Karthagos. Das muß eine ungewöhnliche Frau gewesen sein.«

»Das ist meine Dido auch.«

Er schwieg wieder eine Weile und sagte: »Ich bin sehr froh, daß du mir ein wenig erzählt hast von dem, was dich bewegt. Später einmal – kann ja sein, nicht? –, später werden wir versuchen, diesen Ort wiederzufinden, der dir so viel bedeutet. Wir beide ganz allein, du und ich. Was hältst du davon?«

Sie wandte den Kopf zur Seite und lächelte ihn an. Es war so wohltuend, mit einem Menschen zu sprechen, um den es kein Geheimnis, kein Rätsel und keine Lügen gab.

In der folgenden Nacht wachte sie auf mit einem Schrei. Sie hatte von der Ferme geträumt. Und dann stand sie plötzlich da oben bei der Ruine, stand dicht am Abgrund, Danio kam auf sie zu, aber er küßte sie nicht, er stieß sie hinab.

Juschi rief an; sie hatte eine Schule gefunden, sei gar kein Problem, Virginias Zeugnisse seien ja ausgezeichnet, auch fange die Schule in München gerade erst an.

»Wenn ihr nicht mehr zu lange herumbummelt, versäumt sie gar nichts«, sagte sie zu Clemens.

»Ich finde es sehr betrüblich, daß du mich schon wieder verläßt«, sagte Anita zu ihrer Tochter, und sie meinte es ernst. »Wir hatten kaum Gelegenheit, uns kennenzulernen. Aber wir werden uns oft sehen. Ich besuche dich in München, und du wirst in den Ferien immer zu mir kommen.«

Am betrübtesten war Rose, daß nun doch keine Tochter im Hause sein würde. Sorgfältig packte sie Virginias Koffer, es waren drei Stück, angefüllt mit chicer Garderobe jeder Art.

Zu Clemens sagte Anita, als er sich verabschieden kam: »Bitte Clemens, wie wollen wir es denn finanziell halten? Wenn Virginia wirklich bei euch wohnen soll, möchte ich natürlich für ihren Lebensunterhalt aufkommen.«

»Ich werde es Juschi sagen. Sie ist der Boß. Anzuziehen hat Virginia ja erst mal für eine Weile. Und falls sie im Winter einen warmen Mantel braucht und einen Pullover, werden wir Ihnen die Rechnung schicken. Das bißchen, was Virginia ißt, das können wir uns gerade noch leisten.« Er lachte Anita an. »Aber niemand will Sie daran hindern, Ihrer Tochter ein großzügiges Taschengeld auszusetzen. Angenommen, wir richten ein Konto für sie ein, dann überweisen Sie halt darauf, was Sie für angebracht halten.«

Anita nickte stumm. Auf die Idee war sie noch gar nicht gekommen.

Und dann wurde Clemens auf einmal sehr ernst. Sie waren allein im Terrassenzimmer, es war ein trüber Tag, am Vormittag hatte es geregnet. Die Bilder im Raum waren von Strahlern geschickt beleuchtet.

Clemens stand auf, trat in die Mitte des Raumes und betrachtete eindringlich die blauen Bilder des Malers Castellone.

»Sehr schöne Bilder, wirklich. Sie gefallen mir jedesmal besser.«

Dann blickte er Anita an. »Verstehen Sie mich bitte nicht falsch, und ich möchte nicht vorlaut erscheinen. Irgendwie betrachte ich Sie aber nun als zur Familie gehörig. Also wirklich, es geht mich Null an: Wollen Sie Carone wirklich heiraten? Wäre es nicht besser und sicher auch klüger, es bei dem derzeitigen Zustand zu belassen? Wie gesagt, ich bitte um Vergebung für die ungebührliche Einmischung. Aber Sie haben neulich mal so nett von Ihrem Mann gesprochen. Was würde Senhor Henriques wohl sagen, wenn sein hart verdientes Geld so nach und nach über den Spieltisch verschwindet?«

Anita zog die Brauen hoch.

»Sie sind wirklich sehr vorlaut, Clemens. Aber ich habe ähnliche Überlegungen auch schon angestellt. Ich gewinne wenigstens manchmal, wenn ich spiele. Danio verliert immer. Übrigens – Senhor Henriques haßte Spielsalons.«

Clemens nahm das schweigend zur Kenntnis und war erleichtert, daß sie ihm seine Worte nicht übelgenommen hatte.

»Wo ist Signor Carone? Kann man sich von ihm auch verabschieden?«

»Er ist heute und morgen weggefahren. Zu seiner Familie. Er haßt Abschiedsszenen.«

»Auch gut. Grüßen Sie ihn von mir.«

Am nächsten Morgen begann Virginias zweite große Reise, sie sollte diesmal vom Süden Frankreichs nach Deutschland führen. Eine Reise, an der nichts unklar war, sie besaß sogar einen provisorischen Paß des Konsulats in Nizza.

Der Abschied zwischen Anita und ihrer Tochter war erstaunlicherweise sehr herzlich. Anita weinte sogar. Sie hielt Virginia im Arm und sagte immer wieder: »Wir sehen uns bald wieder. Wir wollen uns nie mehr verlieren. Virginia, ich hab dich lieb, wirst du daran denken?«

Ziemlich verwirrt und auch bewegt kletterte Virginia schließlich zu Clemens ins Auto.

»Ich glaube, sie hat mich doch ein bißchen lieb«, sagte Virginia erstaunt.

»Na, warum auch nicht? Ihr hattet jetzt ein bißchen Zeit, euch kennenzulernen, und wenn du mich fragst, war das als erste Auflage absolut ausreichend. Sie kann sich jetzt in Gedanken mit dir beschäftigen, und du dich mit ihr, wenn ihr euch das nächstemal seht, wird es viel einfacher gehen. Du mußt mal versuchen, dich hineinzudenken. Es ist nicht so einfach, mit achtzehn Jahren plötzlich eine Mutter zu bekommen. Aber ich stelle es mir noch weitaus schwerer vor, mit... na, weiß ich nicht genau, aber so um diese Altersgruppe herum, auf einmal Mutter zu werden, noch dazu ein Kaliber wie Anita. Paß auf, das wird noch ganz prima mit euch beiden.«

Virginia lächelte ihn an. So war Clemens. Mit ihm zusammen schien das Leben so leicht zu sein, er hatte immer eine Erklärung zur Hand, er war voll Optimismus, ohne jedoch oberflächlich zu sein.

Sie fuhren über die Route Napoleon.

»Das zieht sich zwar ganz schön«, hatte Clemens gesagt, »aber es ist eine schöne Fahrt. Eine lange Reise ist es auf jeder Route, denn Frankreich ist ein großes Land. Wir nehmen Napoleons Weg, auf dem er seinerzeit aus Elba kam, um sein Kaiserreich zurückzugewinnen. Wobei mich jedesmal erstaunt, wieviel Zeit er sich für diese Reise genommen hat. Denn wenn man den Reiseführern glauben darf, gibt es fast kein Kaff an dieser Straße, in dem er nicht haltgemacht, dem Bürgermeister die Hand geschüttelt, die Ehrenjungfrauen geküßt, gegessen und übernachtet hat. Eigentlich könnte er heute noch nicht angekommen sein.«

»Er kam immer noch früh genug nach Waterloo«, sagte Virginia.

»Trotz allen Blutes, das er vergossen hat, jubelten ihm die Franzosen zu, als er wiederkam, und weinten um ihn, als er endgültig gehen mußte. Es ist sehr seltsam, wie ein Volk seine Helden liebt, auch wenn sie viel Leid und Not über die Menschen gebracht haben.«

Als es von Grasse aus aufwärts in die Berge ging, wurde Virginia immer stiller, sie wandte den Kopf nach rechts und nach links, ihr Blick suchte nach vertrauten Bäumen und Bergen.

»Clemens«, sagte sie schließlich, ihre Stimme klang erregt. »Es kann nicht weit von hier gewesen sein. Es kommt mir so vertraut vor. Hier irgendwo rechts oder links in die Berge hinein. Ich weiß, hier muß es gewesen sein.«

Er legte seine rechte Hand auf ihre Hände, die sie im Schoß verkrampft hatte.

»Heute nicht, Virginia. Ich habe dir versprochen, wir werden später nach diesem Ort suchen. Wenn du es dann noch willst. Jetzt vergißt du erst einmal alles, was hinter dir liegt. Du fährst mit mir hier und heute in die Zukunft. Du mußt mir folgen, denn ich bin der Boß an Bord.«

Er begann, mitten in den Alpes Maritimes, von Bayern zu erzählen, von München, vom Oktoberfest, das gerade zu ihrem Empfang beginnen würde, und dann natürlich der Fasching, er freue sich jetzt schon darauf, mit ihr zum Fasching zu gehen.

Er brachte es wirklich fertig, daß sie nicht immer nur suchend aus den Fenstern starrte.

»Und Theater, Clemens. Ich bin doch noch nie in einem Theater gewesen.«

»Na, da bist du in München gerade richtig. Theater haben wir jede Menge und eine wunderschöne Oper, die schönste überhaupt, die du dir vorstellen kannst. Und Konzerte, jeden Abend kannst du woanders hingehen. Wenn deine verehrte Frau Mama großzügig ist mit dem Taschengeld, kannst du mich gelegentlich einladen.«

Sie lachte, dann sagte sie unvermutet ernst: »Ich glaube, du bist wirklich ein Freund.«

Er verzog das Gesicht. »Schon. Aber ich wäre gern ein bißchen mehr als nur ein Freund.«

Sie blickte ihn unsicher von der Seite an.

»Wie... wie meinst du das denn?«

»Na, wie wohl, du tugendhafte Klosterpflanze? Ich meine, die Gelegenheit wäre jetzt gerade günstig. Deine Mama haben wir hinter uns gelassen, meine Mama steht uns bevor. Wann werden wir jemals wieder so schön allein sein.«

»Oh, bitte«, sagte Virginia, »du darfst so nicht reden.«

»Darf ich nicht? Na gut, dann lassen wir es halt. Es war ja nur eine bescheidene Anregung.«

Immerhin hatte er es fertiggebracht, daß sie nicht mehr zurück, nicht mehr zur Seite, daß sie nach vorn sah.

In der Gegend von Digne hatte er sogar ein paar Zeilen parat. »›Im Forst von Digne lachte es, vom

Digner-Paß in aller Früh, durch die Provence ein Jauchzen strich, im selben Sattel saßen sie und küßten sich und küßten sich.‹«

»Von dir?«

»Nö, zum Dichter habe ich es noch nicht gebracht. Börries von Münchhausen, soweit ich mich erinnere. So was habt ihr in eurer Schule natürlich nicht gelernt.«

»Nein.«

»Ich in der Schule leider auch nicht. Aber davon hat Juschi ein riesiges Repertoire. Du kannst ihr keinen größeren Gefallen tun als sie Gedichte und Balladen aufsagen zu lassen. Stundenlang macht sie das.«

»Das finde ich großartig.«

»Juschi ist überhaupt großartig, das wirst du schon noch merken. Was sie in die Hand nimmt, das funktioniert. Wird dir auch nicht anders gehen. So, und nun mußt du langsam Abschied nehmen von der schönen Provence.«

Doch die Berge nahmen noch lange kein Ende, begleiteten sie bis Grenoble. Hier stiegen sie aus, machten einen Rundgang durch die Stadt.

Als sie weiterfuhren, sagte Clemens: »Ich möchte ja nicht unbedingt vierundzwanzig Stunden am Steuer sitzen. Ich stell mir vor, wir fahren bis zum Lac d'Annecy, da gibt es hübsche Hotels, da essen wir toll zu Abend und schlafen eine Runde. Morgen kommen wir zum Genfer See, und ich zeige dir die Schweiz. Einverstanden?«

Virginia nickte. »Hier bist du der Boß.«

Er lachte.

»Langsam lernst du es, dich verständlich auszudrücken.«

Beim Abendessen erzählte er von sich, von seiner Arbeit. Studium, dann ein Jahr in einer Redaktion in den USA, und seitdem arbeitete er als freier Reporter, verkaufte seine Beiträge sowohl an Tageszeitungen als auch an illustrierte Blätter.

»So lebt es sich natürlich relativ locker«, sagte er. »Aber irgendwann werde ich mich mal um einen festen Job an einer Tageszeitung bemühen, und zwar bei einer möglichst seriösen. Denn, daran besteht ja kein Zweifel, wenn ich schon kein ehrenwerter Jurist geworden bin, muß ich es wenigstens eines Tages zum Chefredakteur bringen. Drunter tut Juschi es nicht.«

»Du liebst deine Mutter sehr, nicht wahr?« fragte Virginia.

»Hm. Wir mögen uns alle recht gut leiden. Was nicht heißt, daß wir uns nicht auch mal in die Wolle kriegen. Mein Bruder und ich zum Beispiel, er kann manchmal so trocken sein, daß es staubt. Na, und Angela, meine Schwester, wie die so in deinem Alter war, mit der habe ich mich pausenlos gestritten. Das war vielleicht eine verdrehte Schraube. Alles wußte sie besser, überall steckte sie ihre Nase hinein, und die komischen Knaben, die sie anschleppte, erst von der Schule, dann von der Uni, die hockten ständig bei uns rum, mußten von Juschi ernährt werden, und mich behandelten sie, als sei ich unterbelichtet.«

»Und heute? Verstehst du dich jetzt besser mit deiner Schwester?«

»Na, fabelhaft. Seit sie verheiratet ist, kann man sie als normalen Menschen einstufen.«

Virginia vergaß wirklich, was hinter ihr lag. Es war eine ganz fremde Welt, von der sie hörte. Eine Familie, die zusammenhielt, die sich liebte und dennoch miteinander stritt, wo jeder am Leben des anderen teilnahm. Wie würde sie sich da bloß zurechtfinden?

»Wenn es dir bei den Landaus nicht gefällt«, hatte Anita am Tag zuvor gesagt, »kannst du jederzeit zu mir kommen, das weißt du ja.«

Schule, Ausbildung, Studium vielleicht, ein Beruf – das Leben fing erst an.

»Wollen wir schlafen gehen?« fragte Clemens gegen elf. »Wir sind sowieso die letzten hier. Die Franzosen sind solide Leute.«

Hand in Hand stiegen sie die Treppe hinauf, ihre Zimmer lagen nebeneinander im ersten Stock.

Clemens hielt ihre Hand fest.

»Einen Gutenachtkuß, wenn ich bitten darf.«

Sie hielt still, als er sie küßte, aber sie erwiderte den Kuß nicht, das hatte sie noch nicht gelernt. Und nun auf einmal dachte sie doch wieder an Alain. An seinen Kuß.

»Gute Nacht«, sagte sie leise.

Clemens hielt sie noch immer fest.

»Willst du wirklich allein in diesem Zimmer schlafen? Es ist sowieso höchst ungewöhnlich, wenn man in Frankreich zwei Zimmer nimmt.

Hast du es bemerkt? Die schauen dich an, als seist du nicht ganz dicht.«

Nein, das hatte Virginia nicht bemerkt. Es war das erstemal in ihrem Leben, daß sie in einem Hotel übernachtete, da gab es viele Dinge zu schauen, und ein wenig schüchtern war sie schließlich auch.

Als Clemens die Angst in ihrem Gesicht sah, das Nichtverstehenkönnen, begriff er, daß er zu weit ging. Es war viel, was sie erlebt hatte, viel, was sie verstehen und verarbeiten mußte. Er küßte sie noch einmal, zärtlich, auf die Wange.

»Ich bin ein Esel. Entschuldige, Virginia. Ich will gern noch ein wenig warten. Aber was meinst du? Später vielleicht? Falls ich dir nicht direkt unsympathisch bin.«

»Das bist du mir gewiß nicht.«

»Gute Nacht, Virginia. Verschieben wir die Angelegenheit ein wenig, ja? Schlaf gut.«

Er sah ihr nach, bis sie in ihrem Zimmer verschwunden war, hörte, wie sie den Schlüssel um drehte.

Er lachte leise vor sich hin, als er die Schuhe auszog. Juschi würde ihm das Fell über die Ohren ziehen, wenn er ihr die kleine Unschuld nicht unversehrt ins Haus brachte.

Aber das galt nur für diesmal.

Virginia ging noch nicht gleich zu Bett. Sie streichelte die Katze, die bereits am Fußende des Bettes schlief, dann öffnete sie das Fenster. So groß und hell wie oben auf der Ferme waren die Sterne hier nicht. Die Luft nicht so frisch, nicht erfüllt von würzigem Duft.

Sie war vernünftig genug einzusehen, daß sie auf der Ferme nicht ihr Leben verbringen konnte. Dido war ja auch fortgegangen. Für immer, wie sie gesagt hatte. Der Abschied war ihr schwergefallen, das hatte Virginia sehr wohl gemerkt. Doch Dido war nicht allein, sie hatte Alain. Wie gut sie zueinander paßten, die gleichen dunklen blitzenden Augen, das dunkelbraune Haar, die stolze Haltung.

Was könnte ich je für Alain sein, wenn er Dido hat?

In Wirklichkeit wußte Virginia nichts von diesen beiden, es war nur Gegenwart gewesen, keine Vergangenheit, keine Zukunft. Nicht einmal, daß Alain Didos Bruder war und nicht ihr Mann, hatte sie erfahren. Und sie konnte auch nicht wissen, daß die Dido, die sie kennengelernt hatte, eine andere war als die Dido vom Tag zuvor. Aber es war die wirkliche, die echte Dido, die sie erlebt hatte? Sie wußte auch nicht, daß Alain in derselben Nacht gekommen war wie sie selbst – nichts wußte Virginia, gar nichts. Aber es ging nicht um Wissen, es ging um Gefühl. Das Zusammensein mit diesen beiden Menschen, so kurz die Zeit gewesen war, hatte ihr Herz so tief berührt, ihr Leben so reich gemacht, daß sie es nie vergessen würde. Daß die Sehnsucht nach der Ferme, nach Dido, nach Alain, nie vergehen würde.

Was war alles geschehen in wenigen Wochen? Sie war aus dem Kloster weggelaufen, hatte alles im Stich gelassen, sie hatte keinen Vater mehr, aber eine Mutter, es gab Menschen, die ihre Freunde sein wollten, aber trotz allem war ihr bange vor der Zukunft. An das Kloster wollte sie nicht mehr denken, denn ein schlechtes Gewissen, ein Gefühl der Schuld waren unvermeidlich und bedrückten sie. Der Gedanke, nun in eine neue Schule gehen zu müssen, war höchst beängstigend. Eigentlich wollte sie gar nicht mehr in die Schule gehen. Und sie fürchtete sich vor der neuen Umwelt; so lieb Juschi und Clemens auch waren, es waren fremde Menschen, auch die Aussicht, zu einer Familie zu gehören, was Clemens ihr so anschaulich geschildert und was sie sich immer gewünscht hatte, erfüllte sie nicht mit großen Erwartungen oder gar Freude. Eine Fremde würde sie dort sein.

Ebensogut hätte sie bei ihrer Mutter bleiben können in diesem schönen Haus. Doch diese Mutter war auch eine Fremde. Und sie wollte auf keinen Fall dort zusammen mit Danio leben. Noch immer war seine Rolle in diesem Spiel für sie unverständlich.

Sie hob die Hände in einer hilflosen Gebärde und legte sie an beide Wangen. Ihre Wange war heiß, ihr Herz krank vor Sehnsucht. Alain sollte sie noch einmal küssen. Dido ihr einen bunten Rock geben, in dem sie unter einem Baum sitzen und malen konnte. Sie wollte die Ziegen aus dem Stall führen und später Dido beim Kochen helfen. Abends saßen sie unter dem hohen Himmel mit den klaren Sternen und tranken Wein. Bis Alain ihr das Glas wegnahm.

»C'est assez pour une jeune fille.«

Ihre Augen standen voll Tränen, als sie sich endlich vom Fenster löste. Sie zog sich langsam aus, und als sie ins Bett ging, nahm sie die Katze in den Arm.

»Ich bin schon einmal weggelaufen, Cattie. Ich werde wieder weglaufen. Nur du darfst mitkommen. Vielleicht wenn ich soviel gelernt habe, daß ich ein wenig Geld für uns verdienen kann. Viel brauchen wir ja nicht, Cattie, wenn wir die Ziegen haben und die Hühner, und Charlot bringt uns Pilze und Beeren. Wie er sich freuen wird, wenn er dich wiedersieht.«

Ein Kind war sie, immer noch ein Kind. Darum durfte sie auch träumen.

»Ich schwöre dir, Cattie, ich werde ihn finden, den Weg zur Ferme Confiance. Ganz von selbst werden meine Füße dorthin finden.«

Ob ihre Bilder noch da sein würden, die sie zurückgelassen hatte? Bestimmt. Charlot würde gut auf sie aufpassen.